아버지와 함께한 나날들

아버지와 함께한 나날들

초 판 1쇄 2023년 09월 13일

지은이 하태욱
펴낸이 류종렬

펴낸곳 미다스북스
본부장 임종익
편집장 이다경
책임진행 김가영, 신은서, 박유진, 윤가희, 정보미

등록 2001년 3월 21일 제2001-000040호
주소 서울시 마포구 양화로 133 서교타워 711호
전화 02) 322-7802~3
팩스 02) 6007-1845
블로그 http://blog.naver.com/midasbooks
전자주소 midasbooks@hanmail.net
페이스북 https://www.facebook.com/midasbooks425
인스타그램 https://www.instagram/midasbooks

ISBN 979-11-6910-325-1 03810

값 18,000원

미다스북스는 다음세대에게 필요한 지혜와 교양을 생각합니다.

아버지들의 삶이 그러할지라도

아버지와 함께한 나날들

하태욱 지음

미다스북스

꽤 오래된 책으로 기억을 한다. 내가 중학생 때 출간된 책이니 말이다. 이 책이 출간되고 난 이후 수많은 독자들의 관심을 일으키기에 충분했다. 초베스트셀러의 자리에 오르는 기염을 토하기도 했다. 하얀 것은 종이이고, 까만 것은 글밖에 없는 장편소설이긴 하지만 사람들의 심금을 울렸다. 그런 탓이었을까? 영화로도 제작이 되었다. 어떤 소설인지 짐작이 가는가?

바로 김정현 작가의 『아버지』라는 장편소설이다. 평범한 50대의 한정수라는 주인공이 췌장암으로 5개월 시한부 인생을 선고받고 살아가는 삶을 그린 책이다. 철이 없던 시절에 구매한 책이었지만 그땐 전혀 몰랐다. 그냥 인기소설 그 이상 그 이하도 아닌 하나의 책일 뿐이었다. 나의 마음이 동할 리 없었다. 하지만 최근에 와서야 다시 곱씹으며 읽어보니 눈물이 앞을 가렸다.

50대의 중년 아버지들은 다른 세대와 다르게 숱한 고민과 갈등을 안고 계신다. 과묵함과 진중함이 상징인 중년 아버지들이 표현을 하지 않아서 그렇지 자녀, 경제, 건강, 가정, 노후 관련 등 다양한 문제에 봉착해 있다.

아는 형님 중에 떡집을 운영하는 분이 계신다. 58세라는 적지 않은 나이에 형수님과 함께 떡집을 운영하고 있다. 여러분들도 알다시피 떡집은 새벽부터 분주한 곳이다. 그 형님은 남들은 곤히 자는 시간인 새벽 3시경쯤에 기상하여 하루를 시작하신다. 일찍 기상하여 가게 문을 열고 주문 들어온 떡을 만들고 포장하고 심지어 배달까지. 시장에서 모르시는 분들이 없을 정도로 형님의 삶의 키워드는 성실, 근면이었다. 형님은 세상 그 누구보다 열심히 살았고 정직하게 살았다고 자부했다. 그렇지만 열심히 살아도 크고 작은 문제들에 직면하면서 괴로워하였다. 자영업을 하면서 발생한 대출금과 이른 새벽부터 일을 시작하고 자기 자신을 돌보지 못하면서 생겼던 건강문제 그리고 잔잔한 사고를 치는 아들 때문에 괴로워했다.

"욱아! 정말 나는 열심히 살았고, 노력했는데 와 이런지 모르겠다."

"요샌 열심히 사는 놈이 등신이지. 적당히 그냥 즐기면서 살걸."

형님이 나에게 한탄하는 모습을 보였다. 삶이 본인의 뜻대로, 생각대로 이루어지지 않으니 괴로워하고 힘들어하고 과거를 아쉬워했다. 자기 자신을 저주하면서 비난하고 조롱하였다. 타인들에게는 한없이 관대하면서 자학적인 모습에 깜짝 놀라지 않을 수 없었다.

얼마나 힘들었을까? 얼마나 힘들었으면 이렇게까지 자학을 할까?

문득 측은지심이 생겼다. 사회복지사 아니라고 할까 봐 역시 직업은 못 속이나 보다. 다 그런 건 아니지만 보통의 중년의 남성이 이랬었다. 우리 아버지들의 삶은 늘 그랬다.

성실, 근면이라는 두 단어가 아버지들의 삶을 대변하였다. 학창시절 우리가 배웠던 도덕에서 성실, 근면을 배우면서 머릿속에 각인이 된 탓도 크리라. 아버지들이 이렇게 열심히 살았기 때문에 현재 우리가 편안하게 살 수 있는 기반이 되지 않았나 감히 생각해본다. 하지만 오해는 마시길 바란다. 아버지가 이렇게 살 수 있는 것은 반려자인 어머니의 역할과 영향도 있다. 어머니의 노력을 폄하하는 것은 결코 아니라는 것을 밝힌다.

굳이 아버지라는 거룩한 이름을 가져다 붙이지 않더라도 열심히 살아야 할 방도밖에 없었다. 가족들 만으로 열심히 살아갈 이유는 충분했다.

현 대한민국 중년의 남성들과 노년에 접어든 아버지들의 굴곡진 삶을 비루한 글이지만 조명하고 싶었다. 글을 쓰며 내면의 목소리를 들을 수 있었다. 글을 쓰면서 나 자신을 더욱 바라볼 수 있는 계기가 되었다.

'나 또한 형님처럼 그렇게 될 수도 있겠다. 저리 되면 안 되겠다.'

나도 철이 들어가나 보다. 40대 초입에 들어서면서 아버지들의 삶이 보였다. 더군다나 『아버지』라는 책을 읽고 나니 아버지들의 생각과 마음을 어느 정도 이해할 수 있었다. 아이를 낳고 키워보니 더욱 아버지들의 삶이 간접적으로 느껴졌다. 이럼으로써 더 큰 어른으로 변모할 수 있었다. 나의 아버지만 봐도 죽도록 고생만 하셨다. 아버지라는 거룩한 타이틀 때문에 가장이라는 미명 아래 많은 것을 희생하고 그것이 당연시화되어 열심히 사셨다. 그래서 70세라는 나이에 쇠약해진 몸이 안타까워 눈물을 흘린 적도 있다.

여기에 나오는 모든 글은 작가의 직간접적 경험과 독서와 미디어, 신문기사 등에서 모티브를 얻어서 창작하였다. 또한 글 말미에 작가의 생각 및 나름의 현실적 대안을 제시하려고 하였다. 다양한 자료를 얻기 위해 관련 도서를 탐독하는 수고까지 아끼지 않았다. 바쁘게 살아가고 있지만 이 글을 쓰기 위해서 주변 중년 형님들을 만나서 인터뷰도 해보았다. 정년퇴직했거나 정년퇴직을 앞둔 분들도 만나보았다. 이글을 통해서나마 굴곡진 삶을 사셨던 우리 아버지들 같은 모든 남성을 위로해드리고 인정해드리고 싶었다. 이 책은 현 시국 대한민국을 살아가는 중년 남성들, 아버지들에게 바치는 헌정 글이다. 열심히 힘들게 살았지만, 여전히 힘든 분들이 계신다면 그분들에게도 잔잔한 위로가 되길 간절히 기원한다. 한편 쓸데없는 걱정도 들긴 한다. 젊은 아빠들은 항변할 수도 있다. 젊은 아빠는 아버지 아니냐? 맞다. 틀린 말이 아니다. 지금은 시대가 예전보다 훨씬 살기 좋고 편해졌다. 그래서 굴곡진 삶은 조금 덜 어울릴 것 같다. 이제는 당신들만큼은 이기적이고 자기중심적으로 사셨으면 한다.

그렇게 살 수 있는 충분한 자격이 있고 요건이 된다.

마지막으로 이 책이 나오기까지 나에게 많은 생각과 영감을 준 아버지께 감사드린다. 그리고 주변인들의 도움과 깨알 같은 조언 진심으로 감사드린다. 그분들께 감사의 말을 드린다. 더불어 살아가면서 늘 생각하게 해주고 글의 모티브를 제공해주는 모든 일과 사건에도 감사한 마음을 가져본다.

제1장

자아

오롯이 나로서 살아가기

자
아

자아(自我)라는 단어를 사전에서 찾아보면 자기 자신에 대한 의식이나 관념이라고 나와 있다. 인간은 급변하는 존재이다. 남녀노소 누구나 살아가면서 수많은 일들을 겪는다. 산전수전 공중전을 겪으면서 자기 자신에 대한 생각을 한 번쯤 해보게 된다. 특히 어느 정도 100세 인생에서 인생의 절반을 살았던 아버지들은 인간관계, 사회생활, 직장생활 등에서 다양한 일들을 겪으면서 수많은 생각이 오갔을 것이다.

'왜 이렇게 살아야 하나? 내가 지금 잘하고 있는 걸까? 이 나이에 이게 맞는 걸까?'

'그래 지금 잘하고 있어. 지금도 잘하고 있으니 앞으로도 잘 될 거야. 파이팅하자.'

부정적 생각과 긍정적 생각들이 오고가며 끊임없이 자기 자신을 괴롭히고 채찍질한다. 긍정적 생각들보다 부정적 생각들이 더 많다고 한다면 중년의 우울증 증세로 발전을 할 수 있으니 주의할 법하다. 중년의 아버지들은 이때까지 잘 살아오셨고 지금도 잘 살고 계신다. 긍정적인 자아상으로써 앞으로 살아갈 날에 대해 더욱 박차를 가하고 힘을 내었음 한다.

제1장 자아 편은 중년의 아버지들이 삶의 희로애락 속에서 본인에 대해 느꼈던 감정들과 그에 걸맞은 작가의 시선과 생각을 담백하게 다뤄보았다.

1

친구가 보고 싶다

친구라는 단어를 사전에서 찾아보면 가깝게 오래 사귄 사람이라고 표기되어 있다. 유달리 할 일 없고 심심한 일요일 오후 휴대폰을 문득 들여다보게 되었다. 휴대폰에 수천 명의 연락처가 저장되어 있다. 사랑하는 아내와 아들 번호를 제외한 직장동료, 병원에 오는 영업사원, 지인 등 거의 다 사회생활을 하게 되면서 자연스럽게 저장하게 된 번호들이었다. 그들은 서로의 이해득실에 의해 만나게 되는 철저히 계산기 같은 관계였다.

그렇다면 과연 내가 진솔한 만남을 가지는 사람은 없는 건가? 진솔한 만남은 학창시절 멋모르고 사귄 친구일 텐데. 서로의 처한 현실 속에서 퍽퍽하게 살아가다 보니 휴대전화에 저장이 되어 있다고 해서 다 친구는 아니었다. 수년이 넘도록 연락을 안 한 친구들도 수두룩하다. 그 친구들에게 나, 영식은 어떤 의미일까? 진솔한 친구는 과연 몇이나 되려나? 계속 휴대폰 번호를 검색해보면서 학창시절 제일 친했던 친구 진철이가 떠오른다. 물론 하늘의 별이 되었지만……

나는 중학교 시절 또래 아이들에 비해 키도 작았고 조용하였다. 조용히 책만 읽고 수업만 듣고 집과 학교를 왔다 갔다 하는 평범한 학생이었다. 그러다 보니 친구들 사이에서는 존재감 없는 아이였다. 그나마 공부는 꽤 하였기에 부모님과 선생님들의 관심을 한몸에 받는 정도였다.

하루는 책을 읽고 있는데 반의 꼴통 일진 민수가 나에게 다가왔다. 기분 나쁜 미소를 펼치면서 나에게 말을 하였다.

"야 김영식 돈 가진 거 있냐? 나 오만 원만 빌려줘라."

그때 당시 오만 원이면 중학생 치고 꽤 큰돈이었다. 일반 평범한 집 아이들의 수준에서는 오만 원이면 한 달 용돈이 될 법한 수준이었다. 하지만 나는 부유한 집안에서 성장했기에 늘 풍족한 용돈을 받고 있었다. 그때 당시 오만 원이 넘는 돈을 가지고 있었다. 하지만 민수에게 빌려주면 돌려받지 못할 것을 뻔히 알기에 나의 대답은 이러했다.

"아니 나 없는데? 지금 돈 한 푼도 없어."

"뭐? 이 새끼 미쳤냐? 어디서 거짓말을 해. 부잣집 아들이 돈이 없다고? 너 뒤져서 나오면 백 원에 한 대, 알겠지?"

그때부터 심장이 쿵쾅거렸다. 무의식적으로 민수에게 대거리를 했다.

"민수 너너너 도도 돈 빌려 가도 안 가가가 갚을 거잖아. 친구들에게 삥 뜯는 것 봐봐 봤거든."

긴장을 하니 손에 땀이 나고 말을 버벅거렸다. 그제야 민수는 사람 좋은 인상을 시전하며, 자그마한 양어깨에 손을 올리며 이야기했다.

"내가 안 갚아줄 거 같냐? 너 지금 그럼 돈이 있다는 거네? 쓰고 이자 쳐서 줄게."

완강하게 거부를 하자 민수는 일그러진 표정을 지으면서 나의 어깨를 흔들기 시작했다.

"이 새끼 진짜, 맞아야 빌려줄래? 죽고 싶냐?"

쩌렁쩌렁 우렁찬 목소리의 협박하는 광경을 보고도 민수가 일진이기 때문에 아무도 말리거나 선생님들께 이야기하는 아이들은 없었다. 협박 당하던 찰나에 별명이 곰으로 불리던 진철이가 굵고 큰 목소리로 이렇게 말하는 것이 아닌가?

"김민수 너 뭐 하는 짓이냐? 남자 새끼가 할 짓이 없어서 삥이나 뜯고 말이지. 미쳤어?"

순간 나의 눈은 휘둥그레질 수밖에 없었다. 진철이가 민수의 얼굴을 한 대 가격하였던 것이다. 둘은 반에서 대판 싸우게 되었고 교무실로 불려갔다. 그날 싸움으로 인해 평소 학생으로서 품행과 언행이 단정하지 못하고 일진이었던 민수는 퇴학을 당했고, 진철이는 약한 친구를 도와줬다는 이유로 반성문을 쓰고 조용히 넘어갈 수 있었다. 듬직하고 보디가드 같은 진철이 때문에 나를 귀찮게 하고 괴롭히는 친구가 없었다. 덕분에 나는 편안한 학교생활을 할 수 있었다. 그 사건 이후 진철이와 나는 세상에서 둘도 없는 친구가 될 수 있었다.

외관부터 확연하게 차이 나는 사이였지만 바늘과 실, 앙꼬 없는 찐빵이라는 표현이 적절한 만큼 서로에게 좋은 관계가 되었다. 점점 찐한 우정을 이어나갔다. 가진 것이 열 개였을 때 열 개를 다 주더라도 절대로 아깝지 않았던 그런 친구였다.

진철이 집은 우리 집과는 환경이 정반대였다. 우리 집은 부유한 환경이었지만 진철이 집은 그렇지 못하였다. 진철이의 부모님은 성격 차이로 진철이가 5살 때 이혼을 하였고 진철이는 할머니 밑에서 외롭게 자랐다. 형도 있었지만, 집안 형편이 좋지 않아 인문계는 가지 못하고 실업계 고등학교 기계과에 다녔다. 그래서인지 진철이는 도시락도 제대로 싸 오지 못했던 적이 허다했고, 수돗물로 배 채우는 모습을 수차례 목격할 수 있었다. 어머니의 도움으로 도시락을 두 개 싸서 하나를 주었지만, 자존심이 허락되지 않았는지 마냥 거부하는 모습이 안타까웠다.

"야, 일부러 너 생각해서 하나 더 싸 왔는데 먹어라."

"아니야, 맘만 받을게. 고마워. 아까 물을 많이 마셔 그런지 배가 안 고 프네."

눈물이 앞을 가렸다. 곰 같은 덩치를 유지하려면 절대로 물만 마셔서 는 안 될 텐데. 한참 먹을 나이에 물만 마시는 모습이 친구로서 신경이 쓰였다.

세월이 흘러 고등학교 진학을 앞두고 나는 인문계로, 진철이는 실업계 로 가게 되었다. 집안 형편상 대학교 진학은 엄두가 나지 않기에 바로 취 업을 하겠다고 하였다. 지금처럼 핸드폰이 있던 시절이 아닌지라 집 전 화번호만 메모한 채 우리는 뜨거운 눈물을 흘리면서 견우와 직녀처럼 헤 어졌다.

"진철아 그동안 너무 고마웠고, 내가 꼭 이 은혜 안 잊을게. 훗날 꼭 다 시 만나자."

"그래 영식아. 힘든 것 있으면 꼭 나에게 연락하고, 우리 다시 만나자. 보고 싶을 거야."

집안 환경이 좋았던 나는 열심히 공부하여 의대에 진학하게 되었다. 우수한 성적으로 의대를 졸업한 후 부산 모 병원에서 심장내과 페이닥터 로 근무를 하고 있었다. 그 와중에 천사 같은 아내를 만나 나를 쏙 빼닮 은 아이를 낳으면서 행복하고 즐거운 나날을 보내고 있었다. 하지만 한

시라도 진철이를 잊을 수 없었다.

'이놈 잘 살고 있으려나? 물만 먹고 사는 놈이었는데. 지금 건강하려나?'

너무 보고 싶었다. 곰 같은 모습이 간혹 꿈에 나오곤 하였다.

"선생님 지금 응급환자예요. 빨리 오셔야겠어요."

추위가 뼛속까지 스며드는 추운 겨울날이었다. 외래진료 환자가 없는 틈을 타서 눈을 감고 음악을 감상하고 있었다. 응급실의 다급한 목소리로 김 간호사에게 연락이 왔다. 덩치가 큰 환자분인데 숨이 잘 안 쉬어지고 호흡이 거칠다고 하였다. 눈썹이 휘날릴 만큼 빠르게 응급실로 달려갔다. 응급실 베드에 누워 있는 환자의 눈을 보고 나의 눈을 의심하지 않을 수 없었다. 환자는 바로 내가 그토록 보고 싶어 했던 진철이었다. 한시도 잊은 적이 없었다. 세월이 제법 흘렀지만 직감적으로 바로 진철이를 알아볼 수 있었다.

"박진철, 너 왜 이렇게 됐어? 진철아, 나야 김영식. 눈 좀 떠봐."

"선생님 아는 사이세요?"

"네. 저에게 잊을 수 없는 학창시절 친구였지요. 저에게 생명의 은인 같은 친구예요."

응급실의 모든 진료행위와 의료행위를 하였지만, 심장이 뜀박질하지 못하고 결국 진철이는 눈을 감고 말았다. 119 응급대원을 말을 빌리자면 엄청난 추위에도 아랑곳 않고 공사판에서 노동일을 하다가 심장에 문제가 생긴 것 같다고 하였다. 특히 공사판 동료들의 증언에 의하면 평소 술과 담배를 즐긴 것이 화근이라고 하였다.

장례식장에서 한 줌의 재가 된 유골함을 보면서 인생이 허망해졌다. 인생무상!

변변찮은 직업도 없이 살았다고 한다. 자식처럼 길러주신 할머니도 돌아가셨고 결혼도 못 하고 지켜보는 가족들도 없이 몇 명의 지인들과 함께 마지막 이승 길을 보내주면서 황망함을 느꼈다. 한동안 멍하니 있었다. 일이 손에 잡히지 않았다. 이따금 진철이와의 학창시절 추억이 어렴풋이 떠오를 것 같다. 가끔은 내 꿈에 나타나줬음 한다. 보고 싶다. 진철아!

** 우리는 기나긴 인생을 살아가는 데 있어 수많은 부류의 사람을 만나지만 진정한 벗, 친구를 만나는 것은 하늘의 별 따기라고 한다. 마치 천운과 같은 것이다. 진실한 우정을 자랑할 수 있고 서로 가늠하지 않고 계산기 같은 관계가 아닌 모든 것을 줘도 아깝지 않은 친구가 있다면 우리네 인생은 성공한 것이 아닐까?

곽경택 감독의 〈친구〉 영화를 보면 "함께 있을 때 우린 아무것도 두려울 것이 없었다."라는 카피가 나온다. 하지만 곰곰이 뜯어보면 과거형이다. 지금은 없다는 것이다. 이렇게 생각해보니 참 쓸쓸하고 공허한 삶이

다. 인생을 살아가면서 수많은 관계를 맺으면서도 수많은 친구가 필요하
진 않다. 딱 한 명이면 충분하다. 양보다는 질이다. 두 명, 세 명이면 더
할 나위 없지만, 얼마나 많은 친구가 있느냐보다는 어떤 친구를 사귀고
있느냐? 이것이 더욱 중요하다.

　가끔 힘든 날이면 허물없이 소주 한 잔을 기울이면서 온갖 이야기를
다 해도 들어주고 함께 울고 웃어주는 친구가 그립다. 여러분들의 인생
에는 그런 친구가 과연 몇 명이나 있을까? 마음이 지쳐 힘들 때 밤낮 상
관없이 전화하면 그냥 서슴없이 전화를 받아주는 사람. 하소연과 눈물에
공감하여 오래 들어주고 술 한 잔 기울여줄 수 있고 함께 해줄 수 있는
사람, 그것이 바로 친구이다.

2

남자도 눈물을 흘리고 싶다

"은하야! 오빠 왔어. 괜찮아. 오빠가 지켜줄게. 괜찮아 오빠 왔어."

"오빠 목소리 왜 그래…. 아….오빠 목소리 왜 그래…. 오빠 미안해…."

눈물이 또르르 흐른다. 눈물샘이 말라버린 줄 알았더니 눈물샘이 터졌나 보다. 이를 지켜보던 아내와 딸아이는 의문과 놀람을 표한다.

"당신, 지금 우는 거야? 당신이 눈물도 흘릴 줄 아나 보네. 희한해, 정말 희한해."

"엄마, 아빠 울어!"

"나는 뭐 사람도 아닌 줄 알아? 이거 왜 이래. 나를 벌레 보듯이 보고 말이야."

얼른 눈물을 훔쳐내고 너스레를 떨며 무안해한다. 영화를 보고 흘린 눈물이지만 내 감정의 흔적으로 인정하고 싶지 않은 마음이 앞서 나온다. 왠지 우는 모습이 부끄럽게만 여겨진다.

우연히 텔레비전에서 황정민, 전도연 주연의 〈너는 내 운명〉이라는 영화가 나온다. 나의 눈길을 사로잡길 충분했다. 무식하고 배운 것이 없었던 한 남자가 한 여자에 대한 지고지순한 사랑을 바치는 스토리에서 한없이 눈물이 흐른다.

요즘 들어 눈물을 흘리는 날들이 많아졌다. 픽 하면 눈물이 난다. 과거에는 강인함, 카리스마, 피도 눈물도 없는 인간이! 사람들이 나를 기억하고 평가하던 나의 상징이었는데.

나는 1990년에 경찰공무원이 되었다. 흔히들 이야기하는 국가의 녹을 먹게 되면서 주위에서는 찬사가 끊임없이 이어졌다. 축하한다는 이야기를 숱하게 들으면서 정의롭고 멋진 경찰이 되리라 주먹을 꽉 쥐고 다짐하였다. 지금에 와서야 생각해보건대 "다시 태어나도 경찰을 하시겠습니까?" 물어본다면 나는 단언컨대 "아니요."라고 대답을 할 것이다.

30년 넘게 국가를 위해 충성을 하였다. 경찰은 범인을 잡고 수사를 하는 만큼 엄청난 극한직업이다. 업무 강도도 살인적이며, 일단 신고를 받고 출동하면 저항하는 범인을 제압할 때 힘을 엄청나게 써야 했다. 그 과정에서 범인에게 칼에 찔리거나 폭행을 당해 병원에 실려가는 경우도 많고, 사망하는 동료들도 보았다. 살인사건 현장으로 출동했을 때에는 피가 흥건한 건 물론이고, 처참한 살해 현장까지 보면서 일일이 수사를 해야 하니 정신적 트라우마도 겪곤 한다. 게다가 범인을 검거하여 교도소에 수용시키면 그 범인의 지인들과 가족들에게 협박 전화가 오는 예도 있다. 밤낮 할 것 없이 신고가 들어오면 수사와 추적 또는 조사를 계속해야 하니 며칠간 집을 비워야 하는 경우도 부지기수다. 한 마디로 강철 멘탈이 아닌 이상 절대 할 수가 없는 직업인 셈이다. 강한 체력은 기본이다.

　가족들의 걱정과 원망이 잦아졌다. 남편과 아빠의 안위가 걱정된 것도 있었음이라. 또한 가장으로서 역할에 충실해줬으면 좋으련만 하는 바람도 있었을 것이다. 집안에 더욱 신경을 쓰고 아내와 딸아이에게 멋진 남편으로, 아빠로 남고 싶었다. 하지만 하는 일이 이렇고 상황이 여의치 못하다 보니 늘 마음 한편에 미안함으로 남아 있는 죄인이었다. 지금에 와서 생각해보니 늘 마음속에 미안함만 가득하다. 1996년 3월 사기꾼을 잡기 위해 지방으로 출장을 간 적이 있었다. 그때가 아내의 출산이 임박한 시기였다. 아내로부터 매우 급한 전화가 왔지만, 범죄와의 현장 속에서 전화를 받을 겨를이 없었다. 당연히 내가 지켜줬어야 했지만 결국 아내 혼자서 아이를 출산했다.

딸아이의 교육 및 양육은 전부 아내의 몫이었다. 딸랑 한 거라곤 월급을 받아 가정경제를 책임진 것뿐이었다. 딸아이는 다른 집 아빠랑 비교하며 주말에 놀이동산을 가고 싶어 했다. 놀이동산을 아빠 엄마랑 가보는 것이 소원이었다고 입에 달고 살던 딸아이의 말이 아직도 뇌리에 남아 있다. "그래, 담에 꼭 다 함께 가자."라고 약속을 했건만 결국 그 약속을 지키지 못했던 야속했던 아빠였다. 그깟 놀이동산이 뭐라고! 지금은 어여쁜 대학생이 되었지만, 아직도 그 상처가 남아 있지 않을까 괜스레 미안해진다.

내가 선택한 일이었지만 이렇게 가족들에게 못된 남편과 아빠였다니. 하지만 나의 소임이 이러하다 보니 충실할 수밖에 없었고 범죄자들 사이에서는 표독한 인간, 카리스마, 강인함으로 기억되는 형사로 남을 수 있었다. 그런데 요즘 들어 희한하게 눈물이 흐르는 날들이 많아졌다. 퍽 하면 눈물이 난다. 직업이 그러해서 그런지 이를 드러내고 훤히 웃은 적이 별로 없었다. 반면 눈물도 흘린 적도 손꼽을 정도니 나는 감정이 메마른 인간인가 싶었다. 하지만 사회적 정의와 법에 근거하며 업무를 하다 보면 그럴 수도 있겠거니 하고 자위하고 살아간다. 눈물을 흘린다는 것이 부끄럽기도 하였다. 그렇지만 생각해보니 부끄러움에 눈물을 참고 있을 뿐이지 이미 마음속에는 눈물샘을 터뜨릴 만한 감정을 잔뜩 지니고 있었다.

미래에 대한 걱정과 불안, 부모님께 죄송함, 딸에 대한 미안함, 아내에 대한 고마움 같은 다양한 감정들이 오래전부터 마음 한구석에 켜켜이 쌓여 있다. 여기에 더해서 삶의 고비가 올 때마다 생기는 숱한 일들로 인해 생긴 슬픈 감정들이 차근차근 쌓여간다. 퇴직하고 난 이후 평범한 시민으로 돌아가 울고 싶을 때 마음껏 펑펑 울어보고 싶다. 우는 것이 부끄럽다면 차 안에서 혼자 펑펑 울어봐야겠다.

** 가수 조항조의 〈남자라는 이유로〉라는 노래가 있다. 노래 가사 중의 일부분이다.

'언제 한번 가슴을 열고 소리 내어 소리 내어 울어 볼 날이, 남자라는 이유로 묻어두고 지낸 그 세월이 너무 길었어!'

1997년에 나왔던 이 노래는 힘들게 살아가고 있는 가장을 위로하고 있는 노래라 많은 사랑을 받았다. 노래 제목처럼 남자라는 이유로 운다는 것이 쉽지 않고 울지도 못한다. 가슴 속 생채기가 나 있지만 묻어두고 살고 있다. 중년의 남성들은 눈물의 현실성과 남자다움이라는 관념 사이에서 갈팡질팡한다. 어렸을 때 이런 말을 들은 적이 있을 것이다.

"남자는 우는 거 아니야. 남자는 평생 3번만 울어야 해. 태어났을 때, 부모님 돌아가셨을 때, 나라가 망했을 때. 이 세 번을 빼고 울어선 안 돼."

남자의 눈물을 죄악시하고 금기시했다. 자연스레 각인되어 울고 싶지만 참고 또 참았다. 남자는 강인해야만 한다고 착각하고 성장하였다. 그리고 대부분 상황에서 남자다움 쪽으로 기울게 된다. 하지만 세월이 흘러 그런 노력과는 별개로 눈물은 많아진다. 드라마나 영화를 보거나 음악을 듣다가 그리고 책을 보다가, 별것 아닌 장면에서 코끝이 찡해진다. 어떤 때는 넋 놓고 그냥 가만히 있어도 눈물이 나오기도 한다. 전보다 눈물이 많아졌다는 사실을 자신도 알아챈다. 하지만 마음 한구석에 여전히 자리 잡은 눈물에 대한 금기 의식 때문에 흐르는 눈물을 받아들이기가 쉽지 않다.

중년 남자들에게 눈물이 많아지는 이유는 호르몬 때문이라는 설명이 일반적이다. 남성의 경우 중년에 접어들면 남성 호르몬인 테스토스테론이 줄어들고 여성 호르몬인 에스트로겐의 비율이 상대적으로 늘어난다고 한다. 이런 호르몬의 비율 조정 덕분에 공격성은 낮아지고 공감하는 능력은 향상된다. 그 결과 그전에는 보기 어려웠던 눈물이 많아지고 무뚝뚝하고 과묵한 사람이 아줌마처럼 수다스러워진다. 중년 남자들은 호르몬 분비량 때문에 슬픔이나 감동 같은 마음을 흔드는 외부로부터의 자극에 전보다 더 민감해진다는 뜻이다.

하지만 남자는 나약하지 않아야 한다는, 그래서 눈물 따위는 흘리지 말아야 한다는 프레임 안에서 살아온 중년 남자로선 그렇게 간단하지 않다. 전에 없던 눈물은 어색하고 당황스럽기 짝이 없다. 갑자기 많아진 눈물이 낯설고 어색한 것은 당연하다. 게다가 지금까지 지니고 있던 관념에서 보자면 잦은 눈물은 전보다 약한 남자가 되었다는 것을 의미하기 때문에 당혹스러울 수밖에 없다. 중년의 남성에게 '나이 먹으면 눈물이 많아진다.'라는 말은 육체적인 약함과 정신적인 약함을 모두 아우르는 서 글픈 얘기다.

눈물을 흘리는 것은 생리 반응이면서 동시에 감정 활동에 포함되는 반 응이다. 슬픔이나 분노, 기쁨 등의 감정이 격해졌을 때 나오는 눈물을 참 는 것은 결국 감정을 통제하려는 행위가 된다. 괴로운 일이 아닐 수 없 다. 물론 상황에 따라서 감정이 통제되어야 할 때도 있다. 하지만 상황 의 맥락을 무시한 채 남자라는 이유로, 어른이라는 이유로 무조건 눈물 을 참아야 한다는 생각은 대단히 잘못된 생각이다. 인간의 정서 활동에 반하는 일이다. 우리의 몸은 물리적 자극을 받으면 그것에 반응할 수밖 에 없다. 정신도 다르지 않다. 정신이 자극을 받으면 감정이 생긴다. 감 정 반응의 일부분인 눈물을 통제하라는 말은 바늘로 손끝을 찌르면서 피 를 흘리지 말라는 말과 다르지 않다.

슬픔 앞에서 울음을 터뜨리지 못하는 것 역시 고통이다. 감정을 제대 로 발산하지 못하면 몸과 마음에 스트레스가 쌓인다. 우리의 신체나 정 신은 모든 것을 끝까지 견뎌낼 수 있을 정도로 강하지 않다. 견디고 견디 다 결국은 터지게 된다. 장마철에 갑자기 불어난 물은 제방을 무너뜨리

기도 한다. 감정도 비슷해서 적당히 흘려보내지 않으면 마음이라는 둑을 무너뜨릴 수 있다. 그래서 감정의 표출이라는 측면에서 보면 눈물을 흘리는 행위는 불필요한 스트레스를 더 늘리지 않는 방법이다.

실제로 1997년 영국의 다이애나 황태자비의 사망 이후 영국의 우울증 환자의 수가 절반으로 줄어들었다는 조사 결과도 있다. 당시 수많은 사람이 다이애나 황태자비의 죽음을 눈물로 애도했는데, 심리학자들은 그렇게 눈물을 흘린 덕분에 스트레스와 우울증이 해소되었기 때문이라고 해석한다.

이처럼 몸과 마음의 스트레스를 덜어낸다는 점에서 눈물은 가치가 있다. 그런 기능적인 면보다 더 중요한 눈물의 의미는 인간적인 데에 있다. 눈물이 나올만한 일 앞에서 억지로 참는 것은 남자다움 이전에 인간적이지 못한 일이다. 아무리 남성미가 넘치는 사람이라도 남자다움과 인간적인 것 중에 하나를 택하라면 어느 것을 택할 것인가? 당연히 후자를 택하지 않겠는가? 물론 쉽지 않은 일이다. 오랜 세월 참아왔는데 어느 날부터 갑자기 눈물을 흘리는 일은 당연히 어색하고 주변 시선이 신경 쓰일 수밖에 없는 일이다. 하지만 그런 생각만 앞세우다가는 평생 센 척하면서 살아야 한다. 감정에 마음이 흔들려 눈물을 흘리는 일도 사람이 하는 일이다. 처음이 어려워서 그렇지 몇 번 하다 보면 자신뿐만 아니라 주변 사람들도 익숙해진다. 중년 남성의 눈물 이제는 어색해할 필요도 없

고 어색할 이유도 없다. 눈물에서 해방되고 더욱 자유로워질 수 있도록

노력을 해보았으면 하는 바람을 가져본다.

3

학창시절 꼴통이 성공자가 되어 나타나다

어느덧 내 나이 60세를 바라보고 있다. 100세 시대에 인생의 절반 넘게 살면서 이때까지 나의 삶을 복기해본다. 파노라마처럼 다양한 일들이 스쳐 지나가면서 조용히 웃음이 머금어 진다. 사람은 추억을 먹고 사는 동물이었다고 하던가? 반백 살을 넘게 살면서 추억이 많았던 학창시절을 곰곰이 생각해본다. 여러 일들 가운데 불현듯 스쳐 지나가는 놈이 있다. 바로 학창시절 그냥 꼴통이 아닌 개꼴통! 바로 김.현.수.

나는 부산 서면에 있는 서면중학교를 졸업하였다. 나름대로 집과 학교, 학원만을 왔다 갔다 하는 비교적 모범적인 학생이었다. 집과 학교 학원이 나의 유일한 루틴이었다. 으레 학생은 그렇게 하는 것이 맞다고 굳건히 믿고 있었다. 부모님 또한 성실하고 착한 아들이 되길 원했다. 그런 부모님을 실망하게 해드리고 싶지 않았다. 이렇게 하는 것이 곧 효도라고 믿었다. 성실히 학교와 집, 학원만을 오가는 생활을 하다 보니 성적은 좋을 수밖에 없었다. 반면 나의 짝꿍 김현수는 공부와는 담을 쌓은 놈이었다. 늘 엉뚱한 행동과 사고를 하고 다니니 선생에게 꾸지람을 듣기 일쑤였다. 하라는 공부는 하지 않고 또래 여학생과 교제를 하고 무얼 하는지 몰라도 수업시간에 딴생각하면서 취미활동에 골몰하였다. 공부와는 담을 쌓은 현수는 유일한 흥밋거리가 돈에 관한 것이었고, 방과 후 동네 형들과 붕어빵을 판다고 하였다.

나와 극과 극을 달리는 현수가 있는 반면에 마치 바늘과 실과 같이 붙어 다니는 김영철이라는 놈도 있었다. 나처럼 조용하고 소극적인 성향에 집안 환경도 비슷하였다. 생각도 비슷하였다. 자연스레 친해질 수밖에 없었다. 유유상종이라고 하였던가? 누가 보면 형제가 아니냐고 오해할 정도로 친하게 지냈다. 영철이 부모님은 나를 알고 나의 부모님도 영철이를 알 정도였다. 서로의 집을 왕래하고 영철이의 집에서도 자고 온 적이 태반이었다.

중학교를 졸업하면서 자연스레 현수의 존재는 잊히게 되었다. 별로 알고 싶지도 않고 알아야 할 이유도 없었다. 무난한 학창시절을 마치고 모 대학 경영학과에 입학하였다. 국가의 부름을 받아 군 복무를 마치고 졸업을 하고 난 이후 건실한 중견기업에 입사하게 되었다. 32살에 장가를 가면서 눈에 넣어도 아프지 않을 토끼 같은 딸을 얻었다. 영철이 또한 나랑 비슷한 길을 걸었다. 역시 모범생 같은 삶을 살았던 영철이도 대학을 졸업 후 화학제품을 만드는 중견기업에 부장으로 살아가고 있다. 나랑 비슷한 시기에 장가를 가서 아들, 딸을 놓고 잘살고 있다. 비슷한 코드라 반백이 된 이 나이에도 연락을 하고 지낸다.

어느 날 영철에게 전화가 왔다.

"여보세요? 영철이가?"

"니 소식 들었나? 올해 12월 20일(금) 저녁 7시경 동창회 한다네."

"동창회? 나 그런 거 별로 관심 없다. 이때까지 안가도 잘 살았는데 뭘."

"그래? 나는 친구 놈들이 보고 싶은데? 같이 가지 않을래?"

눈썹 휘날리게 뒤도 돌아보지 않고 앞만 보고 달렸다. 가장이라는 이유로 당연히 그래야만 하는 줄 알았다. 그것이 곧 숙명인 줄 알았다. 집과 회사만 오가며 가정에만 충실했다. 그래서인지 친구 따윈 잊고 산 지 오래였다. 유일하게 친했던 영철이랑 연락하고 산 것이 전부였다. 영철이의 부탁이라 마지못해 승낙하였고 동창회를 하는 그날이 점점 다가왔다.

광안리 밤바다의 야경과 시티뷰가 도드라져 보이는 광안리 XX 호텔.

이곳이 친구 놈들을 만나는 장소다. 왠지 설렌다. 친구 놈들은 어떻게 살고 있는지 궁금했다.

'다들 나처럼 평범한 소시민으로서 가정에 충실하고 회사업무에 충실하면서 가장으로서 살겠지?'

12월 20일(금) 그날이 도래하였다. 영철이와 나는 두근대는 가슴을 안고 엘리베이터의 버튼을 지그시 눌렀다. 엘리베이터의 땡 소리와 함께 7층의 모임 장소로 이동하였다.

북적북적하였다. 수십 년의 세월의 흔적이던가? 알아보는 친구도 있지만, 누구세요? 라고 물어봐야 할 정도로 전혀 못 알아보는 친구들도 있었다. 많은 친구들이 세월의 흔적 속에 얼굴과 이마의 주름에 인생의 고달픔이 묻어나온 것 같다. 하지만 이마의 주름 한 개가 늘어날 때마다 인생의 계급장이 한 개씩 추가된 것이고 이는 그만큼 열심히 살았다는 반증이 아니겠는가? 나와 영철이 또한 마찬가지! 그래서 주름이 마냥 싫지만은 않다.

뷔페에서 제공된 술과 음식을 곁들이며 이런저런 이야기를 나눈다. 술이 한 잔씩 들어가면서 말이 많아졌다. 나 자신이 놀랍다. 내가 이렇게 말이 많았다니. 행사장 안이 시끌벅적하다. 중년 남성들의 수다가 이렇게 활발하다니. 분위기가 점점 고조되면서 동창회에 잘 왔다고 해마다 오리라 다짐을 하였다. 화기애애한 분위기 속에서 갑자기 문 입구에서

"친구들아, 잘 살았나?"라는 큰 소리가 들렸다. 우리들은 자연스레 문 쪽으로 이목이 쏠릴 수밖에 없었다. 저 멀리서 멋진 양복을 입고 머리에 한껏 치장을 한 사람이 등장하였다. 기세등등하게 점점 우리들 앞으로 다가왔다. 럭셔리한 금목걸이에 금팔찌, 롤렉스 시계가 도드라져 보였다. 그런데 한 명이 아닌 옆에 한 명이 더 따라오는 것이 아닌가? 저 사람도 동창인가?

"갈 때까지 저기 앉아 있어요."

"네, 사장님."

사장님이라는 남자의 말에 우리는 웅성거렸다. 사장님이라니. 우리들은 소시민들인데. 부러움으로 가득 찬 눈빛들을 보내고 있었다. 그 사람은 호기롭게 단상으로 올라왔다. 마이크를 탁탁 쳤다.

"아아, 친구들아 잘 살았나? 내 누군지 알겠나? 학창시절 개꼴통이었던 김현수다."

웅성거리던 모든 친구들의 눈이 동시에 커졌다. '문제 학생으로 낙인 찍혔던 현수가 재란 말인가?' 다들 이런 눈빛이었다. 앞에서 직접 보고도 믿을 수 없다는 표정들이었다. 나와 영철이 또한 믿을 수 없었다. 현수는 말을 계속 이어갔다.

"오늘 이렇게 동창회를 한다는 소리를 듣고 이렇게 찾아왔는데 다들 수십 년 만에 보니까 억수로 반갑네. 오늘 즐겁게 좋은 시간 보내자. 그라고 오늘 내가 여기 다 쏠 테니까네 마음껏 마이 무라."

　나는 귀를 의심하지 않을 수 없었다. 500만 원은 훨씬 넘게 나올 텐데. 부담이 안 되려나? 그렇지만 현수의 그 말에 우리들은 동시에 기립박수를 치면서 김현수, 김현수를 외치기 시작했다. 현수는 선거를 앞둔 선거유세의 후보자 같았다. 현수의 으쓱하는 표정을 아직도 잊을 수 없다. 그날 화두는 당연 현수였다. 친구 한 놈이 현수에게 다가가 물어본다.

　"현수 인마 반갑다. 악수 한번 하자."

　"그래 반갑다. 니 이름이 머였더라?"

　"내 이름 모리나? 내 김진호잖아."

　"맞다. 진호. 인자 기억난다."

　서로 간의 통성명을 하는 가운데 다들 현수가 뭐 하는지 궁금해했다. 당최 어떤 일을 하길래 저렇게 통이 크단 말인가? 금팔찌, 롤렉스 시계, 금목걸이를 차고 다닌다니 경제적인 여건이 좋아진 것이 분명했다. 현수가 다시 단상 앞에 나가서 마이크를 잡았다.

　"다들 내가 무슨 일 하는지 궁금한가 보네. 나는 현재 해운대에서 부동산 컨설팅 법인을 운영하고 있는데. 검색해보면 알끼라. XXX부동산 컨설팅이라고. 거기서 밥 먹고 산다. 다들 보고 싶었다. 우리 연락들 하고 살자. 특히 내 짝꿍 이윤기. 잘 살았제?"

　내 이름이 거론되자 이목은 나에게로 집중되었다. 얼굴이 화끈거렸다.

"어 그그래 잘 살고 있다. 마마난나게 돼서 반갑데이." 갑작스런 이목집중에 말을 더듬었다. 적잖이 당황스러웠나 보다. 나는 평소 말을 더듬는 일은 거의 없다. 갑자기 부러움과 시기 질투심이 생겼다. 의문이 생겼다.

'학창시절 공부와 담을 쌓았던 놈인데, 소위 말하는 꼴통이었는데. 저렇게 성공을 했단 말인가? 당최 무엇을 어떻게 했기에?'

하긴 학창시절 유일한 흥밋거리가 돈이었으니 그 돈을 좇으면서 살다 보니 저렇게 부유하게 살았나 보다 싶다. 일시적으로 머릿속에 혼란함이 생기면서 인지부조화 현상이 생겼다. 공부를 잘하는 것이 곧 성공이라고 굳건히 믿었던 나였다. 물론 성공이 물질적으로 잘사는 것만은 아니지만 보통 다들 그렇게 알고 있지 않은가?

학창시절 치열하게 열심히 한 결과 비교적 평탄하게 살고 있던 나였다. 하지만 나보다 훨씬 노력을 안 하고 빈둥거리고 뺀질거리며 살았던 놈이 저렇게 살다니 믿을 수 없다. 적어도 나의 머리로는 이해가 안 된다. 배알이 꼴렸나 보다. 대체 어떻게 했기에 저래 잘살까?

공식적인 모임이 파하고 우리는 2차를 가게 되었다. 호텔 로비로 다 같이 나왔는데 현수 옆을 따라다니던 부하 직원이 차량을 대기하고 있었다. 우리는 다시 눈이 휘둥그레졌다. 그 차는 다름 아닌 검은색 외제차량 벤츠였다. 동시에 다들 우와 소리를 내면서 앞으로 점점 나가고 있는 차를 넌지시 쳐다볼 뿐이었다.

2차 모임에서 영철이와 수작을 하면서 대화를 나눴다. 그렇지만 1차 모임보다 많은 이야기가 오가진 않았다. 연거푸 술만 들이켰다. 잘 마시지도 못하는 술을 마셔댔다. 희한하게도 마시고 싶었다. 오늘만큼은 취하고 싶었다. 취기가 돌쯤에 영철이가 이렇게 이야기했다.

"야 너 현수 부럽제? 부러워 보이던데. 히히."

"그럼 안 부럽나? 짜식! 당연한 거 아니가?"

"너무 맘에 두지 마라. 현수랑 우리들은 가야 할 길이 다르다. 삶의 레벨이 다른 놈이다."

"나도 잘 안다. 그렇지만 부러운 건 어쩔 수 없잖아. 학창시절 꼴통이 사회에서 성공자로 나타났다고 하니 신기하기도 하고. 이럴 줄 알았으면 나도 적당히 할걸 싶다."

"공부는 네가 훨씬 잘했지만 그나마 이렇게라도 했으니 지금 이렇게라도 먹고 사는 게 아니겠냐? 마음 쓰지 말고 그냥 털어버리자. 좋은 추억으로 간직하자."

"그냥 털어버리면 되는데 자괴감이 생기네. 내가 원래 이렇게 속 좁은 놈이었나?"

영철이와 다음번 곱창에 소주 한잔 약속을 하며 헤어졌고 다른 약속은 몰라도 그 약속은 반드시 지켜질 것 같다.

** 학창시절의 추억을 상기하고자 동창 모임을 나가보면 돌출된 한두 명은 꼭 있게 마련이다. 그리고 친구들의 다양한 소식들을 들을 수 있다. 지병이 있어 40대 중반에 유명을 달리한 친구, 사업을 말아먹은 친구, 사업에 성공한 친구, 자식이 잘되어 서울대학교에 입학했다는 친구 기타 등등. 친구들의 자랑 속에 비교가 될 수밖에 없다. 사람이라면 그것이 인지상정이다. 허탈하고 힘이 빠진다. 다양한 소식들을 접하고 있노라면 오만가지 생각이 든다.

　'나는 이 나이 먹도록 뭐 했나?'

　잘나가는 동창과 비교함으로 자존감이 바닥으로 곤두박질친다. 자존심이 상한다. 하지만 기억하자. 우리는 물려받은 재산도 없고, 사업적인 수완도 없다. 그렇다고 용기도 없다. 우리들은 겁쟁이다. 인간의 유전자는 편안함을 추구하도록 자기의 이기와 편리대로 살아가도록 번식된 존재라 지금까지도 그렇다. 큰 위험이 닥치는 것을 몸이 원하지 않는다. 그래서 이렇게 소시민적 삶을 사는 것이 어찌 보면 당연하다. 그래도 떵떵거리는 동창들을 보면 마음 한편이 편하지 않은 것만은 사실이다. 하지만 잘나가고 떵떵거리는 동창들의 속내를 들여다보면 복잡한 사례도 많다. 오랜만에 친구들 앞에서 불편한 모습과 고민을 내비치고 싶어 하는 사람은 없을 것이다. 좋은 모습만 보여 가며 가면을 쓰고 속이는 것이다.

누구나 문제는 있는 법이다. 그렇기 때문에 절대로 비교하진 말자. 사람이기에 시기 질투, 비교되지만 그럴수록 속만 쓰리다. 사람은 자기만의 그릇이 있고 복은 타고난다고 하지 않는가? 인생 절반을 살았으니 남은 삶은 그냥 현실에서 무탈하게 살아가보면 어떨까?

4

나의 적은 다름 아닌 나

아침부터 부서별로 시끌벅적하다. 단군 이래로 회사가 창립된 지 이렇게 시끌벅적한 것은 처음인 것 같다. 사내 게시판의 글 한 개의 조회 수가 이렇게 높을 줄이야. 글의 내용은 이렇다.

〈2023년 상반기 명예퇴직 수당 지급시행 공고〉

2023년 상반기 명예퇴직 수당 지급 시행계획을 다음과 같이 공고합니다.

1. 신청대상: 20년 이상 근속하고 정년퇴직일 전 1년 이상의 기간 중에 자진하여 퇴직하는 사람

2. 신청기한: 1.1~1.15

3. 신청절차: 명예퇴직 희망자는 신청 기간 내에 「명예퇴직 수당 지급 신청서」와 「명예퇴직원」을 자필로 작성하여 소속 부서장에게 제출하고, 소속 부서장은 이를 확인한 후 신청서류와 함께 인사과에 제출

명예퇴직 신청 공고문이 나오다니…. 안 그래도 날씨도 을씨년스러운데 가뜩이나 마음도 을씨년스럽다. 지나간 세월이 파노라마처럼 빠르게 스쳐 지나간다.

약 30여 년 전 회사에 뼈를 묻겠다는 각오로 입사를 한 Y 무역. 입사 당시는 직원도 몇 없고 체계가 덜 잡혀 있던, 창업한 지 얼마 되지 않은 회사였다. 부모님의 반대에도 불구하고 대표님의 비전과 철학에 반해 입사하게 되었다. 우량하고 건실한 기업으로 성장하는 데 내가 일조하리라 다짐을 하였다. 굴지의 대기업은 아니었지만, 중견기업으로서 성장하였다. 지금에 와서 생각해보니 회사가 있었기 때문에 가족이 행복할 수 있었고 생존할 수 있었다. 불평불만을 논하자면 한도 끝도 없었지만, 참고 또 참았다.

젊은 청년이 중년층의 아저씨가 되기까지 수많은 일들 속에 감회가 새로웠다. 그렇지만 막상 공고문을 보니 회의감이 몰려왔다. 열심히 했다고 자부를 했는데 그에 맞는 적절한 보상이 주어지지 않았다. 주위의 사

람들에게 힘든 것에 관해 티 내지 않고 그저 앞만 보고 달렸는데 벌써 소모품으로 보는 것인가? 이건 뭐지? 머릿속이 복잡해지기 시작하였다. 퇴사하는 게 맞는 걸까?

2~3년 전부터 쉬고 싶다는 생각이 들긴 했었다. 수많은 복잡한 일들을 내버려 둔 채 마냥 쉬고만 싶었다. 조용한 휴양림에서 모닥불을 피워 고기를 구워 먹고 자연과 동화된 채로 홀로 조용히 단 하루라도 쉬었다 왔으면 좋겠다는 생각이 간절했다. 오죽하면 잠자면서 꿈을 꿨을까? 가족들이 아니었다면 진작 때려치웠을 텐데. 하지만 퇴사를 하기엔 오랜 세월 동안 봐왔던 동료들과 정이 들었던 것 같다. 그러나 정작 마음속으로는 오로지 나만을 위한 괜찮은 삶을 살고 싶다. 나는 왜 이렇게 이기적일까?

** 인간의 인생은 유한하다. 아무리 100세 시대라고 한들 과연 100세까지 살아갈 수 있는 사람이 과연 몇이나 될까? 노년에 경제적인 여유가 있다고 한다면 그나마 행복한 노년을 맞이할 수 있지만, 경제적인 여유가 없는 노년을 맞이한다면 축복이 아닌 재앙이 될 수 있다.

그래서 인생은 선택의 연속이라고들 한다. 수많은 갈등과 문제, 일 속에서 결국 한 가지를 선택하여야 한다. 그 선택들이 모이고 모여서 한 사람의 삶이 되는 것이다. 결혼할 것인가 말 것인가 선택을 하고, 아이를 낳을 것인가 말 것인가 선택을 해야 한다. 어떠한 일을 할까 선택을 해야 한다. 이런 다양한 선택 속에서 결국은 먹고 사는 문제를 해결하기 위해 일을 할 수밖에 없다. 회사를 위해 열심히 일한다는 애사심은 있었지만 언젠가부터 그 애사심 따위는 듣기 좋은 말이고 그저 허울 좋은 말이었다.

오로지 가장이라는 이유로 열심히 달렸는데 명예퇴직이라는 말을 들었을 때 심정은 어떠했을까? 황망하기 그지없을 것이다. 언론이나 신문에서 '인생 이모작을 준비하라. 은퇴 이후에 내가 할 수 있는 것들, 즐거운 것들, 취미로 할 수 있는 것들을 찾아보라.'라고 권유한다.

그래야 환갑이 넘어서도 일을 할 수 있고 생계가 유지될 수 있다고 한다. 그럴싸하고 맞는 말이다. 하지만 그것이 말처럼 쉬운 것이 아니다. 설령 찾았다고 한들 한 치의 망설임도 없이 그 길을 선택하고 실행한다는 것이 두려움으로 다가온다.

'잘되면 다행이지만 실패하면 어쩌지? 그럼 그나마 모아놓은 돈도 날아가는 것인데. 어떻게 하면 좋을까? 그리고 이 나이에 이게 가능해?'

끊임없이 머릿속에 의문 마크가 따라다닌다. 도통 용기가 나지 않는다. 여러 가지 핑계와 이유 더불어 자기합리화가 계속해서 머릿속을 맴돌고 있다. 막상 밖을 나간다고 해도 할 수 있는 것은 딱히 없다. 학교, 집, 도서관만 루틴처럼 다니는 모범생처럼 집, 회사만 고집했기에 세상의 거친 풍파에 바로 쓰러질 것만 같다.

하지만 이런 것들을 지양해야 한다. 나이를 기준으로 본인을 평가하고 언론에서 보도하는 것을 진실인 양 믿다 보면 나 자신은 한없이 작아지고 무기력증에 빠지게 된다. 만약 퇴직해야겠다고 다짐을 했다면 앞으로 어떻게 살아야 할 것인가 고민을 해야 한다. 지나간 것을 복기하면서 반성 등의 자아 성찰이 필요하다. 그 속에서 잘못한 것, 실수한 것을 바탕으로 더 나은 삶을 살아갈 수 있는 자아 성찰은 성장을 위한 디딤돌이 된다.

지나간 세월 속에서 익숙한 것들과는 당분간 결별을 선언하고 새롭게 다가오는 것들에 대해 두려워 말았으면 한다. 그리고 자신을 향한 의심, 비난, 조롱을 거두도록 하자.

'에이, 이 나이에 이게 된다고 생각해? 말도 안 되는 소리 하지 마. 너는 인마 온실 속의 화초처럼 살았는데.' 스스로 한계를 짓고 가두어 두지 않아야 한다.

인생을 살다 보면 크고 작고의 차이지만 늘 실패와 시련은 있게 마련이다. 이때까지 나의 인생에 대해 잘못했다고 좌절하거나 자신을 비하하지 말아야 할 것이다. 크게 성공한 적도 없었지만 그나마 평타라도 쳤음에 감사해보자. 은퇴를 앞둔 우리에겐 이런 감정소비를 할 시간이 없다. 오히려 스스로에게 격려하고 칭찬을 하며 위로하자. 롤러코스터 같은 일들을 겪고 산 넘어 산을 넘어가면서 여기까지 온 자신이 대견하지 않은가?

적이라는 존재는 싸워야 할 존재이다. 물리쳐야 한다. 물리치지 않으면 경제적, 정신적, 신체적 피해를 보게 된다. 직장에서 흔히들 이야기하는 적은 동료 혹은 계열사, 협력사 직원이 될 것이다. 그렇지만 은퇴를 하게 되면 이제는 적은 남이 아니다. 다름 아닌 내가 적이 된다. 나를 이겨야 한다. 어떻게 나를 이길 것인가? 인생 최대의 적은 나라고 한다. 나를 이기면 결국은 성공을 맛볼 수 있다. 무기력함, 의심, 나약함 등의 마이너스 감정이 바로 눈에 보이지 않는 나의 큰 적이다.

나는 이 세상에 유일무이한 존재이다. 동명이인이 있을지언정 그 사람과 나는 태어난 연도부터 살아온 환경까지 판이하게 다르다. 그래서 나는 이 세상의 주인공이다. 세상이라는 뮤지컬의 주인공으로서 이 세상에 휘둘리지 말고 오히려 휘둘러야 한다. 나를 격려하고 받아들인다고 한다면 어떤 어려운 상황도 거뜬히 이겨내고 실패 없는 삶을 살 수 있다.

말년에 부귀영화를 꿈꾸고 화려한, 주목받는 삶을 살기보다는 그냥 무난하게 평탄한 삶을 꿈꿔보자. 부귀영화와 화려함을 꿈꾸며 욕심을 부려 그 욕심이 오히려 화로 돌아오는 일이 없어야 할 것이다. 그래서 자기 자신을 잘 다스려야만 한다. 나의 마음속에 있는 적과 싸울 수 있는 사람은 오로지 나뿐임을 반드시 명심하자.

5

남자의 인생

어느 집과 다를 바 없는 집안에서 사내로 태어났다. 성장 과정에서 학창시절에 우여곡절도 많았다. 사춘기 시절 부모님에게 근심과 걱정을 안겨드렸다. 오로지 내 생각, 내 행동이 어른인 것처럼 느껴지고 행동했다. 부모님보단 친구가 좋아서 친구랑 어울려 다녔다. 나쁜 행동을 한 것은 아니지만, 내가 이 세상의 중심이고 친구들과 함께였기에 겁나는 것이 없었다. 어느덧 내 마음의 풍파는 지나가고 철이 들어갔다. 세월이 흘러 어른으로 성장을 하여 사랑하는 여자를 만나 가정을 이루게 되었다. 서로 다른 환경에서 자란 남녀가 만났으니 초반부터 원활한 신혼생활은 무리였다. 잦은 갈등과 다툼이 생겼다.

혼자일 때가 편했다. 하고 싶은 것, 먹고 싶은 것과 가고 싶은 것은 내 의지대로 다 할 수 있었다. 타인에게 피해가 가지 아니하고 나 하나만 챙기면 됐다. 철저한 이기주의자로 살 수 있었다. 하지만 결혼과 동시에 나만을 위한 이기주의는 접어야만 했다. 아내를 배려할 줄 알아야 하며 양가 부모님을 챙겨야 했다. 명절 혹은 집안의 대소사를 치르면서 갈등을 겪기도 했다. 이럴 때 왜 결혼을 했을까? 회의감도 든다.

'결혼생활이 이럴 줄 알았으면 결혼하지 말걸. 내가 왜 결혼을 했을까?'

하지만 사람은 환경에 익숙해지는 동물이다. 익숙함 속에 편안함이 곁들여지고 편안한 아내와의 관계 속에서 한 생명을 만나게 된다. 먼지 티끌 같은 눈에 보이지 않는 아주 조그마한 세포가 점점 성장하여 10개월 후 세상을 접하게 되고 아빠 엄마를 만난다. 세상에서 둘도 없는 내 새끼. 아내를 똑 닮은 딸아이를 보고 있노라니 기쁨으로 충만해진다. 기쁨으로 충만하지만, 아이를 키우는 것은 결코 쉬운 일이 아니다. 아이를 키우다 보니 부모님의 노고에 대해 알게 된다. 부모가 되면서 진정한 어른으로 변모한다. 나의 부모님도 나를 이렇게 키웠겠지.

아빠가 되었기 때문에 이전보다 책임감은 증폭된다. 입이 한 개 더 늘어났으니 당연하다. 아내는 아이를 키운다고 늘 정신없고 힘들어했다. 안타깝고 안쓰럽지만 내가 할 수 있는 것이라곤 돈을 벌어다 주는 것뿐이었다. 돈을 벌어 가정의 경제를 책임져야 했다. 최소한 가장으로 해야 할 역할을 다해야 한다. 아빠와 남편, 직원으로서 세 가지 역할을 동시에 한다는 것. 내 몸은 몇 개란 말인가? 가정도 힘들지만, 직장생활은 더 힘들다. 참으로 고달픈 인생이다. 위에서 엄청나게 쪼아댄다.

사직서를 늘 마음에 품고 다닌다. 마음 같아서는 사직서를 윗대가리 면상에 뿌려버리고 나와버리고 싶다. 이따금 사직서를 뿌려버리는 꿈을 꾼다. 꿈에서 깨고 나면 카타르시스를 느낀다. 하지만 현실은 시궁창이다.

'이놈의 썩을 놈의 회사. 내가 능력만 있으면 당장 때려치우고 만다.'

이를 박박 갈고 다니지만 마땅한 대안이 없기에 다니고 있다. 서글퍼진다. 열 받는데 확 그냥 직장을 그만두고 가게나 차려서 편하게 살아볼까? 쪼아대진 않으니 맘은 편하겠지? 그러나 세상사 호락호락하지 않다. 늘 맘만 앞선다. 무엇보다 모아놓은 돈도 없고 커가는 딸아이를 보고 있으면 고목에 붙은 매미처럼 붙어 있어야 한다. 아이는 점점 커나가고 돈 씀씀이는 불어난다. 맞벌이를 해도 늘어나는 돈에 걸맞게 씀씀이도 늘어난다. 도긴개긴이다. 결국, 자기계발 이것이 정답인 것만 같다. 자기계발을 해야겠다. 몸값을 높이는 수밖에 없다. 자연스레 가족이 잠든 사이에 공부하고 책을 읽는다. 코에서 뜨끈한 빨간 무언가가 흐르고 있다. 피곤해도 나는 가장이니깐 어쩔 수 없다.

보람찬 하루를 마치고 집에 오면 딸아이와 놀아줘야 한다. 일과 육아를 병행하며 지친 아내는 나를 찾는다. 딸아이도 나를 찾는다.

"여보, 이것 좀 도와줘. 청소기 돌리고 세탁기 좀 돌려놔줘."

"아빠 나랑 놀자. 심심해."

"아빠 피곤한데 조금만 쉬었다 놀면 안 될까?"

"알았어. 해줄게."

영혼 없이 대답은 하지만 밖에서 소진된 힘이 집에서 고갈 직전이다. 그런데도 이렇게 나를 원하는 사람들이 있다. 내가 무슨 연예인도 아니고 미치고 환장하고 펄쩍 뛸 노릇이다. 하지만 가화만사성(家和萬事成)이라는 말처럼 가정이 화목해야 모든 일이 잘되는 법이니 어쩔 수 없다. 내가 할 수 있는 것은 다 하고 있다. 너무 돈타령하지 말고 즐기면서 살라고 사람들은 내게 조언을 한다. 틀린 말은 아니다. 죽을 때 돈 싸들고 가는 것도 아니니! 한 번뿐인 인생 즐기고 싶지만, 현실과 이상과의 괴리는 크다. 남들처럼 다 놀고 소비한다면 먼 훗날 생각만 해도 끔찍하다. 곧 죽어도 박스를 줍기는 싫다. 해외여행 갈 때 캐리어는 못 끌망정 상자를 운반하는 캐리어를 끌기는 싫다. 찬란한 미래를 위해 현재의 시간을 조금 희생하는 수밖에 없다. 타박할 수 있는 사람은 한 명도 없다.

나이가 들어 흰머리가 희끗희끗 보이기 시작한다. 세월이 유수 같다. 쏜살같은 세월이라고 누가 말하였던가? 24시간 중 집에서 보낸 시간보다 회사에서 보낸 시간이 더 많았다. 내 청춘의 2/3는 회사에서 보냈다. 나의 청춘을 불살랐고 청춘을 회사에 묶어버렸다. 어느덧 퇴직의 순간이 다가온다. 명예퇴직 소리가 간간이 들려온다. 아직 그러기엔 딸이 시집도 안 갔는데 몸도 마음도 예전 같지 않다. 옛날엔 3일 내내 야근을 해도 쌩쌩했는데 지금은 야근 하루만 해도 몸이 골골댄다. 감기를 달고 산다.

딸아이가 사랑하는 남자라고 웬 사내놈을 데리고 왔다. 결혼하고 싶다고 선언한다. 너무 뜬금없어 황당하기 그지없다. 사내놈이 산적같이 무식하게 생긴 얼굴이다. 시커먼 얼굴에 교양이라곤 하나도 없어 보인다. 이야기를 나눠본다.

"자네 무슨 일 하는가?"

"네 아버님 저는 현재 조선소에서 현장직으로 근무 중입니다."

"그렇구먼. 그래서 얼굴이 시커멓구먼. 자네 몇 살인가?"

"네 올해 33살입니다. 윤영이보다 3살 많습니다."

윤영이가 벌써 올해 30살이라 말인가? 하긴 나도 나이를 먹을 만큼 먹었다.

사내놈과 대화를 나눠보니 생긴 건 마음에 들지 않지만 나쁜 놈은 아닌 것 같아 안심이다. 무엇보다 윤영이를 사랑한다는데 뭣이 더 필요하겠는가? 결국, 딸아이는 올해 10월 가을의 신부가 되려고 준비 중이다. 왠지 가슴 한쪽이 횡하다. 애지중지 키웠던 딸인데. 파노라마처럼 지난 일들이 서서히 지나간다.

결혼식 전날 밤 딸이랑 오래도록 대화를 나눴다. 딸아이와 이렇게 오래도록 대화를 나눈 것이 처음이자 마지막일 것 같았다. 대화 말미에 나의 눈을 보고 딸아이가 나지막하게 이야기한다.

"아빠, 이때까지 이렇게 잘 키워줘서 고마워. 아빠 사랑해."

딸의 진실한 고백에 아직도 눈물이 난다. 내가 이렇게 눈물이 많았던 남자였던가. 젊은 날 눈물 한 방울도 흘릴 줄 모르는 냉혈인간인 줄 알았는데. 웬만해선 울지 않았다. 울면 나약하고 허약하게 보일 것 같았다. 무엇보다 남자는 평생 3번만 울어야 한다는 대한민국의 그릇된 교육이 나에게 각인된 탓이었다. 더군다나 딸아이 앞에서 울면 부끄러울 것 같아서 절대로 울지 않고 참고 또 참았는데 눈물샘이 터지고 말았다. 옆에서 지켜보고 있던 아내는 나에게 타박을 한다.

"여보 울긴 왜 울어. 가장 기쁜 날인데. 울지 마. 나이 들어서 창피하게."

드디어 결혼식 당일이다. 넥타이를 고이 매어주던 아내의 말대로 절대로 울지 않으리라. 하지만 딸아이 결혼식 날 아내의 타박에도 불구하고 결국 나는 눈물샘이 터지고 말았다. 딸의 결혼식은 나에게 죽을 때까지 잊히지 않는 추억이 되어버렸다. 지금은 결혼식장에서 흘린 눈물이 말라버렸지만, 아직도 뇌리에 생생하다. 벌써 시집간 지 5년이 넘었다. 박 서방과 잘살고 있고, 아들과 딸을 놓고 잘살고 있다. 내가 벌써 할아버지란 말인가? 손자 손녀가 오면 귀엽다.

　딸아이가 결혼하고 정확하게 1년 후 퇴직을 하였다. 이제는 무엇을 하면서 어떻게 살아야 할까? 국민연금과 퇴직금이 있지만, 경제적인 고민에 밤잠을 이루지 못한다. 국민연금과 퇴직금만으로는 우리 부부가 생활하기에 턱없이 부족하다. 제2의 인생을 위해서 그리고 아내의 맞잡은 두 손 평생 잡고 다니려면 무언가 일을 해야겠다. 일을 하되 젊은 날처럼 열정을 다하진 않을 것이다. 쉬엄쉬엄 체력이 허락되는 순간까지 일할 것이다. 젊은 날 그렇게 아등바등 살았는데, 노후에 캐리어를 끌고 아내와 단둘이 동남아 여행을 가고팠다. 시간은 남아돌지만 경제적 여건이 아쉽다. 이럴 줄 알았으면 가족여행으로 짧게나마 다녀올걸. 크나큰 후회와 아쉬움이 남는다. 아내는 수십 년간의 나의 노고를 이해하고 잘해준다. 친구 놈은 밥도 제대로 못 얻어먹고 다닌다던데. 일중독에 빠져 가정을 등한시했던 결과였다.

　"에구, 그렇게 평소에 잘하지 이 친구야."

　세월이 흘러 나와 아내는 같이 늙어가는 처지가 되어 듬성듬성 희끗희끗했던 흰머리가 눈송이처럼 하얀 머리가 되어버렸다. 아내와 나는 아름답게 늙었다. 지병은 있지만 아직은 살 만하다. 집 앞에 있는 공원에 아내와 조용히 걸으면서 과거를 회상해보니 너무 잘살았다. 물론 힘든 적도 많았다. 좌절하고 고통 속에 빠진 적도 있었다. 그렇지만 가장으로서 충실하려고 노력했고 회사에서 인정을 받으면서 퇴직을 했다. 하나밖에 없는 딸이 좋은 사람 만나서 시집가서 잘살고 있다. 이제 죽어도 여한이 없다. 이대로만 살았으면 좋겠다. 다만 아내의 심장질환이 걱정이다. 아내는 어렸을 때부터 심장이 약했다. 그래서 지금도 큰소리가 나거나 걱정, 근심이 있으면 심장이 아파온다. 내가 더 잘해야지. 아내가 없으면 내 삶의 이유가 사라지는 것이다. 한 쌍의 원앙처럼 살았는데.

평안한 일요일 아침잠에서 깨어 냉수 한잔을 마시고 방에 들어왔는데 느낌이 싸하다. 불길한 느낌은 뭐지? 덜컥 겁이 났다. 아내의 콧잔등에서 미세한 바람이 나오지 않는다.

사망 연유는 연약한 심장이 제 기능을 하지 못하고 멈춘 것이었다. 딸과 사위, 손자 손녀가 장례식장에 왔다. 펑펑 울고 싶지만 눈물이 말랐다. 주변인들의 위로에도 힘이 없다.

"여보, 왜 그 멀리 있는 길을 혼자 가려고 해. 당신 없인 어찌 살라고 그래?"

영정사진을 보며 멍해진 얼굴로 혼자 조용히 되뇌어본다.

"여보 이제 곧 뒤따라갈게. 거기 살 만해?"

"정말 고마웠고 감사했고 당신 덕분에 행복했어. 사랑해 여보."

이젠 기력도 떨어진다. 기억력도 사라지고 말도 어눌해진다. 밥맛도 없다. 사는 낙이 없다.

아내를 만나러 갈 시간이 다 되었다. 그곳에서 아내를 만나 이승에서처럼 손잡고 다정다감하게 행복하게 살리라. 나는 감히 고백한다. 이 세상 소풍 고달팠지만 한편으론 행복했노라고!!

** 한평생 자기 몸 축나는 줄도 모르고 자식들을 번듯하게 키워내신 부모님들이 있었다. 특히 현실에서 매우 버겁고 힘들지만 가족을 위해 오늘도 묵묵히 일터에서 땀을 흘리는 아버지들을 생각하니 너무 감사하다. 감사함과 미안함 안타까움 등 다양한 양가감정에 눈물이 앞을 가린다. 번듯한 가정의 총 책임자로서 젊었을 때는 가정을 보살피고 이끌어 나간다. 먹고 살아야 하는 것이 최우선이기에 삶의 현장에서 이리 치이고 저리 치이고 할지라도 힘겹게 버틸 수밖에 없었다. 그래서 남자는 고독하였다.

가정 경제를 위하여 돈벌이에 몰두하면 자녀 마음은 아버지에게서 멀어진다. 아이들이 커나갈수록 책임은 증폭되고 권한은 사라진다. 이것이 오늘날 아버지들의 현주소다. 가정에 충실하고 자상한 남편과 아빠의 역할에 충실했다면 고독한 남자, 고독한 아빠는 없을 것이다. 하지만 사회나 부모가 기대하는 남자의 역할을 하면서 처자식이 원하는 성실한 남편이나 자상한 아버지가 되는 길은 험난하다. 이것이 잔인한 현실이다. 그래서일까? 남자의 인생은 겉으로 표현하지는 않지만 참으로 고달프다. 속병을 앓고 있다. 한 번뿐인 인생이라 일생이라고 표현한다. 남자의 인생은 한 번뿐인 인생이기에 아버지들은 조금은 이기적으로 살았음 한다. 좋은 음식, 좋은 옷, 늘 행복을 꿈꾸며 쉼을 얻고 위로받을 수 있는 무엇을 개발하여 즐겁고 행복하게 살길 간절히 바란다.

6

인체의 신비인 것인가. 희한하게도 자연스레 눈이 떠진다. 입이 찢어져라 하품을 하고 기지개를 켠다. 지금 시간이 몇 시려나? 벽시계를 보니 아침 6시. 밖의 새들이 정답게 지저귀면서 종수 씨를 깨우고 있다. 이렇게 아름다운 새소리를 들을 수 있다는 것이 얼마나 큰 축복인가? 도심지 생활에서는 절대로 상상할 수 없는 일들이다. 5월이지만 바깥 공기가 꽤 차갑다. 차가운 공기가 피부를 어루만지지만, 맘만은 따뜻하다.

산에 들어와서 산 지도 벌써 5년이 넘었다. 혼자서 무언가를 한다는 것이 이제는 전혀 어색하지 않다. 처음에 산속에 들어왔을 때 할 줄 아는 것이 아무것도 없었고 지식 또한 전무했다. 늘 가족들과 사람들과 부대끼며 살았기에 홀로 산다는 것이 두렵기도 했다.

그렇지만 사람은 적응의 동물이라고 하였던가? 못할 것 같고 어려울 것 같지만 생존의 욕구 속에서 막상 닥치면 다 하게 되지 않는가? 이젠 나 홀로 조용히 잘 먹고 잘살고 있다.

산중에서 홀로 생활을 하기에 팔자 좋은 놈이라 치부할 수 있지만 혼자 있기에 더욱 부지런해야 한다. 아침부터 해야 할 일들이 천지다. 마당에 있는 내 새끼 못지않게 귀여운 닭들에게 사료를 줘야 한다. 누추하지만 나의 따뜻한 보금자리인 집에서 5분 거리인 밭에 물도 줘야 하고 벌레 먹은 썩은 농작물의 잎도 따야 한다. 시간이 금방 간다. 신성한 노동 속에서 배꼽시계가 울리면 그제야 아침을 먹는다. 된장을 묻힌 고추 반찬, 깻잎 무침 등 풍성한 반찬은 아니고 식사하는 시간이 늘 일정하진 않지만 나는 늘 감사하다. 해야 할 일들이 많을 때면 가끔 물에 밥을 말아 먹지만, 수라상에 버금갈 정도로 만족도가 크다.

가족이 있고 소속된 직장 속에서 이렇게는 절대 하지 못했을 터. 그래서 지금 너무 행복하다. 이따금 아내와 시집 장가간 아들딸이 보고 싶지만, 그것은 마음이 내키면 언제든지 할 수 있으니 현재의 산중 생활에 대 만족이다.

나 또한 함께 울고 웃던 가족이 있었다. 번듯한 직장 또한 있었다. 하지만 삶이 그리 호락호락하진 않았다. IMF 위기로 말미암아 직장에서 구조조정을 한다고 하였다. 그때가 한창 팔팔했던 45세였다. 한창 가족들을 위해서 열심히 해야 할 시기였다. 멋진 아빠, 멋진 남편이 되고 싶었다. 절대로 나는 구조조정의 대상에 오르지 않겠지 생각했다. 하지만 나의 바람은 희망을 넘어 절망으로 바뀌었고 결국 구조대상에 오를 수밖에 없었다.

퇴직금을 받아 아내와 자그마한 김밥전문점을 차렸다. 손맛이 좋은 아내 덕택에 식당은 생각 외로 잘되었다. 아내는 요리하고 나는 배달 및 서빙을 담당하였다. 이대로만 살아갈 수 있다면 더 바랄 것도 없을 것 같았고 인생이 탄탄대로일 것 같았다. 하지만 신은 우리들의 행복을 시샘하였나 보다.

무더운 7월 여름! 아직도 그날이 생생히 기억난다. 무더운 여름은 식중독에 유의해야 할 철이다. 늘 칼과 도마를 소독하고 위생에 특별히 신경을 쓰는 것이 당연하였다. 김밥 100줄 주문이 들어왔다. 우리 부부는 즐거운 비명을 질렀다. 꽤 양이 많아서 도우미 아줌마까지 동원하여 열심히 김밥을 말기 시작하였다. 산행할 때 드신다고 하기에 배고프실 것을 우려하여 평소 양보다 조금 더 밥을 넣어드렸다. 9시 오픈이지만 일요일 아침 8시에 찾아온다하여 7시경에 오픈하여 열심히 말았다. 콧노래가 절로 나왔다. 김밥을 말고 칼로 예쁘게 썰고 깨까지 뿌리고 난 이후 호일로

쌌다. 8시에 정확히 김밥을 수령해 가셨다. 몸은 피곤했지만, 돈과 맞바꾼 행복감에 오히려 기뻤다. 또 이런 기쁨이 찾아왔으면 하였다.

다음 날 아침 7시에 매장에 전화가 왔다. 홀 손님을 응대하느라 전화 소리를 듣지 못했는데 계속 전화가 오는 것이 아닌가? 홀 손님이 가시고 한숨 돌리고 그제야 불이 나도록 오는 전화를 받을 수 있었다.

"네 김밥집입니다."

매우 화가 난 아저씨의 목소리가 들린다.

"거기 김밥집이요? 어제 김밥 100줄 포장해간 거 기억나시죠?"

"네, 손님 당연히 기억나죠. 그런데 무슨 일이시죠?"

"어제 김밥에 무슨 장난을 친 거요? 김밥을 먹은 우리 회원님들이 토하고 난리도 아니요. 병원 가니까 식중독 증세라고 하던데 도대체 어떻게 장사를 하는 거요?"

아저씨의 화난 목소리에 순간 눈앞이 캄캄해지고 머릿속이 하얗게 변해버렸다. 일단 정중한 사과부터 하는 것이 우선이었다. 구차한 변명 따위를 하다가는 소문이 안 좋게 날 테고, 언론에 보도되는 날에는 우리 가족들의 희망인 김밥집의 폐업수순은 당연한 것이었다.

"손님 정말 죄송합니다. 저희가 관리를 한다고 했는데, 사람이 하는 일인지라 실수를 했나 봅니다. 진심으로 사과를 드리겠습니다. 그리고 병원비는 제가 다 보상하겠습니다."

정중한 사과를 드리니 아저씨의 마음이 조금은 누그러진 듯하였다. 통화를 마치고 무엇이 문제였을까 곰곰이 생각을 해보았다. 문제는 계란이었다. 더운 여름철 간혹 김밥집에서 문제를 일으키는 것이 바로 계란이다. 계란에서 나오는 살모넬라균으로 인해 김밥을 먹고 식중독 증세를 보인다. 계란 지단을 냉장 보관해야 했는데 상온에 보관한 것이 나의 잘못이었다.

일생일대의 위기였다. 산악회 회원들 병원비 전액 보상으로 사건은 일단락되고 조용히 묻힐 줄 알았다. 하지만 산 넘어 산이었다. 악재가 다발적으로 발생하였다. 지역뉴스에 대대적으로 보도가 되었고 그날 이후 매장 내 손님을 보기 힘들었고, 배달 건수 또한 확연히 줄어들었다. 나 자신을 자책해도 소용이 없었다. 이렇게 했다간 비싼 건물 관리비에 전기세, 물세와 식자재비 등이 감당이 될 것 같지 않았다. 아내와 상의 끝에 울며 겨자 먹기로 폐업을 감행하기로 했다. 우리 가족의 희망이자 밥줄이었는데 너무 헛헛했다. 맘속이 너무 허전하였고 말로 표현할 수 없을 만큼의 분노가 차올랐다. 김밥집 사건 이후로 충격을 받은 탓이었을까?

두문불출하고 집에서 늘 처박혀 살았다. 세상 모든 사람과 연락을 끊고 술에 의지하여 살았다. 늘 하루에 소주 2병은 기본이었다. 많이 마실 때는 4병이 거뜬히 넘어갔다. 아내와 아이들은 처음에는 이해하는 듯하였다. 하지만 점점 나를 벌레 보듯이 하였다. 나를 무시하고 경멸하였다. 과도한 술로 간 경화 증세를 보였다. 하지만 빨리 발견한 탓에 치료를 잘 받고 나을 수 있었다. 아내와 아이들과의 관계가 점점 멀어지고 소원해졌다. 그냥 세상을 등지고 싶었다. 하지만 자살할 용기는 없었다. 홀로 살아야지 생각을 하다 평소 등산을 즐겼던 나는 산중 생활을 해보리라 마음을 먹고 죽기 전 가봐야겠다는 지리산 산중에 둥지를 틀었다. 지금 이 시점에 돈도 건강도 가족도 남아 있는 것이 거의 없지만 마음만큼은 부자이다. 왜 진작 이런 생활을 안 했을까? 과거 직장생활, 김밥집을 운영했던 시간을 생각해보면 그저 웃음만 나온다. 가족들과 함께했던 시간과 추억 또한 평생 잊지 못할 것 같다.

** 케이블 방송 MBN에서 2012년부터 방송이 되어 10년이 지난 지금도 방송되는 프로그램이 있다. 드라마나 예능이 아닌 탓일지 모르겠지만 시청률이 생각 외로 저조하다. 대략 2.5% 정도. 평균 3%를 못 넘고 있음에도 불구하고 아직도 방송하는 프로그램. 바로 〈나는 자연인이다〉라는 방송이다. 매주 수요일 9시 10분경에 방영이 되고 있다.

간혹 〈나는 자연인이다〉라는 프로그램을 보게 된다. 별 내용은 없다. 진정한 힐링을 원하는 남녀들이 자연으로 돌아가서 홀로 살면서 참된 행복을 느낀다는 그런 콘셉트다. 보면서 의아한 점이 있었다.

'시청률도 저조한데 저렇게 십 년 이상 방송을 한다는 게 쉽지 않았을

텐데? 오랫동안 살아남은 이유가 무엇일까? 그리고 저렇게 혼자 살아가는 사람들이 많단 말인가?'

의아했지만 계속 방송을 지켜보면서 오랜 세월 방송된 이유를 나름대로 찾을 수 있었다. 경험이 부족하고 많은 사건을 겪지 않은 비교적 젊은 세대들은 해야 할 일도 많고 자기의 소임을 다하면서 사람들과 부대끼며 살아야 한다. 홀로 살 이유가 전혀 없는 것이다. 하지만 어느 정도 세상에 닳고 닳아서 세상의 쓴맛을 보고 산전수전 공중전을 다 겪은 중년이라면 세상의 염증을 느끼기에 충분할 것이다. 그래서 사람이 꼴도 보기 싫을 때도 있다.

가족 간의 갈등도 만만치 않다. 이로 인해 건강에 이상이 생기고 우울증이 도질 것 같다. 더 이렇게 살아서는 안 된다. 이제는 철저하게 이기적으로 살아야 한다. 나를 위해서만 나만 생각하면서 살 것이다. 이렇게 생각하고 고민을 하면서 늘 살고는 있지만, 현실은 시궁창이다. 용기도 도통 나지 않고, 실천할 힘도 없다. 맘속 생각은 늘 그득하지만 꿈만 꾼다. 사람들은 욕구가 있지만 충족되지 못한 욕구는 대리만족할 수 있는 무언가를 찾는다.

마치 학창시절 집안 사정으로 인해 배움의 끈이 짧아 무시당하고 힘들게 살았던 아버지가 자녀들에게 공부하라고 종용하는 것과 같은 이치다. 세상을 떠나 홀로 살고 싶지만 그렇지 못하고 꿈만 꾸기에 〈나는 자연인이다〉라는 프로그램이 인기가 저조해도 오랜 시간 동안 방송이 되는 것이 아닐까 하는 나름의 생각을 해보았다.

직장인들의 실제 퇴직 평균연령이 통계청의 자료에 의하면 2022년 남성 기준 48세이다. 가정이 있기에 자녀가 있기에 열심히 살았다. 장성한 자녀가 학업과 결혼을 앞둔 시점에서 인생 일대의 크나큰 사건을 겪는 것이다. 퇴직하고 난 이후 생사가 달려 있기에 자영업을 해보지만 생각 외로 신통치 않다. 결국, 가족 간의 갈등에 봉착하고 남성들은 크나큰 상심과 외로움을 느낀다. 홀로 살리라 마음을 먹는다. 그래서 아내 모르게 뒷돈을 차고 독립자금을 모으고 있다. 홀로 살려고 마음은 먹지만 맘에 걸리는 것이 있다.

다름 아닌 노쇠한 부모님이다. 자식 된 도리로서 봉양을 외면할 수 없다. 이 또한 형제간의 갈등을 유발한다. 안 그래도 힘든 세상 자녀들에게는 돌봄 받는 것은 원하지도 않는다. 그래서 현세대들의 중년 남성들은 부모를 봉양하는 마지막 세대이자 자녀의 돌봄을 전혀 받지 못하는 마지막 세대이다. 시간이 흐르고 부모님이 세상을 등지고 난 이후 그동안 모아두었던 독립자금(?)으로써 독립을 꿈꾸고 실행한다. 퇴직금과 독립자금으로 홀로서기를 감행한다.

현재 대한민국의 1인 가구 비중이 점점 늘어나고 있다. 결혼했지만 다양한 이유로 이혼을 한 사례도 있다. 혹은 사별을 한 사례도 있다. 아니면 처음부터 결혼하지 않은 예도 있다. 이런 1인 가구나 홀로서기를 해야겠다고 마음먹을 때 유념해야 할 것들이 있다.

첫 번째로 자녀들에게 절대로 사전 증여하지 말아야 할 것이다. 돈 앞에는 장사가 없다. 권력이 있고 돈이 있으면 사람들은 저절로 따르고 고개를 숙인다. 복종하고 굴종한다. 돈의 힘이자 위력이다. 하지만 돈이 없을 때 사람들은 이기적으로 변하고 나가떨어진다. 자녀 또한 마찬가지다. 아버지가 돈이 있고 잘나갈 때는 착한 아들, 딸이지만 경제적 풍요로움이 사라졌을 때는 상황이 달라진다. 아주 슬프지만 실제로 목격한 경험담이다. 그래서 미리 사전에 자녀들에게 돈을 증여하지 않는 것이 좋고 그 돈을 철저하게 본인을 위해서만 쓰는 것이 좋다.

두 번째로 불로소득을 만드는 것이 좋다. 흔히들 이야기하는 파이프라인을 만들라는 것이다. 즉 노동일을 하지 않아도 통장에 들어오는 평생소득을 만들어야 하는데 절대 쉽지 않다. 현역에 있을 때부터 준비해야 하는데 불로소득을 만들려면 종잣돈이 필요한 법이다. 최소한의 소비와 지출을 하고 기초적인 최소한의 자금을 만들어놓자. 불필요한 곳에 소비하다 보면 결국은 불로소득을 만드는 것은 물 건너간 꼴이 된다. 하지만 홀로서기를 꿈꾼다면 반드시 불로소득을 만들어놓을 것을 추천드린다.

마지막으로 고독사 방지와 외로움 대비를 위해 다양한 사람들과 함께 어울려보면 좋다. 함께 하는 즐거움보다 혼자 있는 것이 편안하거나 즐겁다면 그렇게 해도 좋은 삶이긴 하다. 하지만 인간(人間)이라는 한자처럼 인간은 함께 하기에 가치가 있다. 모임을 가거나 평소 배워보고 싶었던 배움의 클래스에 참여를 해보자. 현역에 있을 때 하고 싶었던 취미활동을 해보면서 삶의 소소한 행복을 느껴보는 것이다. 사람들은 서로 간의 관계 속에서 행복감을 느낀다. 외로움이 한순간 훅하고 닥쳐버리면 걷잡을 수 없게 된다. 홀로 살면서 고독사할 수도 있으니 다양한 사람들과의 교류를 추천드린다.

　홀로서기를 할 때 이 세 가지를 반드시 유념했으면 한다. 혼자 살아서 힘든 것보다 같이 살면서도 혼자 사는 것 같은 공허함과 아내와 자녀의 무관심으로 느끼는 모욕감을 느끼는 것이 더 힘들다. 사는 것은 원래 힘들다고 하지만, 참 세상은 이래저래 살기 힘든 것은 마찬가지다. 언제 진심으로 편안해지려나?

제2장

가
정

가
화
만
사
성

가
정

가화만사성(家和萬事成)이라는 말은 유명한 한자성어인지라 잘 알고 있을 것이다.

집안이 화목하면 모든 일이 잘 이루어진다는 뜻의 한자성어인데 지혜로우신 조상님들이 그만큼 가정의 중요성을 이미 알고 있었던 것이다.

가정은 사회공동체를 구성하는 가장 기초적인 단위다. 가정이 건강해야 지역사회도 건강해진다. 건강한 가정이 모여 크고 작은 공동체를 이루고 이런 공동체가 국가의 초석이 된다. 그러기에 가정의 중요성은 이루 말할 수 없다.

이런 중요성을 가지고 있기에 가정을 이끌어 나갈 리더, 즉 아버지의 역할이 지대하였고 지금도 지대하다. 기업의 회장, 사장 못지않게 굉장히 막대하고 중요한 위치이다. 집안에서 아버지들의 위치는 어떠한가? 꼭 필요한 존재인가, 있으나 없으나 마찬가지인 존재인가, 아니면 없는 것이 도움이 되는가? 아버지가 집에 있으면 가족들이 행복해하는가, 아니면 불행해하는가? 세상에서 가장 편안하고 행복해야 할 가정집이 집구석이 되지 않아야 할 텐데 오늘도 아버지들은 힘들다.

제2장 가정 편에서는 가장 편안하고 진정한 쉼이 이루어져야 할 그곳에서 아버지들이 느끼는 감정을 실질적인 사례를 살려 끼적여보았다.

1

스쳐 지나가는 바람처럼

요즘 부쩍 아내와의 갈등이 고조되고 있다. 으르렁거리는 개처럼 서로를 노려보고 째려보는 것이 다반사가 되었다. 일본의 후지산처럼 터질 것만 같고 건드리면 바로 폭발할 것 같다. 아내도 갱년기지만 나 또한 갱년기란 말인가? 별것 아닌 일에도 섭섭하고 우울해지고 눈물이 괜스레 많아진다. 오늘 아침에도 별것 아닌 일에도 싸웠다.

"여보 나 일가야 해. 밥 좀 차려줘."

"나 피곤해요. 당신이 좀 차려 먹고 가요."

"아니 집에서 노는 양반이 뭐가 그리 피곤해? 힘들게 일하러 가는 남편

밥 좀 차려주면 안 돼?"

"집에서 놀다니요? 집안일 하는 건 뭐 그리 쉬운지 알아요? 당신은 손이 없어요, 발이 없어요? 반찬 꺼내서 먹기만 하면 되는데 뭐가 그리 힘들어요? 집안일 해봤기는 해봤어요? 이 나이 돼서 얼마나 힘든데."

앙칼진 아내의 대꾸에 할 말을 잃었다. 아니, 이제는 사소한 말다툼조차 싫었다. 한국인은 밥심으로 산다고 하는데 나는 한국인이 아니란 말인가? 식당의 밥은 나의 입맛과는 동떨어진 맛이다. 식당은 정성이 없어 보이는 조미료로 범벅이 된 반찬과 푸짐하지 못한 밥의 양은 적어도 나에게 적절치 못한 곳이었다. 나는 늘 머슴들처럼 먹는 고봉밥을 고수하였다. 그래야지만 밥을 먹는 것만 같았다. 무엇보다 식당에서 먹는 밥이 비싸게 느껴졌다. 입맛도 맞지 않지만, 정년이 얼마 남지 않은 이 시점에서 노후를 위해 돈을 아껴야만 했다. 식당을 가지 않는 두 번째 이유이기도 하다. 괜스레 눈에 눈물이 맺히기 시작했다.

언젠가부터 아내는 나에게 소홀해지기 시작했다. 아들과 딸이 장가, 시집가고 난 이후 아내는 뭐가 그리 즐거운지 늘 낄낄대고 웃는 날들이 많아졌다. 나보단 오히려 반려견 뽀삐에게 더욱 관심이 있는 듯한 느낌이 들었다. 내가 개보다 못한가 보다.

나이가 들면서 젊은 시절처럼 쌩쌩하지 못하다. 일의 숙련도는 높지만, 이해력이 떨어지고 손의 감각 및 행동이 나무늘보처럼 늘어진다. 이래서 60세를 정년으로 두나 보다. 오늘 아침 아내랑 다투고 나니 일이 손에 잡히지 않는다. 다른 집 남편들보다 돈을 많이 못 버는 나를 괜히 무시하는 것만 같다. 나의 자격지심일까? 마치고 조용히 술이나 한잔해야겠다.

"어이, 이 씨? 오늘 저녁에 퇴근 후 삼겹살에 소주 어때?"

"오늘 아내랑 어디 가야 해. 미안해. 담에 같이 한잔해."

힘겨운 직장생활 내에서 마땅히 친한 동료들조차 없다. 힘든 상황을 소주 한잔에 털어놓을 동료조차 없다니. 나라는 놈 참으로 애잔하다.

술을 한잔 하고픈데 어디 좋은 건수가 없으려나? 불현듯 좋은 아이디어가 번개처럼 스쳐 지나간다. 길을 지나가면서 반짝거리는 네온사인 사이로 스타중년 bar를 본 듯하다.

저곳이라면 혼자서 술을 마셔도 괜찮을 것 같다. 음악을 들으면서 조용히 한잔 지껄이고 와야지. 퇴근하는 발걸음이 빨라졌다. 스타중년 bar가 빨리 오라고 손짓하는 것 같다. 무언가에 홀린 사람처럼 총총 발걸음을 옮겼다. 집에서 걸어서 10분 거리. 부담 없는 거리에 이런 곳이 있다니 감사할 따름이었다. 2층 계단으로 천천히 올라갔다. 사람들이 북적북적한 시끄러운 식당에서 삼겹살에 소주만을 고집하던 나였다. 이곳은 처음이다. 그래서 긴장이 된다. 문을 천천히 열었다. 약한 조명이 홀을 비추면서 약간 어두컴컴한 곳이었다.

"어서 오세요. 손님. 혼자이신가요?"

적잖게 당황스러웠다. 이런 곳은 혼자 오면 안 되는 곳인가? 퉁명스럽게 대답했다.

"네, 그런데요. 혼자 오면 안 되나요?"

"호호호 아니요. 안 되긴 왜 안 돼요. 여기 편히 앉으세요."

내 딸뻘 되는 젊은 아가씨가 웃으면서 나를 응대해준다. 왠지 어색하다. 그렇지만 오늘 마시고 말리라. 그냥 마시고 싶었다. 아무런 생각 없이 마시고 싶었다. 취하고 싶었다.

"사장님 뭐로 드릴까요?"

"엥? 사장님요? 나 사장 아닌데요."

"아 그래요 흐흐 근데 사장님처럼 보여요. 너무 멋쟁이신데요."

사장님이라는 호칭이 어색했다. 영업의 목적으로 입에 침도 안 묻히고 하는 뻔한 거짓말이라는 건 알지만 왠지 기분이 좋아졌다. 메뉴판을 보고 고민하기 시작했다. 어떤 술을 마셔볼까? 결코 저렴한 가격은 아니었다. 즐겨 먹던 소주에 삼겹살보다 훨씬 비싼 가격이었지만 왠지 나를 높여주는 아가씨에게 잘 보이고 싶었다. 호기를 부려보고 싶었다.

"위스키와 과일 안주 하나 주슈."

"네 사장님. 탁월한 선택이세요."

말끝마다 싱글싱글 웃으며 미소를 보이는 모습에 괜스레 기분이 좋아졌다. 술이 당길 때 한 번씩 여기에 들르리라. 여기에 오면 기분 나쁜 일이 생겼다가도 좋아질 것만 같다.

젊은 아가씨의 웃는 모습이 아름답다. 미소가 싱그럽다. 역시 젊음은 좋은 것이다. 성별은 다르지만 나 또한 저런 젊은 시절이 있었지… 생각을 해보니 슬며시 웃음이 난다.

"사장님은 뭐 하는 사람이에요?"

순간 망설여졌다. 한낱 공장에서 일하는 공돌이라고 하면 무시당할 것 같은데. 집에서도 무시당하는 것도 화가 솟구치는데. 여기서 선의의 적당한 거짓말을 해야겠다.

"JS 상사라고 들어봤어요? 거기서 부장이에요."

"들어보진 못했지만 와. 사장님 대단해요. 부장이라니."

들어올 때부터 아가씨의 칭찬 세례에 기분이 좋아진다. 딸뻘 되는 여자랑 이렇게 말이 잘 통하다니. 입 꼬리가 자동으로 올라간다. 내가 이렇게 웃음이 많았던 놈이던가? 이렇게 환하게 웃어본 적이 언제였던가?

술이 거나하게 되면서 아가씨에게 푸념 아닌 푸념을 널어놓았다.

"내가 말이죠? 요새 사는 게 사는 게 아니네요. 여편네에게 무시당하고 정년을 앞두고 피곤하고 사는 게 힘들어요. 내 삶이 왜 이럴까요?"

"사장님 많이 힘들겠어요. 요즘 안 힘든 사람이 어디 있겠어요. 응원할게요. 파이팅."

제2장 가정 - 가화만사성   79

파이팅을 외쳐주는 아가씨의 말 한마디가 얼마나 좋던지. 힘들 때마다 자주 와야겠다. 어머니의 품같이 나를 품어줄 수 있고 인정해주는 이곳. 너무 좋다.

　** 한 언론의 조사에 의하면 중년 남성들이 비교적 젊은 기혼 남성의 세대들보다 바람을 피우는 사례가 많다고 한다. 배우자가 있음에도 불구하고 바람을 피운다. 이해가 안 될 수도 있다. 늘그막에 주책이라고 욕할 수도 있다. 그렇지만 바람을 피우는 내면을 자세히 들여다보면 이해가 되고 측은한 마음이 든다.

　아버지들은 가정을 위해서 헌신과 잦은 고생을 하고 자녀들을 출가시키고 난 이후 자신의 삶을 살아보려고 한다. 하지만 헌신 가운데 남는 것이라곤 비루한 몸뚱이와 아내와의 갈등이 있다. 경제적으로 풍요롭지도 못하다. 아내 역시 제2의 인생을 살려고 하다 보니 남편과 동떨어져 해방을 꿈꾸며 자유롭게 살고 싶어 한다. 남편보다는 친구를, 강아지를 더 사랑한다. 한 이불을 덮고 사는 부부이지만 동상이몽 속에 아내와의 갈등이 있을 수밖에 없다. 결국은 공허함만이 남는다.

　'내가 이러려고 이렇게 열심히 살았나? 여태 뭘 위해 살았나?'

　그동안 돌보지 못한 자신을 돌아보면서 회한에 사뭇 친다. 회의를 느낀다. 또한, 젊은 날 일에 매진하느라 가정을 등한시했던 지난날을 돌아보면서 아쉬움을 느낀다. 가족들에게 소홀히 하여 가정 내에서 이방인 같은 존재로 느껴진다. 가정 내 존재감이 약해지고 이로 인해 소통이 안되고 외로움을 느낀다. 또한, 일에 집중하다 보니 친구 또한 만나지 못하여 어색한 관계로 변모되고 일에 몰두하다 보니 마땅한 취미활동도 누릴 수 없었다. 자신의 취미가 무엇인지조차도 파악이 안 된다. 그냥 남는 시간에 술을 마시고 노래방에 가서 노래하는 것이 유일한 취미활동이다.

결국, 이런 심리적 공허함과 회의감, 외로움이 중년 남성이 가정이 아닌 밖으로 겉돌게 하는 요인이 된다. 채워지지 않는 허한 마음에 채우려고 하다 보니 마음이 통하지 않는 배우자보다는 마음을 쉽게 나눌 수 있고 자신을 인정해주는 누군가를 강렬히 갈망한다. 가정에서 인정받지 못한 것을 누군가에게 인정받음으로써 마음의 위안과 평안함을 찾고 자기의 존재감을 찾으려고 한다. 이것 하나만 기억하자. 아버지도 남편과 가장 이전에 하나의 인격체로서 존중과 인정 그리고 사랑받고 싶다. 이것이 인간의 본연 심리이다.

그렇기에 더욱더 인정해주고 칭찬해줘야 한다. 아버지들은 칭찬과 인정에 목말라 있다. 아이러니하게도 칭찬과 인정에 목말라 있지만 정작 자신은 자기 자녀에게 아내에게 인정과 칭찬을 해주지 못했다. 그 이유를 살펴보니 어렸을 때부터 자기의 부모에게 특히 아버지에게 칭찬을 받아본 적이 없었다. 속으로는 사랑하지만, 표현이 힘든 근엄한 아버지 밑에서 자라다 보니 칭찬받은 적이 부족했었다. 칭찬받아본 적이 손꼽을 만큼 거의 없기에 자기도 칭찬에 인색한 사람이 되고야 말았다. 우리는 이 악순환의 고리를 끊어야 한다. 아버지들이 제일 잘하는 것이 일이라고 한다. 그러기에 더 안타깝고 측은하다. 진심 어린 인정과 격려, 칭찬으로 아버지들에게 활력을 불어넣어 보자.

2

나는 맞지 않는 옷을 입었다

살면서 싸우고 다투지 않는 부부가 어디 있으랴? 최소 20년 혹은 30년 넘게 다른 환경에서 자란 남녀가 결혼을 해서 서로 맞추는 과정에서 싸우고 다투는 것은 흔한 일이다. 이렇게 싸우면서 맞추다 보니 더욱 잘 알아가게 되고 서로의 욕구를 알게 된다. 싸우다가 정이 들고 이해가 되고 사랑이 깊어지면서 훗날 부부의 사랑, 의리로 살아가는 것이 일반적이다. 하지만 우리 부부는 달랐다. 지금 나는 가정 법정으로 향하고 있다. 아내는 나와 멀찌감치 떨어져 가고 내 뒤에서 서서히 걸어오고 있다.

나와 그 여자 이미애는 1964년생 현재 한국 나이로 60세이다. 만이로 태어나 형으로서, 오빠로서 없는 형편에 가정을 일으키고자 내가 오로지 할 수 있는 거라곤 열심히 공부하는 것뿐이었다. 집과 도서관, 학원, 학교만 왔다 갔다 했던 나였다. 열심히 공부해서 좋은 직장을 가져 가족들을 먹여 살리리라 다짐하였다. 자연스레 모범생이 될 수밖에 없었다. 부모님과 동생들을 생각하면서 코피가 나도록 공부를 해서 꽤 유명한 한국 대학교에 입학하게 되었다.

대학교에 입학하면서 문화적인 충격에 휩싸일 수밖에 없었다. 술 한 방울도 입에 대지 않았던 내가 술을 마시게 되다니. 각종 모임에 MT, 동아리 활동, 학과 활동 등 대학교에 입학하기 전에는 전혀 알 수도 없고 상상조차 할 수도 없던 일들이 눈앞에서 벌어지고 있었다. 처음에는 신기했지만, 분위기에 흠뻑 젖다 보니 서서히 나도 젖어들기 시작했다. 변화된 나 자신조차도 신기할 지경이었다.

그녀와는 신입생 MT에서 친해지게 되었다. 선배들과 친해지는 과정에서 다양한 게임과 노래를 불렀다. 기타 반주에 맞춰 신나는 노래를 부르고 손뼉을 치다 보니 맏이로서 스트레스는 자연스레 날아가버렸다. 행복함 그 자체였다. 힘든 집구석 때문에 늘 걱정을 한 아름 가득 안고 살았던 나였지만 이때만큼은 행복을 만끽하고 싶었다. 그냥 이대로 시간이 멈췄으면 하였다. 우리 민족은 음주와 가무에 능한 민족이다. 대학교 MT를 왔으니 노래가 있으면 춤도 있어야 하고 그러다 보니 춤을 추기 위해 술을 들이켜야 했었다. 맨 정신으로는 도저히 춤을 출 용기가 나지 않았다. 그리고 다 같이 먹고 마시자는 분위기 속에서 도저히 발을 빼려야 뺄 수 없었다. 어쩔 수 없이 마셨다. 하지만 그녀는 술을 한 방울도 못 마셨다.

"야, 이미애. 마셔야지? 선배가 까라면 까야지. 왜 안 마셔?"

"선배님 죄송한데 저 술 마실 줄 몰라요. 좀 봐주세요."

"그런 게 어디 있어? 첨부터 잘 마시는 사람이 어디 있냐? 그냥 마셔. 마시다 보면 늘어."

그녀가 계속 망설이고 있었다. 주변의 선배들과 학우들의 눈초리를 받고 있었다. 분위기를 망치고 있는 듯한 나쁜 년으로 인식하며 그녀를 째려보고 있었다. 그 순간 무슨 용기였는지 기억이 나지 않는다.

"선배님 제가 마시겠습니다. 미애 술 제가 마시겠습니다."

"뭐? 현식이 네가 마시겠다고? 흑기사 하겠다 그거지. 알았다. 근데 너 미애 좋아하냐?"

"아 그 그런건 아니고요. 미애가 불쌍해서요. 술도 못 마신다고 하니."

나의 쓸데없는 오지랖과 망언에 선배들은 박장대소를 하며 술을 연거푸 따라주었다. 서너 잔을 마시고 말았다. 술 앞에 장사가 없다는 말은 사실이었다. 괜한 객기를 부린 탓이었을까? 그날 밤 화장실의 변기와 친해졌고 다음 날 속이 엄청 쓰렸다.

"현식아 고마워. 나 대신 마셔줘서."

아침 식사를 하러 가고 있는데 귀여운 목소리의 어떤 여자가 나에게 말을 걸었다. 바로 미애였다. 생글생글 웃는 모습에 심장이 멎는 줄 알았다.

국민학교를 제외한 중학교 3년, 고등학교 3년, 6년 동안 남자만 득실득실하던 환경이었다. 여자라곤 전혀 모르고 그냥 공부만 하고 살았던 나였다. 그래서일까. 미애의 그 웃음이 나의 심장을 가격하기엔 충분했다.

"아…… 아니야. 별것도 아닌데 뭘."

"그래 고마워. 조만간 밥이나 한 끼 하지 않을래?"

그녀의 말에 또 한 번 심장이 멎을 뻔하였다. 나에게 데이트를 신청하는 것인가? 미애와 함께 밥을 먹은 계기로 본격적으로 친해졌고 자연스레 우리는 연인이 될 수 있었다.

미애는 외동딸이었다. 미애의 부모님은 딸이 얼마나 예뻤을까? 미애의 모습과 행동, 말투만 봐도 짐작이 갔었다. 매일 옷이 바뀌었고, 좋은 옷만 고집했다. 좋은 것만 입고 발랐다. 지금에 와서야 생각해보니 타인의 관점과 입장에서 생각하지 않고 쓸데없는 고집과 생각을 했던 것은 가정환경의 탓이 컸구나 싶었다. 그리고 씀씀이도 헤펐다. 늘 지갑 속에 현금이 두둑하였다. 생각 없이 소비하였다.

나는 맏이로서 늘 고민했던 것이 경제적 부족함이었다. 가족을 위해 늘 희생하고 살았던 삶인지라 돈에 쪼들렸다. 돈을 벌고 싶지만 그렇게 하기엔 해결해야 할 일들이 많았다.

사람의 인연은 알 수 없다고 그 누가 말했던가. 비슷해야 잘 살 수 있다고 하지만 반대의 성향은 서로 부족한 부분을 채워줄 수 있다고 하였다. 우리는 서로에게 자석의 N극과 S극처럼 끌리게 되었고 집안 환경이 달라도 너무 다르기에 양가의 반대에도 불구하고 결혼을 하게 되었다. 어른들이 결혼을 반대하는 데는 이유가 있었다. 먼저 살아본 어른들의 의견을 무시하고 존중하지 못했던 나는 지금에서야 땅을 치며 후회하고 있다. 하지만 후회해본들 무엇하랴? 자업자득이거늘….

아내는 앞서 언급한 것처럼 씀씀이가 헤프고 경제관념이 부족했다. 처가댁에 손을 벌리고 싶지 않았다. 사나이 가슴에 자존심이 허락되지 않았다. 나는 맞벌이를 해서 돈을 모아 집을 한 채 사고 싶었다. 지금 3000만 원 전세로 살아가고 있다. 전셋집을 탈출해야지 아이를 낳았을 때도 더 좋은 환경에서 살아가게 할 것이 아닌가? 나처럼 살게 할 순 없었다.

가난을 대물림하게 해주고 싶지 않았다. 빈곤의 악순환을 끊어내고 싶었다. 너무 간절하였다. 그런데도 아내는 나의 마음을 아는지 모르는지 마냥 철없는 10대 소녀처럼 굴었다. 아이도 없음에도 일하러 가면 좋겠지만 전업주부로 가정을 책임지고 있다. 하지만 살림은 잘하냐? 그것도 아니다. 힘들게 일하러 가는 남편 아침에 따뜻한 밥 한 끼라도 챙겨주면 좋으련만 아내에겐 너무 어려운 일일까? 이런 소박한 소망조차 나에겐 이루어지지 않았다. 집에 오면 따뜻한 보금자리가 그리운데 싱크대에 가득 쌓인 설거지거리와 음식물 쓰레기를 제때 처리하지 않아 쉰내 나는 집안. 이로 인해 아내와 곧잘 싸웠다.

"여보 제발 좀 일 안 하면 집에 신경 좀 써주면 안 돼? 집에 오면 미칠 것 같아."

처음에는 다그치고 다퉜다. 하지만 이런 말조차도 이젠 버겁다. 더군다나 외벌이로서 아껴 쓰면 좋을 텐데 이건 뭐 밑 빠진 독에 물 붓기도 아니고. 아내는 고생하기 싫다고 한다. 살림도 싫고 그냥 편안하게 살고 싶다고 한다. 이러려면 혼자 살지, 왜 결혼을 했을까? 싸우는 것도 점점 지쳐간다.

집안의 대소사 참여시에 올케로서 좋은 모습도 보여주면 좋으련만. 동생들 보기에도 민망하다. 돌아가신 아버지 제사에서 전을 부치고 과일을 깎는 것이 힘든 일이란 말인가?

어머니와 동생들의 원망이 자자하다. 그래도 아이가 생기면 조금 나아지겠지. 철이 들겠지. 나의 생각대로 아내는 임신하고 10개월 후 나는 아빠가 될 수 있었다. 김민우라는 이름으로 출생신고를 하였을 때 가장 행복했던 순간이었다. 부모님의 심정을 1/10이라도 이해할 것 같았다. 더욱 잘 살리라 다짐하고 아내도 변화가 되겠거니 싶었다. 하지만 나의 소망은 여지없이 깨어졌다. 아내는 이날 이때까지 변함이 없다. 가정 살림, 육아, 부모 공양 어느 하나 나아진 것이 없고, 좋아진 것이 없다. 이렇게 살게 되면 나의 노후는 처참해지리라.

'민우가 독립할 나이가 되면 황혼이혼을 해야지. 더 이상은 이렇게 못 살겠다.'

외벌이로서 아끼고 또 아끼고 절약하여 소형 아파트나마 얻을 수 있었다. 인생의 절반 이상을 살면서 나의 이름으로 된 아파트를 얻게 되니 감개가 무량하다. 김현식 이름이 적힌 등기부 등본을 보니 왜 이렇게 눈물이 나는 걸까? 지금까지 살아온 나날들이 영화필름처럼 지나간다. 고단하고 힘들지 않았던 적은 없었다. 그나마 아내를 알게 되었을 때 연애했던 그 몇 개월은 진심 행복했다. 그 시절은 다시 오지 못할 시절이었다. 하지만 그 행복은 오래 가지 못하고 나의 발목을 옥죄는 족쇄가 되어버렸다. 이제는 그 족쇄를 풀 것이다.

민우가 어엿한 성인이 되어 직장인이 되면서 아내에게 선언하였다.

"우리 이혼하자. 이젠 나 좀 놓아줘."

아내는 어안이 벙벙한 표정이다.

"갑자기 왜? 우리 잘 살았잖아. 여자 생겼어?"

"풉. 여자는 무슨! 나 같은 놈에게 무슨 가당찮은 소리……. 나 이제 쉬고 싶어. 이때까지 당신과 민우, 우리 가정만 보고 달렸는데 이젠 좀 쉬고 싶다. 놓아주라."

차마 아내의 행실에 대해 언급하고 싶지 않았다. 말꼬리가 늘어지고 말싸움할 것이기 때문에. 민우 또한 반대하지 않았고 못난 아비를 지지 해주었다. 결국, 우리는 가정법원으로 지금 향하고 있다.

** 황혼이혼이라는 말이 언제부터인가 유행하고 있다. 황혼이혼은 부부가 자녀를 낳아 성장시키고 난 이후 이혼하는 것이다. 최근 10년 사이에 황혼이혼이 10% 이상 증가했다고 한다. 혼인 이혼 통계에 따르면 전체 이혼 중 17.6%가 결혼생활을 30년 이상 유지했던 부부이다.

과거에는 그래도 가족이 최고지, 했던 것이 요즘은 뭘 하러 이렇게까지 살아?로 바뀌었다는 것이 황혼이혼의 가장 큰 이유다.

과거에는 이혼에 대한 인식이 최악이었고 자식이 이혼 가정의 자녀라는 말도 안 되는 이유로 차별 당하는 일이 많았기에 아이를 위해 어쩔 수 없이 참고 견디는 부모가 많았다. 하지만 현대에는 이혼에 대한 인식이 많이 완화되었고 자녀를 위해 참는 경우가 점점 사라지는 추세이다. 세월이 그만큼 달라졌고 변화가 되었다.

여성의 경우에는 1위가 성격 차이이고 2위가 경제 문제 3위가 가정불화였다. 그밖에, 남편이 은퇴 후에 집안일을 돕지 않는다는 이유로 갈라서기도 한다. 즉 여성의 황혼이혼은 더 참을 수 없다 정도로 요약할 수 있다. 하지만 남성의 경우에는 아내에게 버림받기 전에 내가 먼저 떠난다는 것이다. 마지막 자존심이라도 챙겨야겠다는 것이다. 이미 이전부터 아내가 꾸준히 이혼을 요구해왔거나, 조만간 이혼 청구가 들어올 상황에 처해있는 경우가 많다고 한다.

이유야 어쨌든 간에 이혼은 최악의 상황에 도달했을 때 생기는 사건이다. 안 싸우고 서로 배려하고 이해하고 살아가면 이런 일이 발생하지 않을 것을 알고는 있다. 하지만 세상에 내 마음대로 뜻대로 되는 일들은 잘 없다. 승자독식 구조를 떠나 결국에는 서로에게 씻을 수 없는 상처만 남긴다. 훗날 하늘의 별이 될 때 그 옆을 지키며 아내 혹은 남편이 울어주면 좋으련만. 서로를 헐뜯고 상처 주지 말고 보듬어주고 이해하고 사랑하면서 살기에도 아까운 세월이다. 서로 사랑하고 배려했으면 하는 바람을 가져본다.

3

오늘은 술이 너무 달다

"여보세요? 정수니?"

"왜 무슨 일 있어?"

"그런 건 아닌데. 오늘 저녁에 술 한잔할래?"

"그래 알았다. 마치고 내가 너희 회사 앞으로 갈게."

"시린 가슴에 바람이 분다. 외로움에 눈물이 난다."

– 소명, 김정호, 〈최고 친구〉

정수를 만나러 가면서 〈최고 친구〉 노래를 읊조리면서 간다. 이 노래가 요즘 왜 이리 내 맘속을 대변하는지. 가사가 기가 막히다. 가슴속에 답답함이 쓰나미처럼 밀려온다. 밥을 먹어도 늘 체한 것 같다. 나는 왜 이렇게 되는 일이 없는 것인지 젠장. 정신적으로 무척 고되다. 회사 일도 힘들지만, 정신적인 스트레스가 나를 지배하고 있다. 가장 편안하고 행복을 누려야 할 가정에서 왜 이렇게 힘든 것인지……. 회사는 또 어떻고. 말로 표현할 수 없는 그런 것들이 파도처럼 밀려온다.

나는 3남 2녀 중 장남으로 태어났다. 대한민국의 전형적인 50대 직장인이면서 한 가정의 가장이다. 장남으로 태어났기 때문에 부모님의 전폭적인 지지와 사랑을 받으며 성장했다.

부모님의 기대에 부응하기 위해 부단한 노력을 하면서 장남으로서 밑에 있는 동생들을 아우르려고 노력을 하였다. 부모님께 결코 실망감을 안게 해드리고 싶지 않았다. 어른이 되어 가정을 이루면서 한 집안의 리더로서 따르는 처세와 덕목들이 있기에 부끄럽지 않은 형, 오빠가 되려고 하였다. 하지만 가지 많은 나무에 바람 잘 날 없다 하였던가. 훈풍이 불면 좋으련만 세찬 바람이 집안에 불어닥쳤다. 아버지가 돌아가시고 난 이후 홀어머니를 모시는 과정에서 형제자매들 간에 갈등이 생겼다.

형제자매들 간의 사정과 형편이 다르기에 차일피일 미루기만 하였다.

"오빠가 장남이니깐 오빠가 모셔요. 우리 지윤이 지금 중3 중요한 시기란 말이에요."

"그래요. 형. 형이 장남인데 모셔야죠. 지금 사업도 안 돼서 가뜩이나 힘든데 어휴."

"야. 요즘 시대가 조선 시대도 아니고 그런 게 어디 있냐? 우리 형편이 좋은 것도 아니고."

"그럼 누군 뭐 형편이 좋은 줄 알아요? 우리는 맞벌이를 해야 해서 모실 형편도 안 돼요."

서로서로 의견이 팽팽하다. 좀처럼 양보라는 것이 없다. 협상이라는 것이 어느 정도의 양보가 필요한 법인데 좁혀지지 않는다. 오히려 중간에 어머니가 눈치를 보는 것 같다.

우리 편해지자고 요양원을 보내드릴까 하다가도 현대판 고려장이라는 인식에 그것은 불효 중에 최고의 불효일 듯하여 그렇게는 못 할 것 같다. 나는 결코 효자는 아닌데 결국은 장남인 내가 모셔야 할 것 같다. 아내랑 진지하게 상의를 해봐야겠다.

'설마 안 모신다고 하는 건 아니겠지? 그런데 만약 안 모신다고 한다면? 엄청난 반대를 하게 된다면 어머니는 어떻게 해야 하지? 아휴 머리야.'

"세호 씨? 요즘 대체 어떻게 일하는 겁니까? 왜 이렇게 실적이 안 나와

요?"

나는 Y 무역 실적이 저조한 영업팀의 팀장이다. 요즘 많이 힘든 시기이
다. 실적이 너무 저조하다. 경기가 안 좋은 탓도 있겠지만 언제까지나 경
기 탓만 해서 될 것이 아니다. 상사의 눈치가 너무 보인다. 후임들이 언
제 치고 올라올지도 모르고 경기가 안 좋아서 명예퇴직 당할 우려도 있
다. 내가 회사에서 명예퇴직을 당하게 된다면 어떻게 먹고 살아야 하지?
하루하루가 가시방석이고 가시밭길을 걷고 있는 기분이다.

돈 들어갈 곳도 많고 건강도 예전 같지 않은데 앞으로 아이들 교육비
를 생각하면 암담하다. 우리 부부의 노후대책을 생각하면 역시 암담하
다. 아 어떻게 해야 할까? 머리를 굴려보지만 마땅한 대안은 떠오르지
않는다. 대리운전을 해볼까? 차라리 장사해볼까? 하지만 돈을 잃는 것
이 곧 죽어도 싫은 나는 장사는 안 맞을 것 같다. 잘되면 다행이지만 안
돼서 망하기라도 한다면 겁부터 난다. 도전해보기도 전에 혼자 고민하는
내가 우습다. 그리고 겁쟁이 성향이 강한 나는 도전은 크나큰 삶의 변곡
점에 이르지 않는 이상 큰 의미가 없다. 그리고 시작을 하려면 막대한 돈
이 들기에 망설여진다. 박봉의 직장인으로서 나를 위해 쓰기보단 차라리
그 돈으로 아이 학원비에 보태 쓸 요량이다. 맞벌이 부부이긴 하지만, 현
실은 늘 시궁창이다.

'어떻게 하면 어머니를 잘 모시고, 회사에서 일을 잘할까?'

온갖 잡념과 고뇌로 펑 하고 사라져버리고 싶다. 머리가 너무 복잡하여 아무것도 하고 싶지 않고 괜스레 눈물이 난다. 장남과 팀장이라는 자리를 진심으로 내려놓고 싶다. 정수랑 오늘 저녁에 찐하게 술잔을 기울이면서 복잡한 머리와 갑갑한 가슴속 응어리와 짐들을 덜어내야겠다. 이렇게라도 하지 않으면 제명에 못 살 것 같다. 오늘은 반드시 코가 삐뚤어지도록 마시고 취하리라.

정수랑 대작하고 이런저런 이야기를 하면서 정수 또한 나랑 비슷한 생각과 상황에 처해 있다고 하니 사람 사는 것은 별반 다를 바가 없구나 싶다. 실타래 같이 꼬여 있는 이 상황을 어떻게 타개해야 하려나? 연거푸 마시고 또 마신다. 진심 오늘은 술이 너무 달다. 모든 것을 잊고 지금 이 시간에만 집중하고 싶다. 갑갑하고 답 없는 내 인생 너무 싫다.

** 간혹 형님들과의 술자리에서 형님들이 술에 취해 한탄하는 말이 있다. 남자로 살아가는 것이 재미가 없고 힘들다고 한다. 너무 궁금했다. 어떠할 때 재미없고 힘드냐고 여쭤보았다.

첫 번째로 아내가 바가지를 긁고 아내에게 잔소리를 들을 때. 엄청 싫다고 하셨다. 나도 격하게 공감하는 부분이다. 아내에게 진심 어린 인정과 응원을 받으면 더욱 힘이 날 텐데 하며 아쉬워했다. 아내의 애정 어린 잔소리는 가끔은 괜찮지만 바가지와 잔소리보단 격려, 인정, 칭찬을 해주면 더욱 힘이 날 텐데 아쉬운 부분이다.

두 번째로 생계를 위한 지겨운 일상을 반복할 때. 가끔 쉬고 싶고 놀고 싶은데 회사 분위기상 일해야만 한다고 하신다. 가장이기 때문에 어쩔 수 없이 주말에도 일을 해야 하니 서글프다고 한다. 막상 여가시간이 주어지면 딱히 할 수 있는 것이 많이 없다고 하신다.

마지막으로 이것이 제일 힘든 점이라고 한다. 다름 아닌 가장으로서의 의무와 책임만 요구될 때. 가장이고 집안 경제를 책임져야 하니 당연히 일을 해야 하는 것은 맞지만 그 막중한 의무와 책임감으로 마음이 옥죄어져 사는 것이 재미가 없고 힘들다고 말씀해주셨다.

그 외 각종 생활고와 돈 문제, 과도한 업무량, 구조조정의 위협, 건강 이상 등의 여러 가지 이야기들이 나왔다. 그에 따른 스트레스가 만만치 않다고 하셨다. 그리고 직장생활에 대한 충성도는 높지만, 직장생활에 대한 만족감은 엄청 낮았다. 얼마나 힘들었으면…….

남자도 슬플 때면 울 수도 있고 눈물을 흘릴 수 있는 존재이다. 앞에서 언급한 형님들에게 가장 슬픔을 느낄 때가 언제냐는 여쭤보니 고민을 털어놓지 못하고 혼자서 끙끙댈 때라고 하였다. 고달픈 현실 속에 가슴속에 응어리가 진 채로 시원하게 울지도 못하고 하소연할 곳이 없는 것이 대한민국의 중년 남자들의 현실이다. 가정문제로, 직장문제로 기타 여러 가지 문제들이 많지만 혼자서 고민하고 짊어지고 가면서 전전긍긍하고 있다. 한국 남성의 전화 상담에서 이러한 남성들의 고민을 쉽게 접할 수 있다고 한다. 그래서 남자들은 외롭다. 그 외로움을 술과 담배로 푸는 것이다. 그러다 보니 위암과 간암, 폐암 등이 중년 남성들에게 쉽게 발견이 된다.

월요일만 되면 월요병이라고 불리는 특유의 병이 생긴다. 한국의 남성들은 월요일만 되면 정글에 들어가는 사자처럼 인상이 굳어진다. 생존경쟁에서 살아남으려고 하다 보니 어쩔 수 없다. 잘 살려고 하다 보니 이렇게 되는가 보다.

아버지들의 기를 세워주어야 한다. 이해를 해주고 사랑을 해줘야 한다. 힘차게 달려온 인생에서 남는 것이 조금이라도 있어야지 수지맞는 장사가 아니겠는가? 돈도 명예도 별것 없다고 자위하는 시절이 오지 않았으면 좋겠다. 그리고 중년 남성들 아버지들은 스스로 떳떳하고 당당하게 살았으면 한다.

아버지라는 존재는 처음부터 그렇게 된 것이 아니다. 중년의 뱃살과 주름이 나오고 싶어 나온 것이 아니다. 살다 보니 세월의 흐름 속에 세상과 직장과의 각개전투 속에 그렇게 된 것이다. 그 뱃살만큼 여유가 넘치고 풍성한 삶을 살길 기원한다.

한편 삶은 결코 극적이지 않다. 이제는 성공과 물질을 바라보면서 달려가기보다는 제2의 인생의 이모작을 꿈꾸며…. 좀 더 마음을 평안히 하고 많이 웃었으면 한다. 웃어버렸으면 한다. 그리고 힘들수록 웃어야 한다. 이게 무슨 허무맹랑한 소리인가 싶을 것이다. 우리는 오해를 한다. 웃을 일이 있어야 웃지? 그렇지만 웃다 보면 복이 온다고 하지 않는가!

행복해서 웃는 것이 아니라 웃기 때문에 행복하다. 웃는 얼굴에 침 못 뱉는다. 이런 말들을 곧잘 들었을 것이다. 소문만복래(笑門萬福來), 일소일소 일노일노(一笑一少 一怒一老) 같은 웃음에 관한 한자성어도 있다.

웃으니까 좋은 일들이 생기고 결국 웃다 보면 여유가 생기고 이해하게 되고 서로 간의 갈등이 줄어든다. 자기가 기분이 좋으면 어떤 사람이 발을 밟아도 별 기분이 나쁘지 않다. 반대로 기분이 안 좋을 때 발이 밟히면 화가 날 수밖에 없다.

그래서 웃으라는 것이다. 위에서 언급한 웃어버린다는 표현은 다름 아닌 웃어서 나쁜 것들을 보내버린다는 의미이다. 안 좋은 일이 있더라도 크게 웃어보라는 것이다. 쉽진 않겠지만 실천해봄직하다. 돈 한 푼도 들이지 않고 기분이 훨씬 나아짐을 느낄 것이고 수십 초의 시간도 걸리지 않는다.

아버지들은 웃는 것이 가볍게 보이고, 무시당할 것 같고 스스로 부끄럽게 여겨지겠지만 생각을 전환해야 한다. 한편 때론 힘들 때 울어봄직도 하다. 우는 것이 부끄럽다면 차 안에서 크게 펑펑 우는 것도 괜찮다. 마음의 찌꺼기들이 빠져나가는 것을 느낄 것이다.

크게 울고 나서 나 자신을 토닥여주자. '힘들지, 그래 괜찮아? 모든 게 잘 될 거야.'

4

아버지의 죽음

아버지란 나에겐 한때 미스터리한 존재였다. 이해가 가지만 한없이 밉기도 한 오묘한 분이셨다. 아버지는 현재 이 세상에 계시진 않는다. 60살 넘은 이 시기 지금도 아버지가 왜 그랬을까 도대체 왜 그런 인생을 사셨나 궁금하기 짝이 없다. 비가 추적추적 내리면서 어릴 때 시절의 모습이 나를 괴롭히고 있다.

"여보 정신 차려. 지금 나이가 몇인데 이러고 살아? 언제까지 백수로 살 건데?"

"이놈의 여편네가 밥상 앞에서 바가지를 긁고 지랄이네? 맞고 싶어 환장했어?"

"그래 죽여라. 죽여라! 오늘 너 죽고 나 죽자."

"미친년, 그래. 너 오늘 내 손에 죽어봐라."

어머니의 강력한 대거리에 아버지는 어머니의 귀싸대기를 날렸다. 먹고 있는 밥상을 대차게 엎어버렸다. 그래도 성이 차지 않는지 밥공기를 들어 어머니께 던지려고 위협했다.

"아버지 왜 그래요? 제발 그러지 말아요."

"엉엉 아빠 엄마 싸우지 마. 나 무서워."

"이 새끼들아, 너희 엄마가 이렇게 속을 긁는데 속이 안 상하겠니? 너희도 맘에 안 드니까 그냥 나가 죽어버려라."

나와 동생의 강한 만류에도 불구하고 아버지는 분이 풀리지 않는지 씩씩거리고 있다. 술 한 잔 거나하게 드시고 오셨으면 그냥 주무시면 될 텐데 왜 이러는 걸까. 엄마는 구석에서 흐느끼면서도 나와 동생을 보호하기 위해 우리를 꼭 안아주셨다. 그리고 우리들의 손을 잡고 집을 나섰다. 비가 추적추적 내리고 있었다. 우산도 없이 비를 맞았다.

"괜찮아. 아빠가 술을 드셔서 그래. 너희가 조금만 이해해. 아빠도 힘들어서 그래."

"아니 이해 못 하겠어. 엄마 왜 그래 참고 살아? 그냥 아빠랑 따로 떨어져서 살면 안 돼?"

동생도 오빠인 나랑 같은 생각이다.

"그래 엄마. 아빠는 너무 무서워. 아빠랑 따로 떨어져 살고 싶어."

우리 남매의 의견을 들은 엄마는 그저 눈물만 흘리면서 꼭 안아주었다.

오늘은 어디서 또 자야 하나? 동네에서는 이미 우리 집이 늘 싸움이 끊이지 않는 집, 문제가 있는 집으로 낙인찍혀 있다. 하지만 어쩌랴? 우리 남매와 어머니의 사정이 딱하다 보니 동정심으로 잠을 재워주고 먹여주곤 하였다. 잠이 쉬이 들지 않아 어머니께 나지막하게 물어봤다.

"어머니는 아버지 어떻게 알고 만났어? 나는 정말 아버지가 너무 싫어."

"그건 말이지…."

어머니는 무덤덤한 표정으로 수십 년 전의 일을 회상하면서 이야기를 꺼내셨다.

어머니와 아버지는 어릴 적부터 아버지(할아버지, 외할아버지)끼리 알고 지냈다고 하신다. 각별한 친분이 있었고 각각 딸과 아들이 한 명씩 있었다고 한다. 한날은 약주를 드시면서 이런 이야기를 하셨다.

"자네 아들도 지금 장가갈 시기가 되지 않았나?"

"그래 그렇긴 해. 그리고 보니 자네 딸도 시집가야지?"

"그럼 이참에 자네도 아들이 있고 나도 딸이 있으니 그냥 이 둘이 결혼

시켜버릴까?"

"그러세. 그럼 내후년 5월에 식을 치르자고. 아이고, 사돈이 되겠네."

전혀 얼굴도 모르고 남남으로 살았던 아버지와 어머니는 할아버지들의 친분에 의해서 사랑도 전혀 없이 비로소 결혼식에서 얼굴을 처음으로 볼 수 있었다고 한다. 익숙하지 않았지만, 부부의 연을 맺었기에 부부라는 이름으로 살아가기 시작하였다. 그때 나이 아버지 26살, 어머니 23살 둘 다 꽃다운 나이였다.

할아버지는 경제적으로 풍족하셨다고 한다. 일제 강점기부터 고조할아버지의 포목점 사업이 대대손손 내려왔고 할아버지가 물려받아서 남부러워할 것 없이 사셨다고 한다. 아버지는 할아버지의 밑에서 부족함 없이 자랐고 외동아들이었던 아버지는 오만함과 안하무인 기질로서 세상 두려울 것이 없이 한량으로 사셨던 인물이셨다.

한편 어머니 집안 또한 처음부터 가난한 편은 아니었다고 한다. 역시 외할아버지 또한 집안의 가업을 물려받아 사업을 하다가 부도의 위기를 맞을 위기에 처해 있었다. 집안의 가세가 기울면서 어머니는 갖은 일을 하면서 돈벌이에 나섰고 부잣집의 식모로서 돈을 벌어 집안을 일으키려고 했다. 외할아버지로서는 입을 한 개라도 줄여야 할 처지셨다. 6남매 중 장녀였던 어머니를 빨리 시집을 보낼 요량으로 할아버지의 술자리를 가지면서 시집을 보내려고 작정을 하신 것이었다. 할아버지, 외할아버지와의 술자리를 가지면서 시집을 보내자고 마음을 먹은 이것이 아버지와 어머니의 잘못된 만남과 악연이 시작된 것이었다. 이런 사실을 어머니께 전해 듣고 할아버지, 외할아버지의 협잡이 미워졌다. 원망스러웠다.

어머니는 아버지의 한량 기질이 결혼하고 고쳐질 줄 알았다고 한다. 그래도 집안의 가장인데 괜찮아지겠거니 순진한 생각을 하였다. 하지만 사람은 고쳐 쓰는 게 아니라고 하지 않는가? 여전히 고집과 안하무인 성격, 오만방자한 생각과 행동이 절대 고쳐지지 않았다. 나와 여동생이 태어나고 난 이후에 자식을 봐서라도 조금은 나아지겠거니 생각을 하셨다지만 어머니의 철저한 착각이었다. 결코 아버지는 변하지 않으셨다. 나이를 먹어 가면 먹어갈수록 세월이 가면 갈수록 더 악질이 되어갔다.

술만 드시고 나면 사람이 180도 변해버렸다. 늘 폭언과 폭행을 일삼았다. 그나마 술을 드시지 않으면 조금 나았다. 그렇지만 여전히 어머니를 무시하시고 어머니와 우리를 전혀 돌보지 않았다. 가정의 경제에는 전혀 관심도 없고 오로지 술, 도박, 주색잡기에 혈안이 되어 있었던 아버지셨다. 어머니가 한없이 불쌍하였다. 다른 집의 삯바느질 품삯으로써 본인은 제대로 입지도 먹지도 못하고 우리 남매를 거둬 먹여 살리셨다. 이런 아버지를 보고 자란 우리 남매는 이를 갈았다. 훗날 우리가 어른이 되면 아버지에게 반드시 복수하겠노라고……. 나는 감옥에 가도 좋으니 아버지 환갑날에 반드시 칼로 찔러 처참히 죽일 것이라고 마음속의 한을 품기 시작하였다.

한없이 무섭고도 야속한 세월이 그래도 흐르고 흘렀다. 아버지라는 인간과 어머니는 여전히 매일 같이 싸운다. 조금은 달라진 것이 세월의 흐름 속에 아버지도 힘이 빠졌는지 예전과 다르다는 것이다. 이제는 어머니가 조금 더 대차졌고 옹골차졌다. 아버지의 고함과 으름장에도 눈 깜짝하지 않는다. 우리 남매도 폭풍 성장하여 어엿한 신사 숙녀가 되었다. 부모님에게 떨어져서 어엿한 사회의 일원으로서 직장인으로서 살아가고 있다.

어렸을 때 생각했던 잔인하고 나쁜 생각을 실행할 차례가 점점 다가온다. 올해는 아버지 환갑이 되는 해이다. 환갑잔치 전날 아버지랑 술 한잔하면서 술을 먹여놓아야겠다. 조금 취해있을 무렵 아버지를 칼로 찔러 죽일 것이다. 이러한 잔인하고 극악무도한 시나리오까지 준비가 되었다.

이제 실천만! 하면 된다. 잔인한 생각을 한 내가 무섭기도 했지만, 어머니와 우리 남매에게 했던 행동이 도저히 용서되지 않았다.

'이것은 정의의 이름으로 응징해주는 것이다. 분리수거조차 안 되는 쓰레기는 일찍이 버리는 것이 맞다.'

이렇게 나 자신을 합리화하였다. 한편 가정을 꾸리고 남편이 되고 아이의 아버지가 되니 아버지의 마음이 아주 미약하나마 이해가 되었다.

아버지가 오죽하면 그랬을까? 나는 아버지 같은 한량이 되기 싫었다. 아버지와는 정반대의 삶을 살려고 노력했다. 늘 타인을 배려하고 소중히 생각하며, 소소한 일에도 감사함을 느끼려고 했다. 특히 술을 입에 한 방울도 대지 않았다. 어렸을 때 아버지가 늘 만취해 있던 모습이 끔찍이 싫었다. 아버지에 대한 지독한 원망과 저주가 세월의 흐름 속에 바래졌다.

중년의 나이가 되다보니 아버지를 살해하려고 했던 마음가짐이 조금씩 누그러졌다. 어느 날 어머니에게 전화가 왔다. 다급하고 가쁜 목소리였다.

"동주야. 아버지 쓰러지셨다. 지금 대학병원 응급실로 올 수 있겠니?"

수출업무가 폭증해 한창 바쁜 시즌이지만 물불 가릴 때가 아니었다. 부장님께 사정을 말씀드리고 대학병원으로 운전해 가기 시작했다. 응급실에 도착해보니 링거를 꽂고 있는 아버지가 보였다. 젊었을 때는 풍채가 있고 기골이 장대했는데 지금은 허연 머리에 성냥개비마냥 바짝 마르고 노쇠한 할아버지 한 분이 누워 계신다. 어머니는 흐느끼고 있었고 여동생은 천벌 받았다는 표정으로 비웃고 있었다. 어머니는 진정으로 아버지에 대한 잔정이 조금이나마 남아 있는가 보다. 아버지는 평소 당뇨를 알고 있었는데 저혈당 증세로 병원에 입원하였다고 한다. 노쇠한 아버지를 보면서 눈물이 날 것 같았는데 눈물은 나지 않았다. 나는 냉혈인간인가? 아니 아버지의 행실을 생각했을 때 눈물이 나지 않는 것이 당연한 것 같다.

어렸을 때부터 어머니와 우리 남매를 학대하고 모진 폭언과 폭행을 가했던 모습이 파노라마처럼 지나갔다. 따뜻한 말 한마디가 전혀 기억나지 않는다. 따뜻한 말 한마디 건네기가 그렇게 힘들었을까? 오죽했으면 내가 아버지를 살해하고 싶어 했을까! 이러한 악연에도 불구하고 피는 물보다 진하다고 했는가? 매우 못난 아버지였지만 마음속에는 아버지에 대한 연민과 울분의 감정이 공존하고 있다. 문득 아버지의 손을 잡고 싶어 꼭 잡아드렸다. 그런데 눈을 감고 있는 아버지가 눈물을 흘리시는 게 아닌가?

아버지의 눈물을 접한 나와 어머니와 여동생은 세상이 천지개벽할 일이었다. 평생 눈물 한 방울 흘리지 않고 살았던 인간이었는데……. 늘 자기 자신의 행복만을 위해 이기적으로 살아 웃으면서 살았으면 살았지 눈물 흘릴 일이 없던 인간이었는데……. 눈물을 흘리다니! 아버지의 눈물을 보면서 맘이 울적해진다.

"동주야. 아비가 정말로 미안하구나. 아비 많이 원망했었지? 평생 한량처럼 살아 너희에게만 피해만 끼치다 이렇게 천벌을 받았나 보다. 정말 미안하다. 날 용서해줄 수 있겠니?"

힘겹고 느릿느릿한 아버지의 사과에 미움의 감정이 눈 녹듯 사라져버렸다. 어머니와 동생은 한쪽 구석에서 울고 있었다. 나 또한 회한의 눈물이 났다.

"그럼요. 아버지 용서하고 말고가 어디 있어요. 다 이해해요. 아버지 부디 빨리 일어나셔서 손자 손녀가 시집 장가가는 것 보셔야죠. 지금 둘 다 대학생이에요. 빨리 쾌차하세요."

하지만 끝내 '사랑합니다.'라는 말은 입 밖에 나오지 않았다.

"왜 도대체 우리에게 그렇게 했나요? 왜 그렇게 모질게 굴었나요?" 묻고 싶었지만 차마 입 밖으로 나오진 못했다. 평생 술과 함께 한 인생이었기에 증세가 좋아지지 않았다. 결국, 응급실 입원을 하고 정확히 일주일 후 병마와 싸우다 세상을 등지고 말았다. 장례식장에서 많은 사람이 오고 가면서 위로를 해주었다. 영정사진을 멍하게 바라보았다. 사진 속의 아버지는 환히 웃고 있었다. 하지만 내 맘은 그렇지 못하다. 온갖 감정과 생각들이 오간다. 아버지 앞에선 아버지의 눈물 때문에 쿨하게 용서를 했지만, 그것이 과연 진실한 용서였을까? 아버지의 눈물 또한 진실한 눈물이었을까? 악어의 눈물은 아닐까? 어머니와 여동생은 지금 이 시각 어떤 생각을 하고 있을까?

평생 우리 가족에게 죄만 짓고 살았던 아버지……. 평생토록 우리 어머니와 남매의 가슴속을 시커멓게 멍들게 했던 아버지! 저세상에서는 죄 짓지 말고 선하게 착하게 살아가길 간절한 마음으로 빌어줘야겠다.

** 수십 년 전 아버지들은 왜 이렇게 사악하고 못됐었을까? 유교적 사

고에 길들여지고 물들어 있어 그랬을까? 남자는 그저 돈만 벌어주면 되는 존재. 돈이라도 잘 벌어주면 그나마 감사한 일이었다. 무능력의 극치를 달리는 아버지들이 많았다. 조선 시대의 선비들처럼 한량처럼 살았다. 남성이 살기에는 엄청나게 편했다. 가정을 등한시하고 육아는 오롯이 아내의 몫이었다. 아내를 무시하고 손찌검하고 도박 중독, 술 중독 심지어 바람을 피우는 나쁜 남자의 표상이던 아버지들이 득실대던 호랑이 담배피던 시절이 있었다. 이러한 아버지 밑에서 컸던 자녀들은 가슴에 짐 덩어리를 안고 한이 맺혔을 것이다. 아버지라고 부르는 것마저 끔찍하며 생각조차 하기 싫고 평생 끔찍한 삶을 트라우마로 안고 살았을 것이다.

하지만 세월이 가고 아버지라는 존재도 빵빵한 풍선에서 바람 빠진 풍선처럼 가늘어지고 힘없는 노인네로 전락을 하게 된다. 대신 아들은 점점 장성한 어른으로 성장을 하지만 아버지에 대한 미움, 증오는 그대로 남아 있다. 그렇지만 어쩌랴? 미워도 피를 나눈 아버지인데. 너무 밉고 증오스럽지만 아버지가 있기에 나도 이 세상에 존재하는 것이거늘…….

현 시대를 살아가는 중년의 아버지들 중 아버지와의 관계가 나빴던 분들이 많을 것이다. 아버지를 용서를 했는지 의문이다. 쉽게 용서가 되지 않기에 아직도 과거의 상처로 인해 분노와 증오를 품고 있을 수도 있다. 하지만 이미 아버지라는 작자는 저승으로 갔는데. 그렇기에 그냥 잊어버리자. 이해하라는 말은 차마 하지 못하겠다.

부디 과거의 상처에 얽매이지 말았음 한다. 그냥 지금의 현실에 충실하면서 살아갔음 한다. 상처받은 중년의 아버지들이 계신다면 보듬어드리고 싶다. 눈물을 닦아드리고 싶다.

5

사랑하는 어머니의 아빠가 되었다

잠을 뒤척이고 있다. 잠을 자야 하는데 쉬이 잠이 오지 않는다. 대낮에 열심히 일했으니 피곤할 법도 한데 왜 이렇게 잠이 안 올까? 이렇게 잠을 안 자면 피곤할 텐데……. 걱정이다. 양을 계속 소환하고 백 마리 넘게 셌건만 이러다 날밤을 새울 것 같다. 아무리 생각해봐도 어머니 걱정 때문인 것 같다.

지난 주 새벽 2시경이었다. 소변이 마려워 화장실에 가려고 일어났다. 가족들이 깰 것을 우려하여 조심조심 까치발로 화장실에 가고 있는데 어디서 부스럭거리는 소리가 났다.

머리끝이 쭈뼛해졌다. '이게 도대체 무슨 소리지? 설마 강도나 도둑은 아니겠지?'

거실에 있는 골프채를 손에 꼭 진채로 소리가 나는 곳으로 슬금슬금 이동하였다. 분명 부엌에서 나는 소리였다. 부엌으로 조심스레 이동하여 불을 켰다. "거기 누구야?"

나의 고함소리에 자고 있던 아내와 딸과 아들이 부엌으로 몰려왔다. 불을 켠 순간 놀라지 않을 수 없었다. 불을 켰는데 75세의 노모가 밥솥을 끌어안고 숟가락이 아닌 주걱으로 밥을 입에 쑤셔 넣고 있는 게 아닌가?

"어머니, 이 시간에 왜 이러고 있어요? 뭐하고 계세요?"

"아저씨, 나 배고파 밥 좀 줘."

"어머니, 저 아저씨 아니고요 어머니 아들 동수예요. 김동수."

"모르겠고 나 배고파서 잠이 안 와. 밥 더 줘."

어머니의 말에 가족들은 놀랄 수밖에 없었다. 분명 저녁 7시경에 온 가족이 식탁에 둘러앉아서 밥을 먹었거늘. 밥 잘 드시고 어머니가 좋아하시는 사과도 깎아드리고 9시경에 주무시고 이렇게 일어나서 식사를 하시다니. 어이가 없었다. 괜스레 짜증이 났다.

"어머니 대체 왜 그러시는 거예요? 밥 드셨잖아요."

아들과 딸 또한 그런 할머니의 모습이 이해가 되지 않았는지 남매끼리 속삭이고 있다.

결국 잠이 달아난 아내와 나는 어머니의 밥을 거하게 차려드리고 난이후 그날 새벽 사건을 마무리 지을 수 있었다.

어머니가 요즘 많이 이상하다. 식탐이 심해진 것도 있지만, 예전에는 굉장히 인자하고 웃음이 많았던 어머니셨다. 그런데 요즘 들어 부쩍 짜증이 심해지고 화를 벌컥 내신다. 별것 아닌 것에 대해 화를 내시고 삐치신다. 적응이 되지 않는다. 내가 알고 있는 어머니 모습이 전혀 아니다. 아버지께서 간 경화로 돌아가시고 난 이후인 듯하다. 제일 충격적인 모습은 화장실에서 볼일을 보시고 난 이후였다. 아내가 화장실에서 흥얼거리는 어머니의 노랫소리와 숨넘어갈 듯 깔깔거리는 어머니의 웃음에 이상해서 화장실에 달려갔다고 한다. 그런데 아연실색하지 않을 수 없었다고 한다. 어머니가 똥을 변기에 누지 않고 화장실 바닥에 싼 것도 모자라 그 똥을 벽에 칠하면서 깔깔대고 있었다고 한다.

"어머니 대체 무슨 짓이에요? 더럽잖아요."

"아줌마, 아줌마도 해봐. 이거 너무 재미있어. 같이 놀자."

마치 천진난만한 아이처럼 깔깔대며 웃으면서 아무렇지 않은 듯 똥을 벽에 묻혔다고 한다. 일을 마치고 돌아와서 아내의 제보에 심각함을 느꼈다. 어머니가 아무래도 치매가 심해진 듯하다. 그렇지 않고서야 이런 행동을 할 리가 없었다. 대책을 세워야 할 시점이다.

'이번 주 일요일 XX식당에서 7시까지 다들 모여. 의논할 게 있어.' 우리 남매들 간의 단톡방에 공지를 띄웠다.

나는 5남매의 장남이다. 제일 큰 형님, 오빠로서 지금까지 어머니를 모시고 살았다. 어머니가 건강하실 때는 크나큰 문제가 되지 않았다. 오히려 더 감사할 따름이었다. 맞벌이인 우리부부가 제대로 못해준 딸, 아들의 양육을 어머니가 감당해주셨으니 말이다. 어머니 때문에 우리 부부가 조금은 여유로울 수 있었다. 치매증상을 보이기 이전까지 말이다. 치매증상 초기에도 어머니께서 우리 가정에 해주신 것도 많았고 장남이라는 이유로 어머니를 모시는 것이 당연하다고 생각했다. 하지만 이제는 더 이상 안 될 것 같다.

"다들 모였지? 다름이 아니고 말이야⋯⋯."

조심스럽게 운을 띄웠다. 동생네 식구들이 모여 일시에 나의 입에 주목을 하였다.

"음 다름이 아니고. 내가 어머니를 모시고 있었잖아. 그런데 이젠 더 이상 안 될 것 같다. 어머니가 치매증상이 심하셔. 그래서 말인데 돌아가면서 어머니를 돌보든지 전담으로 누가 어머니를 맡아야 할 것 같다."

나의 조심스러운 말에 동생네 식구들이 웅성웅성 하였다. 어머니 봉양에 관해 우리들은 절대로 모실 수 없다는 표정들이었다. 그냥 정상인 어머니도 아닌 치매 어머니라니 어림없다 가당치도 않다는 모습들이었다. 다양한 이유에 의해 어머니 봉양을 강력하게 거부하였다. 어쩔 수 없었다. 아무리 장남이라고 하여도 강압적으로 할 수는 없다. 3시간 가까이 토의를 통해 나온 결론은 이랬다. 집근처 요양병원에 모시기로 하였고 병원비는 다달이 형제들끼리 나눠 충당하기로 결론을 내렸다.

집에 와서 행복해 보이는 어머니를 보니 눈물이 흐르지 않을 수 없었다. 마치 크나큰 죄를 짓는 것만 같았다. 우리 5남매를 낳아주시고 길러주신 분인데 어떻게 이렇게 할 수 있지? 요양병원으로 입원 결정이 났지만 어머니를 버리는 것만 같았다. 현대판 고려장인 것일까?

"어머니 늘 그곳에서 행복하시고 어머니가 좋아지시면 다시 우리가 꼭 모실게요. 어머니 너무 죄송하고 사랑해요."

"아저씨 왜 울어. 아저씨가 우니깐 내가 슬퍼지려고 하잖아. 울지 마."

** 치매라는 병은 참으로 잔인한 병이다. 치매는 후천적으로 기억, 언어, 판단력 등의 여러 영역의 인지 기능이 감소하여 일상생활을 제대로 수행하지 못하는 임상 증후군을 의미한다. 여러 영역의 인지 기능이 감소하다 보니 가족 혹은 자녀, 손자 손녀든 소중한 사람들의 이름이 서서히 잊혀가고, 잊어버린 삶을 살아간다. 그리고 과거의 행복과 추억을 송두리째 기억 못하게 하는 몹쓸 질병이다.

우리나라의 치매 환자수가 점점 늘어나고 있다. 보건복지부 지정 노인 성치매 임상연구센터 연구에 의하면 2010년 전국 치매환자수가 대략 47만 명 정도 되었는데 2030년에는 대략 120만 명으로 추산하고 있다. 엄청난 숫자가 아닐 수 없다. 치매는 전반적인 뇌 기능의 손상을 일으킬 수 있는 모든 질환이 치매의 원인이 될 수 있지만 뚜렷한 원인이 아직 밝혀진바 없고 연구 중에 있다고 한다.

치매로 인한 가족 간의 갈등과 스트레스도 만만치 않다. 조사결과 치매 환자 가족의 78%가 간병을 위해 직장을 그만두거나 근로 시간을 줄였다고 답했다. 또한 71%는 치매 환자를 돌보는 일로 엄청난 스트레스를 느끼고 있다고 나타났다. 치매는 병이기 때문에 선뜻 간병을 자원하는 경우가 드물다. 가족들의 합의로 요양원, 요양병원에 맡겨지는 경우가 아니라면 대개 치매 환자와 동거해온 가족이 자연스레 돌보게 된다. 또한 장남, 장녀라는 이유로 책임감을 안게 되는 경우가 대부분이다. 낳아주고 길러준 자식 된 도리로서 누군간 봉양을 해야 한다. 자신의 부모였기 때문에 마땅히 해야 할 도리라고 받아들이기도 하지만 부양책임을 서로 미루거나 회피하는 일도 허다하다. 생업이 달려 있고 어쩌면 자신의 인생을 포기해야 하는 일이기에 치매 환자 부양 문제는 쉽게 선택할 수 없는 민감한 사안임은 분명하다. 결국 요양원이나 요양병원으로 갈 수밖에 없게 되며 자식으로서 큰 죄책감을 안고 살아간다.

치매 환자를 둘러싼 사건 사고들 역시 사회적인 문제 중 하나다. 2017년에는 중증 치매 환자인 어머니의 얼굴을 베개로 눌러 살해한 50대가 경찰서를 찾아 자수한 일이 있었다. 대구에서는 5년간 치매 남편을 간병해오다 자신마저 초기 치매 진단을 받자 남편을 흉기로 찌른 부인이 붙잡힌 사건도 있었다. 간혹 이런 잔인한 사건을 뉴스 혹은 신문 등의 언론을 통해 접하다 보면 죄는 나쁘지만 얼마나 힘들었으면 저랬을까? 문득 그런 생각도 해본다.

아기였던 사람이 무럭무럭 자라면서, 음식을 흘려도 닦아주고 치워주고 걷다가 넘어져도 옆에서 웃으면서 잡아주던 부모님이 있었다. 이제는 스스로 걷게 되고 밥도 먹을 수 있게 된다. 할 줄 아는 것들이 점점 많아지고 세월이 점점 흘러 성인이 되고 결혼을 하고 부모가 된다. 그렇지만 어릴 때 손잡아주고 밥을 떠먹여주던 그 부모님은 노쇠하게 되고, 다시 아이로 되돌아간다. 아이로 되돌아간 부모님을 보고 있으면 화도 나고 한없이 눈물이 흐른다. 왜 우리 어머니가, 우리 아버지가……. 하늘도 무심하시지…….

아이가 된 부모님의 아빠가 될 수밖에 없음을 한탄하고 탄식한다. 원망도 해보지만 결국 세월의 흐름 속에 순리대로 모든 것을 맡긴다. 하지만 너무 한탄하고 탄식하며 자책하지 말았으면 한다. 달리 방법이 없지 않는가?

뚜렷한 현실적인 대안이나 방도가 없으며 가족 형제간의 갈등과 해체를 충분히 겪었으니 그 방법이 최선이고 최고임을 인지하고 살아갔으면 한다. 다시 어린아이로 회귀하여 새로운 여행을 떠나는 당신들께 따뜻한 손 한 번 더 잡아줬으면 좋겠다. 너무나 당연한 말이지만 살아 계셨을 때 한번이라도 더 찾아뵙는 것이 잘하는 것임을 명심하자. 그리고 너무 걱정 염려하지 말고 요양시설에 맡기고 내려놓자. 저 하늘로 소풍을 떠나갈 때 실컷 눈물을 흘리고 아름다운 이별을 하면 족하다.

6

어머니 보고 싶어요

"학생 이름 뭐야?"

"김기욱인데요."

"몇 살이야?"

"17살요."

파출소 경찰 아저씨에게 심문을 받고 있다. 경찰 아저씨는 나의 얼굴과 컴퓨터 모니터를 번갈아 보며 컴퓨터 자판을 한두 번 두드리고 다시 질문한다.

"길가는 학생들 왜 때렸어? 도대체 이유가 뭐야?"

"돈을 빌려달라고 했는데 안 빌려준다고 하기에 갚아준다고 했는데 그 새끼들이 나를 무시하잖아요. 순간 빡쳐서 때린 것뿐이에요. 제가 무슨 잘못을 그렇게 했나요? 심하게 때린 것도 아닌데 말이죠."

결국 화가 폭발한 경찰 아저씨는 흥분된 목소리로 책상을 쾅 내리쳤다.

"너 이 새끼 말하는 본새가 왜 이런 거야? 학생들 때린 게 잘했어?"

경찰 아저씨의 한층 격앙된 목소리가 파출소 안에 쩌렁쩌렁 울렸다. 그때 파출소 출입문 위에 달린 종이 땡그랑 울리면서 어떤 여성분이 뛰어 들어왔다. 옷이 꽤 남루하고 해진 옷차림의 여성이었다. 나이는 60이 넘어 보였고 남루하고 해진 옷과 더불어 비릿비릿한 생선 냄새가 풍겼다. 파출소의 직원들은 인상을 쓰고 코를 막기에 급급했다. 그 여성을 본 기욱이는 갑자기 고개를 푹 숙였다.

"기욱아~ 김기욱!"

흥분된 목소리의 여성분이 기욱이를 찾았다. 그랬다. 한달음에 달려 들어온 남루한 옷차림의 여성은 바로 김기욱 학생의 어머니셨다.

"선생님, 제가 기욱이 엄마예요. 우리 기욱이가 파출소에 있다고 연락받고 왔어요."

"기욱 학생 어머니시군요. 일단 이리로 앉으시죠."

"우리 막둥이 기욱이가 무슨 잘못을 했나요?"

"길가는 아이들을 폭행했고, 그 맞은 아이들이 코뼈가 부러지는 등 피해 정도가 심각합니다. 피해자 학생 어머니들이 길길이 날뛰고 지금 상황이 좋지 않습니다. 합의하지 않으면 기욱이는 소년원에 가야 합니다."

경찰 아저씨의 차디찬 말에 어머니는 그저 눈물만 주르륵 흘릴 뿐이었다. 나는 아직도 어머니의 눈물을 지금 이 순간까지도 잊지 못한다.

"아씨, 엄마 왜 울어? 창피하게. 그리고 이런데 오려면 좀 예쁘게 입고 오던가. 생선 냄새나게 이게 무슨 짓이야."

"그래 어휴! 엄마가 미안하다. 이런 옷 입고 와서 미안하고 널 제대로 못 가르치고 못 입히고 못 해줘서 정말 미안하다. 오늘따라 하늘에 있는 네 아버지가 보고 싶구나. 어휴 여보 왜 이렇게 일찍 갔나요? 나 너무 힘들어요."

어머니의 한숨 섞인 눈물에 파출소는 일시에 조용해졌다. 코를 막았던 직원들도 숙연해졌다. 나의 어린 시절은 암울했다.

어렸을 때부터 우리 집은 무척 가난했다. 하루에 세 끼는 상상조차 할 수 없는 일이었다. 남들은 외식하고 가족끼리 여행을 가고 여가를 즐긴다지만 우리 집은 감히 그럴 형편이 되지 않았다. 그저 가난함을 탈피하는 것이 최우선이었다.

아버지와 어머니는 배움의 끈이 짧아서 막상 할 수 있는 일이라곤 없었다. 아버지는 매일 하루살이처럼 막노동 현장을 전전하였다. 어머니는 어두컴컴하고 공기가 좋지 않은 지하의 방직공장에서 일하였다. 하루하루 최선을 다해 살았지만, 삶이 별로 나아지지 않았다. 열심히 살면 잘되고 점점 좋아질 줄 알았는데 우리가 크면 클수록 살림은 더욱 퍽퍽해져 갔다. 그나마 형과 누나는 일찍이 철이 들었는지 공부를 꽤 하는 편이었다. 기울어진 가세에 할 수 있는 거라곤 공부밖에 없었고 공부로써 집안을 일으키겠다고 형과 누나는 공언하였다. 개천에서 용이 난다고 하였던가? 그 말이 사실이었다. 현재 형과 누나는 변호사 의사로 사회에 공헌하고 있다. 문제는 나였다. 나는 늘 꼴통 같은 행동과 말을 하고 다녔다.

어렸을 때부터 가난이 끔찍이 싫었다. 지금에 와서 생각해보니 비교는 다 부질이 없고 잘못된 것이지만, 그때 당시 어린 마음에 다른 친구들과 비교되는 것이 너무 싫었다. 꼴에 자존심은 세다 보니 없는 가정이라고 소문나는 것이 죽기보다 싫었다.

국민학교 시절이 생각난다. 하루는 점심시간이 되어 친구들이 삼삼오오 우르르 몰려 도시락을 펼쳤다. 친구들은 소시지 반찬, 계란말이, 양념고기 등 군침 흘리기 딱 좋은 반찬들이었다. 하지만 나의 도시락을 펼치는 순간 실망하지 않을 수 없었다. 누런 꽁보리밥과 함께 반찬이라곤 신김치와 약간의 계란말이뿐이었다. 친구들의 표정이 변하였다. 나를 벌레 보듯 쳐다보았다. 친구들이 인상을 쓰며 코를 막았다.

"아, 이게 무슨 냄새야. 너 이런 것 먹고 살았니? 이런 거 어떻게 먹어?"

"미안해. 다음에는 더 맛난 거 싸올게. 이번 한 번만 봐줘."

"됐어. 애들아 우리 김기욱이랑 절대 같이 먹지 말자. 기욱이 너희 집 가난하지? 얼레리꼴레리 기욱이는 가난뱅이래요. 가난뱅이래요."

아무리 어렸다지만 아닌 건 아니었다. 주변아이들의 손가락질이 부끄러워졌다. 손이 부들부들 떨렸다. 노래를 부르며 손가락질하면서 나를 놀려대던 그놈 면상을 주먹으로 갈겼다. 그리고 바닥에 눕힌 다음 계속 얼굴과 가슴을 가격했다.

"인마, 뭐라고 했어? 다시 말해봐. 죽고 싶어? 뭐 내가 가난뱅이라고? 너 오늘 죽일 거다."

얼굴에 피멍이 들도록 맞으면서 그놈이 사과했지만, 쉽사리 나의 분이 풀리지 않았다. 결국, 다음날 어머니는 학교로 불려오셨고 그놈과 그놈 어머니에게 어머니가 무릎을 꿇고 사과하였다. 그 사건 이후 나를 건드리는 아이들은 없었다. 나는 늘 외톨이였다. 가난으로 인해 친구가 없다고 생각한 나는 관심을 받기 위해서라도 문제 행동을 하였다.

국민학교 졸업을 하고 중학교에 가도 여전히 나아진 것이 없었다. 머리가 굵어질수록 더욱 영악해졌다. 용돈을 받아도 풍족하지 못하다 보니 친구들을 괴롭혀 돈을 뺏는 것이 나의 욕구를 충족시킬 수 있는 유일한 방편이었다. 계속된 방황 속에서도 어머니는 여전히 나를 사랑해주셨다.

지극히 당연하지만, 어머니의 사랑은 이루 말하지 못했다. 반면 아버지는 나의 이러한 행동에도 관심조차도 없고, 가장으로서 오직 돈 벌기에만 혈안이 되어 있어 집과 일터만 왔다 갔다 했다.

중학교 3학년 5월이 되던 해 역시 정신을 못 차리고 방황하며 살았다. 어쨌든지 졸업은 해야 한다고 어머니의 간곡한 부탁이 있었다. 그랬기에 졸업만을 목표로 수업은 등한시한 채 책상에 엎드려 자고 있었다. 학교에 전화가 왔다. 어머니의 다급한 목소리였다. 그리고 담임 선생님께서 얼른 나보고 한국병원 응급실로 가보라고 하셨다. 아버지가 벽돌을 나르다 무거움을 이겨내지 못하고 넘어져서 피를 많이 흘리고 위중한 상태라고 하셨다. 심각성을 느끼지 못했다. 아버지도 나에게 별 관심 없듯이 나 또한 아버지에게 관심이 없었다. 버스를 타고 도착해보니 아버지는 산소 호흡기를 꼽고 링거를 하고 눈을 감은 채 누워 있었다.

오랜만에 보는 형과 누나는 나를 한심하다는 듯이 쳐다보았다. 어머니는 꺼이꺼이 울고 있었다. 나는 눈물조차 나지 않았다. 의료진의 노력에도 불구하고 결국 아버지는 55세의 나이에 세상을 하직하고 말았다.

아버지가 돌아가시고 난 이후에도 여전히 나는 문제 학생이었다. 술과 담배는 늘 나의 삶의 즐거움과 쾌락이었다. 술과 담배에 찌들어 있는 모습에도 어머니는 일절 말을 하지 않으시고 적당하게 하라고만 말씀하셨다. 미련한 사람처럼 오로지 사랑으로 감싸주셨다.

동네에 나와 비슷한 처지의 형이 있었다. 그 형은 고구마를 구워서 파는데 생각보다 돈이 짭짤하다고 하였다. 20살이 된 나에게 같이 동업을 하자고 권유하였다. 돈을 뺏고 파출소에 가는 생활이 신물이 나기에 훨씬 건전한 돈벌이일 것 같았다. 서울역전 앞에서 고구마를 팔기 위해서 다양한 활동을 경험해야 한다. 고구마를 시장에서 사야 하고, 군고구마를 손님들에게 팔기 위해서 한껏 소리를 내어야 한다. 있는 힘껏 목소리를 높여 군고구마를 홍보했다. 손님들에게 맛있는 고구마를 제공하기 위해서 최선의 노력으로 고구마를 구웠다. 드셔보신 손님들이 재방문하셨을 때 흥분과 감동을 잊지 못했다. 한낮 고구마에 불과했지만, 군고구마 판매를 통해 과거 어둡고 암울했던 삶이 조금씩 치유가 되고 과거의 삶이 흐릿해지기 시작했다.

노점단속원들의 눈을 피해 이리저리 다니면서 문득 내 가게를 가지고 싶었다. 형에게 독립을 선언했다. 비록 군고구마 장수였지만 시장으로 장소를 옮겨 치열하게 독하게 장사하였다. 하루 한 끼만 먹고 버텼다. 라면과 고구마가 주된 메뉴였다. 이렇게 하지 않으면 돈을 모을 수 없을 것 같았다. 노점에서 생선을 팔던 어머니의 심정이 이해가 되었다. 맹추위에 오들오들 떨면서 장사를 하던 어머니의 모습이 문득 떠올랐다. 나 또한 오들오들 떨었지만 내 가게를 가지는 것이 나의 목표였기에 참고 또 참았다. 한편 군고구마 판매로만 한계가 있기에 과일 또한 팔았다. 새벽 시장에서 과일을 떼어 약간의 가격을 덧붙여 이윤을 남길 수 있었다. 이렇게 과일과 군고구마를 팔아서 독하게 모은 돈으로 3년 만에 내 가게를 가질 수 있었다. 어머니와 형, 누나가 진심으로 축하해주었다. 이제는 인간이 되었다고 한다. 특히나 고생만 하셨던 65세의 백발의 어머니는 하염없는 눈물을 흘리셨다. 한없이 죄송스러웠다. 이제는 어머니께 꽃길만 걷게 해주리라 다짐했다.

과일가게 사장님이 되면서 더욱 살림이 피게 되었다. 과일가게 단골손님인 김 여사님이 소개해준 맘씨 착한 아가씨랑 결혼도 하게 되었다. 아들과 딸 한 명을 놓고 살면서 내가 부모가 되어보니 아버지와 어머니의 굴곡진 삶을 어렴풋이나마 이해하게 되었다. 풍파가 많았던 세월 속에 자식 때문에 속을 무던히도 끓였던 어머니. 무뚝뚝해서 말은 안 했지만, 잔정은 많았던 아버지. 자식이 철들 즈음에 부모님은 이 세상에 안 계시다고 누가 말했던가? 그래서 살아생전에 부모님께 효도하라고 했다.

어머니는 내가 과일가게를 열고 장가가서 손자 손녀를 보시고 정확하게 2년 후에 돌아가셨다. 젊은 시절 고생만 실컷 했건만 그 나이에도 노점에서의 생선 판매를 못 놓고 계셨다. 나와 아내, 형 누나가 강력하게 말렸지만 어머니의 고집은 꺾을 수 없었다. 쉬엄쉬엄하길 당부했지만, 기저질환인 당뇨 증세와 더불어 체력 저하와 못 먹어서 결국 쓰러지셨다. 시장 상인들의 도움으로 병원으로 이송되었지만 결국 숨을 거두고 말았다. 장례식장에 환히 웃고 있는 어머니의 영정사진을 보았다. 웃고 있는 어머니가 나에게 이렇게 말하는 것 같았다.

'우리 막둥이 기욱아! 엄마가 이 세상에 소풍을 왔는데 그 소풍이 딱히 즐겁지 않았어. 그러나 행복했다. 우리 막둥이, 엄마가 없더라도 울지 말고 힘내고 엄마가 하늘에서 많이 도와줄게. 사랑했다.'

나에게 나긋이 속삭이는 듯한 어머니는 이제 세상에 없다. 아버지도 안 계신다. 천상고아가 되었지만, 나에겐 더욱 열심히 사는 것만이 하늘에 계신 부모님께 보답하는 길일 것이다. 50세의 나이에 이제야 사람이 된 것 같다.

** 효도란 부모를 잘 섬기는 도리 또는 부모를 정성껏 잘 섬기는 일을 뜻한다. 효도의 '효'에서 孝라는 한자는 아들이 노인을 업고 있는 모양의 글자다. 부모들은 자식한테서 큰 것을 바라지 않는다. 자주자주 찾아뵙고 자주자주 대화만 나눠도 무척 행복해하는 부모들이다.

어렸을 때 부모의 마음을 헤아리기 힘들었지만 결혼해서 자녀를 낳고 살아보면 부모의 마음을 충분히 이해하고도 남는다. 하지만 그 부모님들은 지금 살아 계시지 않다. 살아계실 때 더욱 잘해드릴걸! 제삿날이 다가오면 괜히 울적해지는 중년의 아버지들이 계시지 않는가? 운이 좋게도 아직 부모님이 살아 계시다고 한다면 행운아다. 친분이 있는 기업의 대표님 또한 젊었을 때 어머니의 속을 무던히도 썩였다고 한다. 어머니가 살아 계시지만 치매증상으로 인해 요양병원에 계신 어머니를 보면서 눈물을 짓고 계신다.

"있을 때 잘해, 후회하지 말고……."란 가사가 나오는 노래가 있다. 나에게도 잘하라고 조언을 한다. 그래서 이 노래가 더욱 와닿는다. 부모님한테 아무리 잘해드려도 돌아가신 후면 후회밖에 남지 않는다는 말의 의미를 우리 모두 마음에 새겨두자. 그리고 부모님이 살아있음에 감사를 드리자! 그 부모님 덕분에 당신은 이 아름다운 세상에 태어났고 또 살고 있기에…….

제3장

자녀

내가 살아가는 이유

자
녀

자녀를 이길 수 있는 부모가 과연 몇이나 있을까? 자녀를 이길 수 있는 부모는 없다고 한다. 부모와 자녀 사이에 의견이 첨예하게 대립하였을 경우 처음에는 인생을 좀 더 살아본 부모의 뜻을 따르길 종용한다. "너는 내 자녀니깐 무조건 따라줘야 해."

자녀는 이견을 좁히지 않고 본인 의견의 정당성과 당위성을 부모에게 피력하지만 통하지 않는다. 이러한 연유로 갈등과 싸움으로 번지다가 결국 자녀의 손을 들어준다. 부모가 된다는 것은 참으로 어렵다. 특히나 아버지는 자녀의 진로나 미래에 있어 크나큰 등대가 되고 영향을 미친다. 아버지의 행동거지, 말투로 인해 가정의 분위기가 살고 자녀가 살고 죽는다. 그렇다고 어머니의 역할을 결코 폄하하는 것은 아니다. 특히 아들의 경우에는 아버지의 행동거지, 말투를 보고 배운다고 한다. 부모는 자녀의 거울이다. 그래서 조상들이 자녀를 키운다는 것을 농사에 비유한 것이 아닐까? 비록 내 자녀지만 하나의 인격체로서 사랑으로 감싸주고 인정해주고 존중하는 것, 이것이야말로 자식농사에서 훗날 최고의 풍년을 거둘 수 있는 비결임을 명심하자.

이번 3장 자녀 편은 아버지가 자녀와의 갈등과 문제로 인해 흔히 겪을 수 있는 내용과 이와 관련된 아내와의 갈등에 대해서 담담하게 나열하였다. 한편 장애 자녀를 가진 가정의 쓰라린 현실과 마음가짐에 대해서도 언급해보았다.

1

아버지의 기도

"아빠 요즘 왜 이렇게 피곤한지 모르겠어. 고3이라 그런가?"

"그래 너 요즘 열심히 하는 것도 좋지만, 적당히 하렴. 몸 상할까 봐 걱정이다. 아빤 예진이가 아빠 인생에 있어 전부인 거 다 알고 있지? 아빤 예진이 없으면 못 살아."

"그래 아빠 고마워. 몸 챙길게. 아빠 사랑해."

딸아이와 아침에 카카오톡 문자를 주고받을 만큼 나는 딸 바보다.

예진이는 나에게 각별한 딸이다. 재작년에 아내는 47세의 나이로 자궁경부암 판정을 받고 세상을 등져버렸다. 참으로 많이 울었다. 장례식장

영정 사진 앞에서 절규했다.

아내 없인 살기 힘들 것 같았다. 한동안 방황 아닌 방황도 했다. 하지만 어쩌랴? 산사람은 살아야만 했다. 무엇보다 하나밖에 없는 딸을 보고 힘을 내야만 했다. 안 그래도 사춘기에 접어든 딸이라 한참 예민한 시기였다. 엄마의 부재로 인해 방황할 수 있으므로 늘 씩씩한 아빠, 다정다감한 아빠의 모습을 보여주고 싶었다. 다행히 딸은 나의 기대대로 삐뚤어진 모습 없이 반듯하게 성장하였다. 구김살 없는 모습에 엄마 없는 아이처럼 전혀 보이지 않았다. 그래서 딸은 나에게 세상에 더할 나위 없는 사랑스러운 존재다.

한 달 전쯤 학교 담임 선생님께 전화가 왔다. 아빠 힘내세요. 벨소리가 흘러나왔다.

"여보세요."

담임 선생님의 다급한 목소리가 전화기 너머로 들려왔다. 불길한 예감은 뭘까? 평소 학교에서 전화 온 적이 손꼽을 정도였다.

"김예진 학생 아버님 되시죠?"

"네 선생님, 제가 예진이 아비 되는 사람인데 무슨 일이신가요?"

"다……. 다름이 아니라요. 예진이가 수업하다가 갑자기 쓰러졌어요. 지금 병원에 이송 중인데요. 병원에 한번 와보셔야겠어요."

너무 놀란 나머지 전화기를 바닥에 떨어뜨릴 뻔했다. 놀란 가슴을 부여잡았다. 한층 격앙되고 흥분된 목소리로 담임 선생님께 물었다.

"뭐 땜에 쓰러진 건가요? 이유가 뭐죠? 평소 건강했는데. 대체 학교에서 어떻게 했기에?"

"이유를 잘 모르겠어요. 저도 지금 굉장히 당황스럽네요. 일단 병원에 와보셔야겠어요."

윗분들에게 전후 사정을 설명 후 조퇴를 하였다. 아이가 입원했다는 강남에 있는 병원으로 급하게 이동하였다. 운전하면서 별별 생각이 다 들었다. 불길한 예감도 들었다. 예진이가 잘못되면 안 될 텐데. 얼마나 힘이 들까 싶었다.

"대체 왜 그런 거야. 정말 미치겠네. 대체 왜 왜 왜~~? 신이시여 대체 왜 나에게 이런 시련을 주시냐고요?" 검지로 하늘을 가리키면서 목이 쉴 정도로 고함을 질렀다.

나는 종교는 없다. 무신론자이다. 전혀 보이지 않는 신을 믿을 바에 나 자신을 믿겠다는 주의였다. 그렇지만 지금 이 시기만큼은 신에게 따졌다. 눈물을 흘리면서 격렬하게 따지고 들었다. 나는 남에게 피해를 전혀 준 것 없이 앞만 보고 착하게 살았다. 아내와 사별 이후 고이 기른 딸이었다. 그간의 고생을 생각하니 하늘과 세상이 원망스러웠다. 눈물이 앞을 가려 운전조차 힘들 지경이었다. 그러나 침착해야만 했다. 운다고 해서 바뀌는 것은 없었다. 평일 오후였지만 차가 막혔다. 자동반사적으로 클랙슨 소리가 커졌다.

"빵빵~ 아씨 진짜 열 받네. 왜 이렇게 차가 막히는 거야. 젠장, 돌겠네."

40분 정도 운전을 하여 병원에 도착하였다. 예진이가 입원한 중환자실로 뛰기 시작했다. 숨이 턱까지 차올라 힘겨웠지만 지금 그것이 중요한 것이 아니었다. 나의 머릿속엔 오로지 예진이 생각뿐이었다. 중환자실에 들어가 보니 하얀 가운을 입은 선생님과 간호사, 담임선생님이 서 계셨다. 예진이는 환자복을 입고 링거를 꽂은 채 눈을 감고 누워 있었다.

"아버님 오셨어요? 예진이 담임 선생님입니다."

담임 선생님께서 나에게 인사를 한다. 인사를 듣는 둥 마는 둥 하고 의사 선생님께 물었다.

"선생님 대체 왜 그런 건가요? 우리 예진이 큰 병에 걸린 건가요?"

"김예진 학생, 백혈병인 것 같습니다. 혈액검사 결과를 봤을 때 백혈구, 적혈구, 혈소판의 수치가 낮습니다. 정확한 검사를 위해 골수검사를 해봐야 할 것 같습니다. 평소 예진이가 숨이 차거나 피곤함, 어지럼증 등을 호소하지 않던가요?"

두꺼운 돋보기안경을 착용한 의사는 감정을 최대한 배제하여 무덤덤하게 물어보았다.

생각을 해보니 고3이라 마냥 피곤한가보다 치부하였다. 별것 아닌 것처럼 생각했다. 공부로 인한 스트레스로 힘들었나 보다, 그냥 그런가 보다 생각했다. 하지만 의사의 질문을 곱씹어보니 아이의 증상이 파노라마처럼 지나갔다. 먹고 살기에 급급했기에 딸에게 무관심했던 내가 한없이 미워졌다. 총이 있다면 머리통을 갈겨버리고 싶을 지경이었다.

'난 아빠도 아니야. 아빠 자격도 없어. 병신 머저리 같은 놈. 너 같은 건 죽어야 해.'

주먹을 꽉 쥔 채로 나의 머리통을 세게 갈겼다. 아픔조차 느끼지 못할 만큼 눈물이 흘러나왔다. 예진이의 아픔으로 인한 슬픈 눈물과 자책과 회한 섞인 눈물이었다.

'골수검사를 통해 백혈병이 확실히 진단된다면 어떻게 해야 하나? 예진이가 잘못되면 안 되는데.'

흐르는 눈물이 쉬이 멈추지 않는다. 담임 선생님과 의료진들이 가고 난 이후 예진이의 손을 꼭 잡고 얼굴을 보았다.

내 삶의 이유이자 나의 전부. 나의 모든 것! 예진이가 없다면 나도 없다. 이 세상에 살아야 할 이유가 없다. 어떻게 만난 딸인데.

결혼 후 유산을 한 번 거치고 7년 만에 얻은 귀한 딸이다. 어렸을 때 엄청난 애교를 뿜어내었다. 우리 부부 앞에서 조그마한 입술로 노래 부르면서 앙증맞은 춤을 추는 모습에 저절로 아빠 미소가 피어올랐다. 크나큰 주머니 속에 넣고 다니고 싶었다. 과도한 야근과 업무를 마치고도 집에 돌아와서 곤히 자는 모습을 보면 저절로 피로함이 눈 녹듯 사라졌다.

비타민이 필요 없었다. 풍족하지 못한 형편이었지만 친구들의 브랜드 옷을 보고도 필요 없다고 안 입어도 된다고 했던 아이였다. 아빠, 엄마의 고생을 아는 듯하였다. 나이에 비해 조숙한 아이였다. 이런 속이 깊고 예쁜 아이였는데….

사막같이 건조한 눈인 줄 알았는데, 손을 부여잡고 과거 생각을 하니 계속 눈물이 난다. 이 상황을 어떻게 타개해야 하나? 갑자기 빌어보고 싶었다. 무신론자였기 때문에 기도 따윈 나약한 사람이나 하는 거라고 비웃던 나였다.

'칫! 그까짓 것 기도한다고 해서 나아지는 거 있어? 그냥 마음 편해지자고 하는 거지. 나도 나를 잘 못 믿는데 감히 누굴 믿어?' 그렇지만 지금은 찬밥 더운밥 가릴 처지가 아니었다. 절대자가 있다고 한다면 신이 있다고 한다면 나의 기도를 들어줄 거라 감히 믿고 싶었다.

"신이시여. 세상의 모든 신이시여. 제가 이때까지 믿지 않았습니다. 마냥 나약한 것 같아 그냥 부정하고 살았습니다. 그렇지만 지금, 이 순간 빕니다. 저를 용서해 주시옵소서. 저의 하나밖에 없는 딸 예진이 좀 살려주세요. 백혈병이랍니다. 제발 살려주세요. 살려만 주신다면 저에게 시련을 주셔도 좋으니 예진이만 살려주시옵소서!"

예진이의 손을 꼭 붙잡고 신에게 간절히 기도하였다. 눈에서 뜨거운 것이 흐른다.

골수검사를 하고 3일 후 백혈병이라고 확실히 진단이 내려졌다. 이제는 화학적 항암치료, 방사선 치료를 해야 한다고 한다. 골수이식도 필요하다. 쉽지 않은 길이다. 경제적 부담감도 무시하지 못한다. 하지만 달리 방법이 없다. 의사가 권해주는 치료를 해야 완치할 수 있는 확률이 높아진다한다. 예전처럼 돌아갈 수만 있다면 그까짓 돈 따윈 아무것도 아니다.

골수이식날짜가 잡혔다. 백혈병 골수이식이란 타인에게 채취한 정상 조혈모세포를 백혈병 환자에게 주입하는 치료법이다. 나의 딸을 위해 기꺼이 내가 이식할 것이다. 생전 처음 해보는 큰 수술이기에 긴장이 된다.

나는 잘못되어도 좋으니 예진이를 살려달라고 다시 간절히 기도했다. 골수이식수술 당일 수술실로 들어가고 수술실의 기계음 소리에 퍽 긴장된다. 골수이식을 하더라도 생존율이 생각 외로 낮다고 한다. 악성이면 사망률이 더 올라간다고 한다. 하지만 꼭 살려내리라. 마취하고 저절로눈이 감긴다.

지금 내 곁에 예진이는 없다. 화학적 항암치료, 방사선 치료 및 골수이식 등 의료적인 최선의 노력을 다하였다. 하지만 악성인지라 결국 병원에 입원한 지 1년이 조금 넘은 시점에 하늘의 별이 되고 말았다. 유명 외국 배우들, 운동선수 등 백혈병에 걸려 유명을 달리한 분들이 많다고 한다. 화장하여 뼛가루를 유골함에 넣었다. 거실 서랍장에 교복 입은 모습의 예진이 영정 사진 옆에 유골함을 고이 모셔 놓았다. 괴로움을 이기지 못하고 혼자서 술을 한두 잔 마시고 난 이후 유골함과 사진을 어루만지며 조용히 읊조려본다.

"딸! 저 하늘에서 잘살고 있지? 춥진 않고? 아빠도 훗날 뒤따라 갈 테니 잘 지내고 있어. 사랑해 예진아. 보고 싶다."

예진이가 아프고 난 이후 기도를 하게 되었고 지금도 습관적으로 기도를 한다. 저 하늘에서 예진이 아프지 말고 잘 지내게 해주고, 먼저 가 있는 아내가 예진이를 지켜달라고!

** 자녀가 아프면 세상의 모든 부모는 가슴이 철렁하게 된다. 아픔이 있는 만큼 성숙하고 아프면서 성장을 한다고 흔히들 이야기한다. 틀린 말은 아니다. 하지만 그 아픔의 정도가 남들과 비견할 바 없이 큰 아픔을 겪는다면 이야기가 달라진다. 부모와 아이는 지쳐버린다.

할 수 있는 노력과 힘을 다해보지만 결국 인간의 힘으로는 한계에 부딪힘을 느끼게 된다. 절대 구원자에게 의지할 수밖에 없다. 종교를 믿지 않던 사람들조차 절대자를 찾게 된다. 기도를 하면 마음이 조금이나마 편안해지고 나아지고 좋아진다고 믿기에……. 나 또한 우리 아들이 어렸을 때가 기억이 난다. 잦은 질병으로 병원에 입원하고 퇴원하길 수십 차례 반복하였다. 청년 때부터 교회에 다녔지만 믿음이 없었다. 당연히 기도하지 않았고 기도는 연약한 사람들 따위나 하는 것으로 치부했다. 결혼하고 나서도 마찬가지였다. 일요일에 교회는 갔지만 믿음이 없는 선데이 크리스천 보여주기 식의 신앙을 가졌다. 하지만 아이가 계속 아프면서 저절로 간절한 기도가 나올 수밖에 없었다. 간절하고 신실한 기도 덕분일까? 아이가 조금씩 좋아지고 모습을 보면서 많은 생각이 오고 간다.

물론 병원의 치료 덕택도 있지만, 기도의 효과라고 스스로 생각해본다. 성경 말씀에 '네 믿음대로 될지어다'라는 말씀이 있다. 코너에 몰릴 때 더한 것도 할 수 있는 것이 부모다. 마음이 힘들고 지친다면 절대자에게 간절한 마음으로 기도를 해봄이 어떨까? 부모의 간절한 믿음이 절대자의 마음을 움직여 더 좋은 일이 생길수도 있지 않을까?

아이는 부모의 믿음대로 성장을 한다. 부모의 눈물과 간구대로 성장한다. 힘들고 어렵겠지만 기도를 통해서 마음이라도 편하다면 해볼 법하다. 신은 이겨내지 못할 시련을 주지 않는다고 하였다. 비단 자녀뿐만 아니라 삶이 힘든 분들 기도의 위대함을 잊지 말자.

2

사춘기 아들 어찌하오리까

세상에서 가장 어려운 일이 세 가지가 있다고 한다. 상대방의 주머니에서 돈을 빼내는 일, 나와 다른 상대방의 생각을 바꾸는 일, 마지막으로 자식 농사이다. 오죽하면 자식을 키우는 것을 농사에 비유할까? 그만큼 보람도 있지만, 힘이 들어서 그런 것이 아닐까? 착하고 귀여운 내 아들이 어느 순간 변했다.

시커멓고 못생겼고 심지어 뚱뚱하기까지 한 배 나온 총각이었던 나에게 여자들이 관심을 가질 이유는 만무했다. 나에게 연애는 사치였다. 당연히 결혼을 포기하고 살았었다. 나는 평생 혼자 살 운명인가보다 생각하며 체념했다. 하지만 짚신도 짝이 있다고 하였던가? 이모의 성화를 이기지 못하고 어쩔 수 없이 맞선을 보게 되었다. 내 인생에 여자는 없다고 늘 생각하며 완강하게 거절하였거늘……. 당연히 잘 안 되겠거니 마음을 비우고 맞선 장소로 도살장에 끌려가는 소처럼 발걸음을 옮기게 되었다. 하지만 나의 운명이었나 보다. 맞선 장소에 가보니 예쁜 얼굴은 아니었지만 작고 귀여운 아가씨가 부끄러운 모습으로 앉아 있었다. 긴장된 마음으로 이런저런 이야기를 나누다 보니 왜 이제야 이 여자를 알게 되었나? 하늘이 내린 인연이구나 싶었다. 35살이라는 조금 늦은 나이에 결혼하게 되었다.

세월이 흘러 37살이라는 나이에 눈에 넣어도 안 아플 아들을 만나게 되었다. 벅차오르는 감동을 주체하기 힘들었다. 마치 세상을 다 가진 것 같았다. 웃는 것이 익숙하지 못한 내가 늘 싱글벙글하였다.

직장동료 및 주변에서도 진심으로 축하받으니 앞으로 인생은 탄탄대로일 것 같았다. 늘 행복할 것만 같았다. 결혼은 언감생심이었던 내가 지금의 아내를 만나 경호의 아빠가 되다니. 이것이 꿈인가? 생시인가? 하지만 인생은 새옹지마라고 하였던가. 좋은 것도 있지만 가장이라는 책임감에 어깨가 무거웠고 무엇보다 아빠라는 직책이 상당히 버거웠다.

"아들 일어나 밥 먹고 학교 가야지?"

"조금만 더 자고."

"퍼뜩 안 가? 학교 가야 할 거 아니야? 지금 시간이 몇 신데."

"아, 갈 거라고. 10분만 더 잘게."

"하라는 공부는 안 하고 이놈의 새끼가 밤새 게임을 하다가 늦잠이나 처자고 미친놈. 퍼뜩 안 일어나?"

결국, 아내는 14살 된 아들에게 등짝스매싱을 날린다. 아내의 투박한 손으로 등짝을 맞은 아들은 엄마를 째려본다. 아들은 힘들게 일어나서 대충 고양이 세수를 하고 밥을 먹는 둥 마는 둥 하면서 등교를 한다. 가끔 등교로 속을 썩이는 아들이지만, 순둥이같이 착한 내 아들. 공부도 곧잘 한다. 한 반 50명의 아이들 중에서 줄곧 10위 안에는 든다. 참으로 예쁜 내 새끼다. 부모의 말이라면 꾸벅하고 순종하는 착한 아들이었는데 왜 이렇게 되었을까?

어느 날 아내는 담임 선생님에게 전화를 받았다.

"김경호 학생 집이시죠? 김경호 학생 담임 선생님입니다."

"어머, 선생님? 안녕하세요. 웬일로 전화를 다 주시고."

"저……. 다름이 아니오라." 선생님께서 말끝을 흐리신다.

왠지 모를 불안감이 엄습해온다. 평소 전화가 자주 오던 담임 선생님이었으면 괜찮을 터. 담임 선생님께 연락이 오는 일이 드물기에 경호에게 무슨 일이 있나싶어 가슴이 덜컥했다고 한다.

"경호에게 무슨 일이 있는 건가요?"

"다름이 아니라 경호가 공부도 잘하고 생활도 잘하는 착실한 학생인데 학교에서 담배를 피우다가 적발이 됐지 뭡니까? 어머니는 경호가 흡연하는 것 알고 계셨습니까?"

"어머 정말요? 우리 경호는 절대로 그런 아이가 아닌데 잘못 알고 계신 거 아니신가요?"

"일단 학교로 오시죠. 상담을 좀 하고 싶습니다."

담임 선생님께 전화를 받고 난 아내는 나에게 연락을 하였다.

"경호가 담배를 피웠대요. 그래서 지금 담임 선생님을 만나러 가는 중이에요. 나중에 연락할게요."

'착한 아들이 도대체 무슨 일이지. 중학교 올라가더니 친구를 잘못 만났나? 사춘기가 되었나? 도대체 이유가 뭘까?'

별별 생각이 다 든다. 일이 손에 잡히지 않는다. 상담 후 아내에게 이야기를 들어보니 친구들과 어울리는 과정에서 호기심에서 화장실에서 담배를 피웠고 그 모습을 학생주임 선생님이 현장에서 적발하였다고 한다. 경호가 지금 반성을 하고 있고, 사춘기라서 그럴 수도 있으니 한 번쯤은 눈감아주라고 당부를 하셨단다. 경호가 학교를 마치고 학원을 갔다가 집으로 돌아올 시간이다. 집에 돌아오면 저녁 7시쯤 된다. 늘 따뜻하게 맞아주던 경호를 어떻게 해야 할까? 크게 혼내야 하나, 타일러 줘야 하나! 마음속의 천사와 악마가 싸우고 있다.

천사는 '처음이니까 타이르고 좋게 이야기해.' 이렇게 속삭인다. 반면 악마는 '초장에 잡아야지 혼내버려.' 이렇게 속삭이고 있다. 마음의 결정을 내렸고 천사로 마음이 기울어졌다.

딩동! 초인종 소리가 들린다. 내가 죄를 지은 것도 아닌데 괜히 가슴이 두근거린다. 아들이 돌아왔다. 한껏 기가 죽어서 돌아오는 경호의 모습을 보고 있노라니 마음이 찡하다.

"경호야 배고프겠다. 밥 먹어. 배고프지?"

"밥 먹고 아빠랑 대화 좀 할까?"

게눈 감춘다는 표현이 이럴 때 쓰이는 표현인가 보다. 허겁지겁 밥을 먹는다. 나 또한 아들과 이렇게 한 식탁에서 쳐다보면서 밥을 먹는다는 게 얼마나 오랜만인가?

"체할라. 천천히 먹어."

수십 년 전의 아버지, 어머니 맘이 이랬으리라. 먹는 모습만 봐도 배가 부르다고 하셨다. 전혀 이해가 되지 않는 말이었는데 그 말뜻을 이제야 어렴풋이 알 것 같다.

경호가 숟가락을 든 지 10여 분이 지났을까? 경호가 숟가락을 식탁에 놓는 순간 고요함이 집안 분위기를 지배한다. 고요함이 왜 이렇게 어색할까?

'이제 어떻게 이야기를 풀어야 할까? 엉킨 실타래를 잘 풀어야 할 텐데.'

"요즘 학교생활 어때?"

"뭐 그냥 그래요."

아비를 닮아 그런지 투박한 말투로 대답을 한다. 닮아도 왜 이런 걸 닮았을꼬.

"공부는 잘하고 있니? 재미는 있고?"

"아버지는 물어볼 말이 그것밖에 없어요? 오직 공부, 성적 이딴 것만 관심 있냐고요?"

"아들이 뭘 좋아하고, 잘하는지? 이런 것 좀 물어봐주면 안 돼요?"

천사처럼 아이를 대하려고 했는데 아이의 반항적인 말에 나도 모르게 흥분되고 말았다.

"야 이 새끼야 아비가 돼서 그런 것도 못 물어보냐? 아빠가 궁금해할 수도 있지. 조금 대가리가 커졌다고 아빠한테 이게 무슨 말버릇이니? 혼나고 싶어 환장했어?"

일그러진 표정과 한층 격앙된 목소리가 부엌에 울려 퍼지고 있다. 옆에 있는 아내가 깜짝 놀랄 만큼 아이를 혼내고 있다. 혼을 내는 나 자신도 깜짝 놀랐다. 이게 뭐 하는 짓인가?

아이는 지지 않고 대거리를 한다.

"아버지가 나에게 잘해준 게 뭔데요? 다른 집 아이들은 좋은 신발에 가방에 용돈도 두둑한데 나는 왜 이 모양 이 꼴이냐고요."

"그리고 아버지가 뭘 안다고 그래요? 제 일에 간섭하지 마시라고요."

이 말을 듣고 폭발하고 말았다. 자연스레 손이 올라가려던 찰나 아내가 잡았다.

"너 아버지에게 뭐 하는 짓이니? 아버지한테 잘못했다고 사과해. 오늘 너 담배 피웠다가 걸렸다면서? 잘못했다고 싹싹 빌어도 모자랄 판에."

"그래요. 담배 피웠어요. 왜요? 뭐 피울 수도 있지."

"여보 내가 잘못 들은 거지? 머……. 머……. 피울 수도 있지?"

내 귀를 의심할 수밖에 없었다. '내가 잘 못 들은 건가?'

아이는 현관문을 열고 뛰쳐나가버렸다. 갑자기 심장이 멈춘 듯하다. 아이의 언행으로 아내와 나는 충격을 받았다. 열을 식히고 곧 들어오겠거니 생각을 하였지만, 밤 10시가 넘어도 들어오지 않는다. 걱정된다. 일교차가 큰 가을 날씨 속에 쌀쌀함이 피부를 감돌고 있다. 그래서 더욱 걱정이다. 무슨 일이 생기면 어쩔까? 잘 곳은 있으려나? 노심초사하고 있다. 아내와 나는 교회를 다닌다. 성경에 보면 돌아온 탕자의 이야기가 나온다. 아버지의 말을 듣지 않고 집을 나간 아들이 갖은 고생을 하고 집으로 돌아오고 아버지에게 용서를 구한다. 아버지는 사랑으로 아들을 받아준다는 내용이다. 경호가 돌아온 탕자가 되길 바랐다. 시나리오대로라면 잘못을 구하면 못 이기는 척하고 용서하려고 했건만. 아내와 나는 간절함을 가지고 기도를 했다.

"주님, 저의 아이 돌봐주시고 방황하지 않도록 도와주시고 불쌍히 여겨주시옵소서."

종교를 떠나 부모들의 입장이라면 보이지 않는 절대자에게 누구나 기도와 간구를 할 것이다. 기도하는 도중에 핸드폰이 울렸다.

"거기 경호 아버지 되십니까?"

"예 어디시죠? 누구십니까?"

"여기 xx 지구대인데요. 경호라는 학생이 길에서 방황하다가 스스로 지구대에 왔네요. 여기 와보시겠어요?"

기도의 힘 덕분이었는지 다행히 아이는 무사하였다. 감사할 따름이었다. 발에 불이 나도록 뛰었다. 지구대에 도착하니 아이는 고개를 푹 숙이고 앉아 있다.

"경호야."

눈물이 흐르는 것을 주체할 수 없었다. 으스러질 정도로 경호를 꽉 안아주었다.

"아빠가 정말 미안해. 아빠가 다른 아이들처럼 못 해줘서. 좋은 신발, 좋은 옷 못 해줬네. 그것 때문에 상처 많이 받았지? 아빠가 더 잘할게."

경호도 울고 있었다. 반성하고 있나 보다.

"흑흑 아버지 진짜 미안해요. 제가 학교 화장실에서 친구들과 처음으로 호기심으로 담배를 피웠거든요. 그러다가 학생주임한테 걸렸어요. 친구들이 입던 옷, 신발이 마냥 부러웠어요. 가난한 집은 아니지만 비교당하기 싫고 자존심 상하더라고요. 그래서 제가 스트레스 받았나 봐요. 아버지 정말 죄송해요. 용서해주세요.

눈물 흘리며 용서를 구하는 아이의 진심 어린 고백에 나 또한 아이에게 미안하였다. 나도 아내도 지구대 경찰들도 눈물을 흘리고 있었다.

"그래 가자. 아빠가 더 잘할게. 정말 미안하다."

눈물 자국을 닦고 지구대 문을 나서면서 아이의 마음을 더욱 헤아리고 사랑하리라 마음을 먹는다. 이제는 아이와의 갈등은 없으리라. 더욱 이해하고 사랑하리라. 경호는 누가 뭐래도 나의 사랑하는 아들이니 말이다.

** 아무리 미워도 내 자식 내 새끼인데 내가 사랑하고 이해하지 않으면 그 누가 사랑하랴? 부모는 자식을 사랑할 의무가 있다. 한낱 사사로운 감정에 좌지우지되어 아이를 양육한다면 아이는 엇나갈 수밖에 없다. 사랑하고 또 사랑해야 한다. 용서하고 또 용서해야 한다. 그럼으로써 아이는 성장한다. 뻔하고 지긋지긋한 말이지만 아이에게 물질보다는 관심과 사랑으로 지켜보자. 따뜻한 사랑으로 품어주자. 잔소리와 억압, 화로 아이를 변화시킬 순 없다. 이솝우화에 보면 햇빛과 바람의 내기 이야기가 나온다. 지나가는 나그네의 외투를 누가 먼저 벗길 것인가였는데 바

람은 강한 입김을 불어 나그네의 외투를 벗기려고 하였다. 그럴수록 나그네는 외투를 강하게 여밀 뿐이었다. 하지만 햇볕이 인자한 미소를 지으며 강한 볕을 쬐니 나그네는 땀을 흘리면서 자연스레 외투를 벗게 되었다.

사춘기 시절 아이를 키우고 있는 부모님들, 특히 아이와의 갈등 속에서 고뇌와 번민하고 있는 아버지들은 반드시 기억하였으면 한다. 사람을 변화시키는 것은 고함, 윽박지름, 정죄, 비난 등이 아니다. 변하는 것처럼 보여도 진심으로 변한 것이 아닌 변하는 척하는 것이다. 진정한 변화를 보고 싶다면 진심 어린 사랑과 격려, 이것이 정답이다.

3

장애 아이의 아빠란

"뭐해? 지연아!! 김지연? 뭐하냐니깐?"

아이는 묵묵부답이다. 아내의 큰 목소리에도 반응하지 않는다. 희한하다. 36개월이 넘었는데도 말을 할 줄 모른다. 내가 너무 조급한 걸까? 살아가는 데 있어 가장 기초적이고 단순한 단어들 예컨대 물, 아파, 배고파, 잠 와, 피곤해 이런 단어들을 전혀 못 하고 있다. 세상에서 내가 가장 듣고 싶은 단어가 바로 아빠라는 두 글자이다. 아내도 마찬가지일 것이다. 바로 엄마라는 단어일 것이다.

아빠, 엄마라는 단순하고도 두 글자인 단어를 왜 말 못하는 것일까? 때가 되면 하겠거니 싶었다. 조급증이 생겼지만 참고 또 참았다. 지연이는 다른 아이와 또 다른 특징이 있었다. 아내와 나의 눈을 잘 마주치지 못한다. 그리고 장난감을 가지고 노는 데 있어 아빠인 나와 엄마인 아내랑 놀려고 하지 않고 혼자서만 놀려고 한다. 혼자만의 세계에 빠져서 좋알좋알하고 있다. 그냥 그러려니 했다. 아이의 독특한 특징이겠거니 치부하였다. 무엇보다 일을 마치고 돌아온 나에게 지연이가 장난감을 가지고 혼자 잘 노니 같이 안 놀아줘도 되었다. 그 시간에 다른 무언가를 할 수 있어 꿀 같은 시간이었다. 아내 또한 잠깐의 쉼을 가질 수 있었다. 혼자서 하려는 모습이 오히려 기특해 보였다. 아내와 난 무지함의 극치였다.

이틀 전 일을 마치고 귀가를 했는데 여전히 혼자 놀고 있었다. 그런데 아내의 낯빛이 어두운 게 아닌가? 얼굴에 수심이 가득해 보였다.

"여보 무슨 일 있어? 얼굴이 왜 그래? 고민 있는 사람처럼…."

"저 그게 다름이 아니라…. 어린이집에서 전화가 왔는데…."

아내는 말을 최대한 아끼면서 천천히 이야기했다. 성격이 급한 나는 아내를 채근했다.

"도대체 뭔데? 갑갑하게시리. 빨리 이야기 해줘."

"다름이 아니라 어린이집에서 전화가 왔는데…. 지연이가 문제가 있어 보인대. 다른 아이들은 다 같이 어울리고 말도 잘하고 선생님들의 지도에 잘 따르는데 지연이는 말도 못 하고, 혼자서 놀고 말귀도 전혀 못 알아듣는다고 하면서 한 번쯤은 병원에 가보고 상담을 받아보라는 거야."

"뭐? 미친 사람들 아니야? 아이마다 다를 수도 있는 거지. 희한한 것들이네."

화가 머리까지 치밀어 올랐다. 내일 어린이집에 전화질해서 반드시 따지고 말리라. 하지만 곰곰이 생각해보니 영 틀린 말도 아니었다. 평소 집에서의 성향이 어린이집에서도 나타난다는 것은 결코 좋은 것 같진 않았다. 36개월이 훨씬 넘었는데 말이다. 어린이집 선생님의 조언을 따라보리라.

인근에 있는 아동병원에 내원하였다. 평소 지연이의 행동에 대해 말씀을 드리고 어린이집의 의견에 대해 전달하였다. 의사는 아이의 행동을 유심히 살펴보았다. 대략 20분가량 관찰하였다.

"음⋯. 저기 지연이 아버님, 어머님⋯. 제가 보기엔 말이죠."

뜸 들이면서 이야기하려는 의사에게 평소처럼 채근했다. 갑갑함이 밀물처럼 밀려왔다.

"물론 대학병원 가서 정밀검사 등을 받아봐야 알겠지만, 지연이는 자폐 스펙트럼을 앓고 있는 듯합니다."

아내와 나는 뒤로 까무러칠 뻔하였다. 하늘이 무너지고 노래지는 듯하였다. 의사는 우리 부부의 표정에도 불구하고 무덤덤하게 이야기한다.

"자폐증은 3세 이전부터 언어 표현-이해, 어머니와의 애착 행동, 사람들과의 놀이에 관한 관심이 저조해지는 양상으로 나타납니다. 이는 3세 이후에는 또래에 관한 관심의 현저한 부족, 상동증(반복 행동), 놀이 행동의 심한 위축, 인지 발달의 저하 등이 함께 나타나는 발달상의 장애이며, 전반적 발달장애라는 이름으로도 알려져 있죠. 자폐증 또한 광범위하여 요즘은 자폐 스펙트럼이라고 일컫습니다. 제가 소견서를 써드릴 테니 대학병원 가셔서 정밀검사를 받아보시길 추천드립니다."

아동병원 의사의 소견서를 들고 대학병원에서 정밀검사를 하였다. 아동병원 의사의 소견이 맞았다. 자폐 스펙트럼 소견을 받았다. 문득 하늘이 원망스러웠다. 눈물이 났다.

대체 왜 우리 부부에게 이런 일이 발생했냐고? 멀쩡하게 태어날 수도 있는데 왜 우리가 무엇을 잘못했기에 이러한 벌을 내리느냐고? 타인들에게 손해 끼치지 않고 좋은 아빠가 되기 위해 최선을 다해 살았는데…. 아내도 나도 지연이를 끌어안고 대성통곡하였다. 하지만 아이는 그런 엄마 아빠의 모습을 보고도 재미있는 것을 보는 것처럼 해맑게 웃기만 하였다. 크게 울고 나니 속이 조금 후련해졌다. 어쩔 수 없다. 주사위는 던져졌다. 인정하기 싫은 현실이지만 인정하지 않는다고 하여 바뀌는 것은 없다. 체념하고 포기하기엔 이르다.

'아이의 상황에 맞춰서 해줄 수 있는 것은 다 해보도록 하자. 반드시 고

치고 말리라.'

장애전담 어린이집으로 전원을 시키고 거기서 특수교육을 받을 수 있도록 하였다. 지나가면서 봤던 특수교육센터에서 언어치료, 감각통합 치료를 받았다. 홀로 버는 처지에서 교육비는 적은 금액은 아니었지만, 아이를 위해서라면 충분히 감내해야 했다. 반드시 고쳐야 하기에…. 그리고 고쳐질 것이라고 믿기에!! 훗날 우리 부부가 세상을 등지게 될 때 혼자서 험한 세상 살아갈 수 있도록 해야 할 것이 아닌가?

예전 같았으면 직장 일을 마치고 회식 자리 참석 및 야근도 서슴지 않고 했을 텐데 이제는 아이와 놀아줘야 한다. 회사-집만을 오가며 아이의 변화를 위해 전력투구했다. 장애전담 어린이집이나 센터 교육에만 맡길 수 없다. 우리도 노력해야 한다. 그 진정한 노력이 하늘을 감동하게 해 변화가 있으리라. 완전히 치유된다는 보장은 없지만 낙숫물이 바위도 뚫는다고 한다. 그 말을 믿고 싶었다.

성장할수록 자폐 스펙트럼의 현상이 다양하게 나타났다. 물건을 던지고 종이를 찢고, 전혀 알아들을 수 없는 소리를 낸다. 또한, 음식물에 집착하고 냉장고를 여닫고 형광등 스위치를 껐다가 켰다가…. 다채롭고 이상한 행동에도 나는 이성을 잃지 않으려고 노력했다. 병인 것을 알기에. 그럴수록 더욱 아이에게 잘해주려고 노력하고 좋은 아빠가 되려고 백배 노력했다.

자폐 진단을 받은 지도 어언 15년! 세월이 훌쩍 지났다. 딸아이는 현재 17살이다. 우리 부부도 나이를 먹을 만큼 먹었다. 그래서 버겁긴 하다.

아이로 인한 스트레스가 이루 말할 수 없다. 사고를 치지 않을까 늘 노심초사한다. 딸아이는 육체적으로는 성장했지만, 정신적으로는 7살 아이의 수준에 머물러 있다. 스스로 할 수 있는 것들이 자폐 진단받았을 때보다 조금 많아졌지만, 일반 또래보단 많이 부족하다. 그래도 딸아이의 미소와 웃는 모습이 여전히 예쁘고 사랑스럽다. 나는 예전부터 여지없이 딸 바보인가보다.

일반 학교는 언감생심이기에 특수학교에서 교육을 받으면서 본인 나름의 행복을 느끼면서 살아가고 있다. 딸아이는 스무 살이 넘었다. 계속된 특수교육으로 예전과는 확연히 달라진 모습을 보이고 있다. 외적으로 봤을 때 완연히 성숙한 숙녀가 되었다. 자폐 스펙트럼 장애는 완전한 치유는 없고 평생 안고 가야 할 병이자 숙명이다. 내외적으로 많이 변화되었기에 지역 내 장애인우대 커피숍에서 바리스타 교육을 받고 어엿한 바리스타로 근무하고 있다. 이제 더는 바람은 없다. 사람은 더불어 살아야 하는 존재이다. 근로를 하여 경제적 이득을 추구하고 생존해야 한다. 그러므로 여기서 적응을 잘하고 나름의 인간관계 구축을 잘해서 미움 받지 않고 돈도 벌고 건강하게 지냈으면 한다. 아빠로서의 마지막 바람이다. 그리고 수십 년 이후 아이가 아프고 병들었을 때 우리 부부는 도와줄 수 없으니 성년후견인이 지정되어 지연이를 도와줬으면 한다.

끝으로 나와 아내의 욕심일 수도 있겠지만 우리 부부가 더도 말고 덜도 말고 딱 하루만 딸아이 보다 더 살았으면 한다. 하늘나라로 여행을 갈때 아빠, 엄마의 딸로 태어나줘서 정말 감사했고 행복했다고 말해주고 싶다. 그리고 저 하늘에서 다시 만나자고 귀에 나긋이 조용하게 말해주고 싶다.

** 〈이상한 변호사 우영우〉 드라마가 유행을 탄 적이 있었다. 천재적인 두뇌와 자폐 스펙트럼을 동시에 가진 신입 변호사 우영우(박은빈 분)의 대형 로펌 생존기를 그린 드라마이다. 이 드라마 외에도 〈굿닥터〉와 〈말아톤〉 영화가 흥행하였다. 상당한 고기능 자폐 스펙트럼 사례이다. 실질적으로 자폐 스펙트럼 장애의 증상과 유형이 다양하기에 이를 활용만 잘한다면 천재적 기질을 발휘할 수 있다고 한다. 유명한 천재 과학자였던 아인슈타인조차도 천재적 기질을 발휘했다고 하지 않는가? 흔히들 이야기하는 천재적 자폐, 고기능 자폐를 겪고 있는 아이들이 있다면 오히려 더 좋은 쪽으로 발현을 해도 좋을 법하다.

문제는 드라마와 영화와는 판이하게 현실적으로 사회성과 인지 능력, 언어 능력 등이 엄청나게 떨어지는 유형이다. 계속된 특수교육과 개입이 이루어지지만, 훗날 언제 어떻게 변화가 될지 모르기에 지칠 수밖에 없다. 바위에 달걀 던지는 것처럼 무모해 보일 수도 있다. 하지만 낙숫물이 바위를 뚫는다는 표현처럼 희망을 잃지 않았으면 한다. 진정한 사랑으로 대하면 소통이 조금이라도 가능할 수 있는 날들이 오지 않을까?

자폐 스펙트럼 이외에도 다양한 장애의 유형이 있다. 지체장애, 시각장애, 청각장애, 뇌성마비장애 등…. 장애를 겪고 있는 당사자들도 힘들겠지만, 장애가 있는 아이 부모님들의 노고 또한 상상을 초월한다고 한다. 그렇지 않겠는가? 주변의 측은지심의 시선들, 남들과 다를 뿐인데 무시하는 언행들 속에 지칠 법도 하다. 서로 더불어 가는 세상이라고 하지만 허울 좋은 이야기일 뿐이다. 어린아이였으면 재활에 더욱 신경을 써서 고칠 수 있는 일말의 희망이라도 보이겠지만, 점점 크면 클수록 희망의 끈은 점점 옅어진다. 이런저런 이유(소득 기준, 장애 정도 등)로 이용할 수 없는 서비스는 왜 이리 많을까? 마치 많은 것을 해주는 것처럼 보이지만 실제 이용하려면 왜 이리 어려운 것일까? 어느 정도 능력이 되는 부모는 어찌하여 이용할 수 있겠지만, 가진 것이 빈약하거나 부모의 역량이 낮은 가족은 이용 자체가 불가능하거나 힘들어 점점 지쳐버리고 만다. 포기하고 싶고 모든 것을 놔버리고 싶다. 그래서일까? 실질적으로 장애인 협회의 부모들이 똘똘 뭉쳐서 집회를 하곤 한다.

'우리 너무 힘들어요. 이런 제도 만들어주세요.'

과부 사정을 홀아비가 안다고 하였던가? 비슷한 상황에 부딪친다면 충분히 이해가 간다. 하지만 장애 아이를 길러보지 못한 정치인 혹은 법 관련 전문가들은 현실을 전혀 모르기 때문에 목소리를 모으고 있다. 덕분에 세상은 점점 변화되고 있다. 조금씩 좋아지고 있다. 세상은 점점 좋아지고 있고 장애인에 대한 인식개선, 관련법이 제정되고 있다고 하니 좀 더 힘을 내었으면 한다. 우리는 장애 아이를 키우고 있는 부모니까…. 대한민국의 아빠니까.

4

맹모삼천지교

참 좋은 세상이다. SNS라는 문명의 이기 덕분에 40년 지기 친구 윤호와 연락이 닿았다. 오늘은 윤호를 만나는 날이다. 윤호는 중학교 입학을 하고 같은 반에 배정되어 알게 된 놈이다. 키는 작았지만 앙 다문 입술을 가진 다부진 모습을 아직도 기억한다. 조용하고 약간 소심한 성격이었다. 나 또한 그리 큰 키가 아니었고 성격도 소심, 조용한 스타일이었다. 깜짝 놀랄 만큼 집안 환경과 살아온 환경이 비슷하였다. 유유상종이라고 하였던가? 자연스레 친해질 수 있었다. 집안 환경, 살아온 배경이 공통점이라 그런지 더욱 쉽게 사귈 수 있었다. 타인들은 형제가 아니냐고 오해할 정도로 친분을 유지했다.

고등학교 때까지 같은 학교를 다녔고 졸업을 하면서 자연스레 헤어지게 되었다. 서로의 안부를 물으면서 살고 지내자고 다짐을 했건만 먹고 사는 것이 급급하다 보니 쉽지 않았다. 그러다가 졸업하고 30년 만에 이렇게 만나게 된 것이었다.

만나기로 한 장소에 발걸음을 옮기기 시작했다. 술을 마실 것 같아서 운전하지 않고 지하철을 타고 갔다. 회기역 5번 출구에서 19시에 만나기로 했다. 경희대학교 졸업생으로서 대학교 다닐 때 추억을 조금이나 곱씹고 싶었다.

늘 자가용으로 이동을 하여 그런지 내심 지하철이 어색하였다. 의도치 않게 서로 살을 부대끼며 붐비는 것도 어색하였다. 지하철 속의 사람들의 모습이 다양하다. 신문 혹은 책을 보는 사람, 핸드폰 쳐다보는 사람, 부끄러움을 모르고 큰 목소리로 통화하는 사람, 술에 취해 자는 사람 등 다양한 인간 군상들이 모여 있다. 사람을 관찰하는 것이 대중교통의 작은 묘미다. 만나기로 한 장소에 다 와간다.

'30년 만의 만남인데 윤호 이놈은 어찌 변했을까?'

은근히 기대된다. 그냥 설렌다. 마치 소풍 가는 아이처럼 들뜨기 시작한다. 드디어 회기역에서 하차하고 5번 출구로 천천히 발걸음을 옮긴다.

5번 출구 입구에 다다를 때쯤 어디서 많이 본 사람이 서 있다. 머리가 희끗희끗하다. 직감적으로 윤호임을 알 수 있었다.

"야 김윤호. 너 김윤호 맞지? 반갑다. 인마."

내가 윤호의 팔꿈치를 건드리면서 아는 체를 하니 화들짝 놀란다.

"아 깜짝이야. 반갑네. 이게 대체 얼마만이야?"

30년 만의 재회라 그런지 중년 남자 둘이서 격렬하게 포옹을 하였다.

술좌석으로 자리를 옮기면서 사내 둘이서 조잘조잘 참새처럼 이야기를 나누었다. 남자들은 술자리에서 크게 메뉴를 가리지 않는다. 대학교 다닐 때부터 즐겨 먹었던 삼겹살에 소주는 국룰이다. 삼겹살 3인분과 소주 한 병을 주문했다.

"윤호야 요즘 어떠냐? 살 만하냐? 괜찮냐?"

"뭐 사는 게 그렇지 뭐. 조금 스트레스 받아 그렇지 뭐. 그냥저냥 고만고만해."

"안 그래도 너 머리가 희어서 먼발치에서 보고 깜짝 놀랐잖아. 무슨 일인데 그래?"

삼겹살을 구우면서 대화가 오고갔다. 어느 정도 적당히 구워지고 잔에 소주를 따랐다.

윤호는 상추에 마늘, 파 무침, 쌈장에 고기를 야무지게 올려 상추를 오므려 소주와 함께 거하게 비웠다.

"캬, 바로 이 맛이야. 너무 맛나다. 술이 참 다네."

나의 질문에 대답도 하지 않고 우걱우걱 씹어댄다. 나도 일단은 먹고 봐야겠다. 나 또한 상추에 채소와 고기, 마늘을 올려 야무지게 먹어댔다. 30년 만에 만난 친구랑 대작이라니! 감개가 무량하다. 회식 장소가 아닌 사석에서 술자리가 얼마 만인지. 소주가 목을 타고 내려가면서 위장에 도달하니 속이 뜨끈해진다.

"딸이 있는데 지금 고등학생이거든. 근데 아내 때문에 머리가 아프다."

드디어 윤호가 입을 열기 시작하였다.

"고등학생이면 다 컸네! 뭐. 뭐가 문제인데? 성적 때문에 그런 건가?"

"아니, 그게 아니고 아내가 딸 교육에 욕심이 너무 많아. 나는 전혀 아닌데. 그것 때문에 종종 다투는데 너무 미치겠다."

"제수씨가 욕심이 많다고? 어떻게 많기에?"

"줏대도 없이 여기저기 다니는 거지. 여기가 잘 가르친다고 하면 거기로 학원을 옮기고, 저기가 좋다고 하면 또 저기로 가. 이사를 몇 번이나 했는지. 이놈의 여편네가 문제야."

은행을 다니면 중상위층 형편이라 사는 것이 나쁜 편은 아닐 텐데 아이의 교육비가 엄청나다고 한다. 사교육비로만 월 대략 200만 원씩 든다고 한다. 윤호가 고민될 만도 하다.

맹모삼천지교라는 한자말이 있다. 맹자의 어머니가 맹자의 교육을 위해 세 번이나 이사를 한 가르침이라는 뜻으로, 교육에는 주위환경이 중요하다는 가르침을 이르는 말이다. 제수씨의 마음이 이해가 안 가는 것은 아니지만 욕심이 화를 부를 것 같다.

물론 자녀가 공부를 잘했으면 하는 마음은 백 번 천 번 이해가 간다. 아이의 명문대학교 입학과 졸업이 부모의 자랑거리가 된다. 자식 농사를 잘 지었다고 하여 주변의 부러움을 곧잘 산다. 하지만 명문대학교 졸업이 결코 인생의 성공은 아닐 텐데 제수씨는 크나큰 착각을 하고 있다. 명문대학교 졸업이 인생 성공의 보증수표는 절대 아니다. 대학교 졸업은 이제 시작일 뿐이다. 사회에서의 생활은 더욱 치열하고 힘들 텐데 나의 일도 아닌데 머리가 아프다.

술이 어느 정도 거나하게 취해 이런저런 이야기를 나누었다. 30년 만에 적당한 회포를 푸니 기분이 무척 좋았다. 앞으로 종종 연락하자는 서로의 다짐을 나누고 집으로 돌아왔다.

"승훈이는 뭐 해?"

"쉿! 조용해. 아직 공부 중이야. 지금 고3이잖아."

"고3이 뭐 어쨌다고. 고3이 벼슬인가?"

발끈해져서 고함을 질렀다.

"미쳤어. 왜 소릴 질러? 그나저나 앞으로 과외 한 개 더 할 거니 그리 알아둬."

갑자기 술이 확 깬다. 이놈의 여편네가 정신이 나갔나 싶다.

"아이가 공부하는 기계냐? 왜 그렇게까지 욕심이 많아? 아이 생각은 안 해?"

"나 좋으라고 하는 것도 아니고, 공부 좀 더 시키겠다는데 무슨 문제야?"

방에서 공부하던 아이가 인상을 구기며 나왔다.

"엄마 아빠 조용들 좀 해요. 시끄러워 공부를 못하겠네. 나 고3이에요."

아이의 말 한마디에 그제야 우리 부부는 말다툼을 멈출 수 있었다.

아내는 승훈이가 어렸을 때부터 다양한 교육을 받도록 하였다. 남들이 좋다고 하면 다 따라 하였다. 태권도부터 시작하여 피아노, 미술, 영어 학원, 수영 강습 등 사설교육에 들어간 돈만 따져도 집 한 채를 사고도 너끈히 남았을 금액이다. 아이의 교육에 유달리 관심이 많았던 아내는 아이의 교육에만 매달리다 보니 가정주부로서 교육에 올인하였다. 외벌이였던 나는 힘에 부칠 수밖에 없다. 대기업에 다니니 망정이지 안 그랬음 어휴…….

차라리 그 돈으로 해외여행을 시켰으면 견문이라도 넓어졌을 텐데! 윤호의 심정이 이해가 간다. 왜 그렇게 술을 마시고 싶어 했고 머리가 희끗희끗해졌는지.

"앞으로 일주일에 3번 과외를 하니 월, 수, 금에는 밤 10시쯤 들어와."

아내의 엄포에 할 말을 잃었다. 긍정적으로 생각하면 밀린 업무도 할 수 있고, 못 만났던 친구도 만날 수 있어 좋을 수도 있다. 그렇지만 언제까지 이 생활을 해야 하나. 이놈의 대학이 뭔지. 대학이 장밋빛 미래를 보장하는 것도 아닌데. 참 갑갑하다.

** 우리나라의 농경시대에서는 고급스러운 지식이 필요하지 않았다. 그냥저냥 살 만하였다. 서로 협심하여 오늘은 우리 집, 내일은 옆집 이런 식으로 상부상조하면서 농사를 지으면 되기에 비교할 필요가 없었다.

하지만 점차 산업이 고도화, 전문화되고 사회가 발전하면서 고급지식이 필요해졌다. 전문 인력이 있어야만 했다. 그리하다 보니 전문 인력을 배출할 수 있는 대학교 교육이 필요해졌고, 대학교 교육에서 배출된 사람들이 좋은 직장, 대기업 등으로 가는 것이 당연시되었다. 좋은 직장을 가는 것이 현수막을 걸 만큼 마을의 크나큰 자랑거리였다. 동네 사람들이 함께 기뻐해주었다.

초중고 시절 아무리 공부를 잘했어도 어느 대학교에 가느냐에 따라 인생이 극명하게 갈리던 시절이 있었다. 하지만 시대는 점점 변하고 있다.

문제는 아이와 부모의 한순간 기쁨 때문에 부모가 희생되는 부분이 너무나도 많다는 것이다. 자녀에게만큼은 교육을 다 받게 하고 싶은 것은 이해하지만 경제적인 부분은 절대로 무시를 못 한다. 오죽하면 소를 팔아서 대학을 보낸다고 하겠는가?

2022년 사회조사 보고서에 따르면 가구당 월평균 사교육비는 평균 106만8천 원이었다고 한다. 해당 기간 학생 1인당 월평균 사교육비도 69만5천 원 정도였다. 사교육을 받는 이유는 남보다 앞서나가기 위해서가 35.7%로 가장 많았고, 남이 하니까 안 하면 불안해서가 18.6%, 학교 수업을 잘 따라가지 못해서 13.9%, 학교 수업 수준이 낮아서 10.4%, 집에 아무도 없어서 4.6% 등의 순이었다.

공교육을 받고 있지만, 따로 사교육을 받는 것은 나쁘지 않다고 본다. 찬란한 자녀의 미래를 생각하며 교육을 하겠다는데 무엇이 문제가 되랴? 하지만 과도한 경제적 출혈까지 일으켜가면서 교육을 받는다는 것이 안타까울 따름이다. 자녀가 잘 따라주고 저항감이 없다면 괜찮을 법도 하지만 순전히 부모의 욕심으로 인한다면 한 번쯤 생각해볼 문제이다. 자녀의 인생을 부모님은 간섭할 이유도 없고, 간섭해서도 안 된다.

부모니까 당연히 그래야 한다는 이러한 사고방식은 결국 자녀와의 갈등에 봉착하게 된다. 그리고 이제는 시대가 바뀌어서 명문대학교를 나왔다고 해서 취업이 잘되는 것은 결코 아니다. 명문대 졸업=인생 성공 공식이 언제 이야기인가?

엄청난 사교육비와 맹모삼천지교를 통해 자녀를 잘되게 하고픈 마음은 부모라면 누구나 공통된 바람이다. 그것이 인지상정이다. 하지만 교육을 통해서 대학교 입학, 취업을 통해 부모의 자존심을 높일 요량이라면 그만두었으면 한다. 못 배워서 아이에게만큼은 그렇게 하지 않겠다는 것은 이해가 된다. 하지만 못 배워 한이 되어 아이를 통해 보상심리를 적용하려는 것은 아닌지 한 번쯤은 생각해보자.

대한민국에 맹모삼천지교 신화가 없길 바란다. 등골이 휘어지도록 고생을 하기보단 부모의 적당한 희생과 배려를 통해서 아이가 더욱 인격적으로 성장해나가야 한다. 실력만 있다면 얼마든지 성공할 수 있는 세상이 더욱 바람직하고 정의로운 세상이 아닐까?

5

자녀 뒷바라지 최종 목표 = 취업

영철이는 어렸을 때부터 공부를 곧잘 했다. 늘 반에서 1~2등을 놓치지 않았고 전교 10등 안에 들었다. 손에서 책을 놓지 않고 살았으니 어찌 보면 당연한 일이였다.

책 읽는 것을 좋아해서 식사시간에도 동화책을 보면서 밥을 먹던 아이였다. 우리 부부는 그런 모습이 너무 예뻐 보였다. 책을 좋아하는 놈이니 커서 뭐가 되도 되겠다 싶었다.

독서를 좋아하고 어렸을 때부터 공부하는 습관이 붙어 있다 보니 고등학교 졸업 때까지 무난하게 좋은 성적을 유지할 수 있었다. 그래서일까?

지인들과 친구들이 영철이를 부러워하고 나를 부러워한다.

친구들과 지인들, 친척들의 과도한 관심이 싫지만은 않았다. 자녀가 공부를 잘하니 덩달아 뿌듯해지고, 어깨가 으쓱해진다. 내가 공부를 잘한 것도 아닌데 괜히 어깨에 자동으로 힘이 들어간다. 영철이는 공부로써 성공할 놈이라고 다들 입에 침이 마르도록 칭찬한다. 다른 집 아이들은 공부를 안 하고 못해서 고민이라고 한다. 하지만 우리 부부는 남들에게 말 못할 다른 고민이 있다. 이러한 고민을 이야기하면 왠지 비웃을 것 같고 배부른 소리라고 할 것 같다. 고민은 다름 아닌 사교육비다. 아이가 공부를 잘하는 것은 본인이 공부에 대한 관심과 애착이 있어 열심히 하는 것도 있다. 하지만 요즘 공교육으로만 절대로 학교 수업을 따라갈 수 없는 것이 현실이다. 오로지 공교육만으로 뛰어난 학교성적을 유지한다는 것은 결코 쉽지 않은 일이다.

물론 공교육만으로도 뛰어난 성적을 유지하는 학생들도 있을 것이다. 하지만 공교육만으로 좋은 성적을 유지하려고 하는 것은 서울에서 부산을 갈 때 무궁화호 열차를 타고 가는 것이라 생각했다. 공교육과 사교육을 같이 합친다면 서울에서 부산까지 비행기를 타고 가는 것이라 생각하기에 과감하게 사교육에 올인하였다. 공부에 취미가 없고 영 소질이 없다면 일찌감치 포기를 하고 다른 길을 모색하라고 하겠지만 영철이는 공부를 잘하는 놈이기에 이렇게 해야만 했고 이것이 곧 부모의 도리라고 생각을 하였다. 아이는 현재 고등학교 1학년이다. 대학을 가려면 아직 2년이나 더 남았다. 남들이 부러워하는 성적은 성실과 노력의 결과였다.

당연한 것 아닌가? 아빠로썬 너무 기특하고 뿌듯하다. 하지만 월 학원비와 독서실 비용으로 대략 한 달에 150만 원가량을 지출한다. 아내와 나의 월급을 합치면 대략 400만 원이 조금 넘는다. 아이의 교육비가 차지하는 비중이 생각보다 꽤 높다. 아이가 한 명이니 망정이지 두 명이었으면 등골이 휠 것 같다. 이것이 나의 배부른 고민이다. 하지만 본인이 공부를 하기 위해 학원과 독서실을 보내달라고 하는데 절대로 거절할 수도 없고 거절한다는 것은 아빠로서 도리가 아니다.

나의 고민은 또 있다. 영철이가 중학교에 입학하면서 가족과의 추억이 별로 없다. 인간은 추억을 먹고 사는 동물이라고 하는데……. 다른 집을 보면 가족들과 해외는 아니더라도 여행도 다닌다는데 우리는 여행사진이 거의 없다. 내심 그것이 아쉽다.

초등학교 입학하기 전까지 영철이랑 목욕탕을 같이 가는 것이 사는 맛이다 싶었다. 비록 운동에 소질이 없는 나였지만 학교 운동장에서 함께 공놀이를 하면서 아이와 웃을 수 있었던 것이 엊그제였던 것 같다. 초등학교를 졸업할 때까진 함께하였고, 여행도 곧잘 다녔다. 아이도 행복해하였고, 우리 부부도 아이와 함께 여행을 다니면서 웃을 수 있는 날이 많앉는데 중학생이 되면서 사춘기가 되었나 보다. 점점 말이 없어지고 덩치는 커지고 시커먼 사내가 되면서 우리 부부와의 대화를 기피한다. 사춘기에 돌입해도 문제행동을 하지 않고 열심히 하려고 하는 영철이에게 감사할 따름이다. 더 좋은 추억을 쌓고 더 많이 추억을 만들고 싶었는데 나만의 배부른 욕심인가 보다.

세월이 흘러 영철이가 벌써 고3이다. 늘 평소 루틴처럼 집, 학교, 독서실을 오가며 열심이다. 대학을 가기 위해 수능시험을 앞두고 아내와 나는 영철이가 분명 좋은 대학을 갈 수 있을 것이라 확신했다. 남들은 잘되게 해달라고 보이지 않는 신에게 빌고 또 빈다는데 우린 그럴 필요가 없었다. 아니나 다를까 영철이는 현재 고려대학교 법학과에 입학을 하여 재학 중이다. 어렸을 때부터 영철이로 인해 칭송을 받는 사례가 자자했는데 이번 또한 칭송이 자자하다. 열심히 해서 사회적 약자를 대변할 수 있는 변호사가 되고 싶다고 한다.

내 나이가 벌써 55세다. 정년은 곧잘 다가오고 점점 힘은 없어지는데 교육비가 엄청난 부담이다. 등록금과 생활비, 용돈 등. 물론 부모의 부담을 덜어주기 위해 학교에서 근로 장학생으로 일을 한다지만 부족한 실정이다. 하지만 어쩌랴? 열심히 하겠다는데 부모로서 당연한 것 아닌가? 땡빚을 내서라도 공부시켜야지. 그게 부모니까.

인생은 고민의 연속이라고 한다. 인생은 문제해결의 연속이라고 누가 그랬던가? 진심 공감되고 맞는 말이다. 최근에 고민이 생겼다. 대학교 졸업을 하고 고시공부를 하고 변호사 시험에 합격하면 되는 것 아닌가? 그런데 법학대학원을 가고 싶다고 한다. 그럴 것 같았으면 처음부터 로스쿨을 가지 왜 이렇게 둘러서 온 건지. 화가 나려고 한다.

처음이자 마지막으로 아이와 술자리를 가졌다. 영철이의 솔직한 마음을 알고 싶었다.

"영철아 꼭 대학원 가야겠니? 아빠 힘들어 죽겠어. 그냥 고시공부하고 바로 변호사 시험 치면 안 되겠니?"

아이 앞에서 눈물을 보이면 안 되지만 내 상황이 여의치 않기에 읍소하였다. 아이의 눈빛이 흔들리는 듯했지만 이놈 누구를 닮았는지 고집을 꺾지 않는다. 곧 죽어도 대학원에 가고 싶다고 한다. 앞으로 돈 들어갈 구석도 많은데 이놈은 왜 이렇게 공부에 대한 욕심이 많은지? 자녀에 대한 뒷바라지 이제는 끝내고 우리 부부만 행복하게 살고 싶다.

** 2022년 우리나라 초·중·고교생의 사교육비가 26조 원으로 역대 최대 규모를 기록했다고 한다. 공식적으로 집계된 사교육비 외에도 유아 사교육, 비밀과외, 어학연수 등의 사교육 비용을 더하면 사교육 시장의 규모는 훨씬 큰 것으로 예상되고 있다.

1986년 11월부터 1994년 11월까지 일요일 아침 MBC에서 했던 인기 드라마가 있었다. 바로 〈한지붕 세가족〉이라는 드라마다. 거기에 등장하는 인물 중 세탁소 사장 장주봉(최주봉 배우)과 그의 아들 장만수(육동일 배우)가 있다. 만수는 공부를 잘해서 백점을 맞았고 이러한 만수는 장주봉의 자랑거리가 되어 흐뭇해한다. 장주봉은 동네방네 다니면서 '장만수 백점! 장만수 백점~'이라며 자랑하는 장면이 생각난다.

아이가 공부를 잘하면 부모는 자랑스럽다. 그러기에 최대한 뒷바라지를 약속하면서 본인들의 희생을 당연히 여기며 아이에게 최선을 다한다.

그것이 부모의 도리이기에 사교육비에 굴하지 않는다. 이것이 엄청난 사교육 시장을 형성한 근본 원인이 아닐까? 하지만 이렇게 한들 결국 남는 것이 무엇일까 한번 고민해볼 법하다.

인간의 삶의 궁극적인 목적은 무엇일까? 삶에 대한 관점은 조금씩 다르겠지만 내가 생각하기에 삶의 궁극적인 목적은 '행복하게 사는 것'이라 생각한다. 행복에 대한 조건은 조금씩 다를 것이지만 반듯하고 좋은 직장은 돈과 명예와 직결된다고 착각한다. 그래서 좋은 직장=돈, 명예, 행복 이렇게 세트로 생각하기에 부모님들은 자녀가 좋은 대학을 가서 좋은 곳에 취업하길 원한다. 시간과 돈을 자녀에게 쏟아 붓고 좋은 결과가 나오면 다행이다. 하지만 안타까운 것은 경제적 여유가 있는 집은 어느 정도 이것이 가능하지만 가정형편이 어려운 가정은 아이가 공부에 대한 열정과 열의가 있어도 받쳐주지 못한다는 것이다. 아이의 꿈과 희망이 있지만 못해주는 것에 대한 회한과 자책감이 뒤따른다.

아이의 꿈 앞에 땡빚을 내서라도 유학을 보내고 대학원 입학까지 시켜
주려고 한다. 심지어 기러기 아빠를 자처하는 경우도 있다. 좋은 결과와
직업으로 보답하지만 잦은 고생 끝에 결국 남는 것은 처량한 몸뚱이뿐이
다. 그나마 원하는 좋은 직장으로 취업을 한 경우는 다행이다. 반대로 원
하는 진로대로 되지 않다 보니 무언가 부족한 듯 생각하며 더 많이 배우
려고 한다. 공부에 욕심을 가진다. 과유불급이라고 했던가?

결국 부모는 땅을 치며 후회하게 된다. 다 큰 자녀들의 돈줄이 되어버
린 부모님들을 주변에서 쉬이 볼 수 있다. 진정한 자녀 독립은 취업이다.
경제적 자립이다. 과도한 헬리콥터족도 문제지만 캥거루족도 문제가 아
닐 수 없다. 너무 자녀의 성공에 목을 매지 않아야 한다.

자녀의 순수한 학위, 성공에 대한 욕심으로 유학까지 보내어 석 박사
학위를 받아 와서 성공하길 원하는 부모의 욕심들을 볼 수 있다. 부모들
의 허영심이다. 그저 남들에게 자식농사 잘 지었다고 자녀로 인한 칭찬
과 인정을 받고 싶은 욕심이다. 효율적인 교육이 필요한 시점이다. 가정
형편에 맞는 적당한 사교육비를 고려해야 한다. 아이 입장에서는 야박할
수도 있겠지만 본인들의 노후준비, 부모님 봉양, 자녀들 시집, 장가 비용
등을 생각하면 쉽게 생각할 문제들이 아니다. 본인들이 못다 한 공부에
한이 서려서, 보상심리로 아이를 가르치거나 공부하게끔 하는 것은 진심

으로 다시 한 번 생각해봐야 한다. 공부의 끝은 생계와의 연결임을 잊지 말았음 한다. 공부로 인해 잘된 자녀 자랑 이런 것 하지 말고 현실적인 미래를 생각해보면서 하루하루를 살아가야 할 것이다.

제4장

돈 & 직장

돈! 참 어렵다

돈 & 직장

'사람 났고 돈 났지, 돈 났고 사람 났냐?'라는 속담이 있다. 때론 돈이 사람을 휘어잡고 능가할 수 있는 충분한 능력이 되는 사례를 우리는 주변에서 쉽게 접한다. 씁쓸한 일이 아닐 수 없다. 돈보단 인본주의적인 사고가 더 우위를 점하는 것이 당연한 법인데 돈이 없으면 인본주의를 상실한다는 것이 크나큰 문제가 된다. 돈이 없거나 부족해서 매 상황마다 인간구실을 하기 힘들고 돈이 없으니 가장으로서의 노릇도 쉽지 않다. 결국 삶이 풍족해야 인본주의도 있는 것이라고 감히 생각해본다. 그래서 가족들을 위해 나를 위해 풍족한 삶을 살고 싶은데 이놈의 돈은 나에게 쉽게 다가오지 않는다. 나는 나쁜 놈이 아닌데 왜 나에게 돈은 다가오지 않는 것일까? 한편 돈을 벌기 위해 돈을 가지기 위해 직장을 다니지만 이 또한 만만치 않다. 자아실현을 위해 직장을 다니고 직업을 가진다는 것은 도덕윤리 교과서에서 볼 수 있다. 또한 면접관 앞에서 나를 포장하기 위해 하는 말이다. 더럽고 치사하고 아니꼽고……. 간과 쓸개는 집안에 고이 모셔놓고 직장으로 출근을 하다 보니 없는 병조차 생길 것 같다. 그래서 더럽고 치사하고 아니꼬워 창업을 하고 싶은데 산 넘어 산이다. 하나를 얻게 되면 하나를 잃는 법. 업무에서는 해방되지만 고객과 손님들에게 해방되지 못한 삶을 살아가게 된다.

그러고 보면 직장과 창업 어휴! 둘 다 어렵다. 로또 대박을 꿈꾸며 퇴근 이후 복권방을 기웃거려봐야겠다.

이번 4장 돈&직장 편은 돈 문제를 해결해주고 경제적 활동을 영위할 수 있게 해주는 직장에서 충분히 느낄 수 있는 에피소드로 구성을 해봤고, 간혹 직장생활의 염증과 갈등으로 퇴사를 하여 자유를 갈망하는 직장인들의 모습을 묘사해 보았다.

1

대출에 발목 잡힌 내 인생

나는 없는 집의 아들로 태어났다. 우리 나이 또래는 거의 비슷할 테지만 흔히들 이야기하는 금수저를 물고 태어난 사람은 없다. 그렇기에 풍족한 삶을 살지 못했다. 먹고 싶은 것 잘 안 먹고, 하고 싶은 것을 절제하고 살았다. 형제간에 옷을 물려 입는 것이 당연시되었다. 저축이 곧 미덕이라고 믿었고 투자 혹은 투기는 절대적으로 나쁜 것이라고 뿌리가 박혀있었다. 그래서 내가 할 수 있는 것이라곤 무조건 열심히 일하고, 월급으로 받은 돈을 아끼고 저축하고, 이런 것이 전부였다. 그러기에 재테크에는 완전 문외한이었다. 하지만 지금의 아내를 만나고 난 이후 나의 삶이

180도 달라졌다.

　나는 신혼 살림을 지하 단칸방에서 시작하였다. 요즘 시대의 젊은 세대들이 이렇게 신혼생활을 하라고 했다면 펄쩍 뛸 것이다. 차라리 결혼을 안 했음 안 했지 좁고 어두컴컴한 동굴 같은 곳에서 신혼을 보내고 싶지 않을 것이다. 집이 주는 안락함과 편안함이 있기에 당연한 것이다. 다행스럽게도 신혼부부를 위한 전세지원금 정책, 신혼부부 특별공급 등 다양한 정책들이 나와 있어 우리 때와는 다르게 출발을 할 수 있다.

　아내와 나는 지하 단칸방에서 신혼을 보냈지만, 결코 불행하진 않았다. 오히려 좁았기에 서로 살을 더 맞댈 수 있었다. 얼굴 보면서 밥을 먹을 수 있는 것이 자그마하고 소소한 행복이었다. 그렇지만 신은 우리에게 자그마하고 소소한 행복을 오래 허락하지 않았다. 때로는 모르는 게 약이라고 하지만 무지함이 죄라는 말처럼 나의 무지함이 나의 발등을 찍을 줄이야…….

　딸아이는 태어나면서 거주 환경이 좋지 못하다 보니 잔병치레를 많이 하였다. 물론 아기들은 면역력이 약하기 때문에 많이 아프다. 못난 아빠 때문에 이렇게 된 것 같아 늘 가슴 한 구석에 무거운 돌덩이가 놓여 있었다. 방 한 칸 부엌 한 칸 집에서 탈출해야만 했다. 다른 곳으로 이사하기로 마음을 먹었다.

나는 일하러 가고 아내는 공인중개사 사무실을 내 집 드나들 듯이 다녔다. 적어도 이전의 지하 단칸방에서는 탈출해야 하기에 그럴싸한 보금자리를 택하고 싶었다. 아내는 딸아이를 업고 집을 보러 다니고, 나는 퇴근 이후 집을 같이 보고 최종적으로 결정을 하는 식이었다. 부동산 소장과 동행하며 몇 군데의 집을 보면서 갈등에 봉착하였다. 마음에 드는 집이 있긴 했다. 마지막으로 본 집이었는데 비록 전세이고 18평의 소형아파트 매물이었지만 신혼 초 지하 단칸방에 비하면 궁궐 같은 집이었다.

나는 당장 계약을 하고 싶었다. 하지만 문제는 돈이 궁하다는 현실이었다. 늘 예산을 초과했다. 결국, 눈물을 머금고 계약을 하지 못하고 다른 곳을 볼 수밖에 없었다. 싼 게 비지떡이라는 말처럼 저렴한 집은 저렴한 이유가 있었다. 그렇지만 외벌이 가장으로서 어쩔 수 없었다. 이사를 많이 하면서 집이 주는 안락함이 어떤 것인지 알고 있었다. 뼈에 사무치게 평생 살 집을 구하고 싶었다. 남의 집 전세살이를 5번 하고 난 이후 지금의 집에 정착할 수 있었다. 작고 앙증맞고 귀엽기까지도 한 피 같은 돈을 아내가 모아서 집을 사게 된 것이다. 서울 구로구에 있는 자그마한 아파트였다. 구로구는 IT 강국인 우리나라에서 디지털단지가 산재해 있고 IT계통에서 일하는 나에게 안성맞춤이었다. 이직을 감행하였다.

고생한 아내가 무척이나 고마웠다. 그리고 그간 고생만 시킨 것에 대한 미안함이 몰려왔다. 출근 전 아침밥을 먹고 옷을 차려입으며 아내가 나의 옷매무시를 해주었다. 아내에게 문득 나의 진심 어린 말을 하고 싶었다.

"고마워, 여보. 당신 아니었으면 이런 집 어떻게 살게 되었을까? 그리고 미안해."

지금 거주하고 있는 아파트의 주변은 교육환경이 뛰어나고 교통이 편리하며, 직주근접의 환경이다. 그러다 보니 더 바랄 것이 없을 정도로 현재 너무 행복하다.

나는 아내에게 100% 월급을 다 맡겼다. 돈에 눈이 어두웠다. 돈과 숫자에는 젬병이었다. 그래서 속이 편했다. 다행히 아내는 나와 정반대의 성향으로 이재에 눈이 밝았다. 성과금이나 특별상여금이 나와도 일체를 아내에게 가져다주었다. 다른 동료들은 비상금을 만들고, 따로 주머니를 찬다고 하였다. 남자에게는 비상금이 필요하다고 가끔은 주머니를 차라고 동료들은 조언한다. 그렇지만 이때까지 고생한 아내에게 그렇게 하기에 너무나 큰 죄를 짓는 것 같았다. 하지만 문득 궁금하긴 하였다.

'지금 살고 있는 이 집을 대체 얼마에 산 것일까?'

퇴근하고 집에서 저녁 식사를 하면서 아내에게 넌지시 물어보았다.

"여보, 이 집 얼마 주고 산 거야?"

"어. 이 집 2억 5000만 원. 이 정도 가격이면 꽤 괜찮지 않아?"

"헉. 2억 5000만원? 생각보다 많이 비싸네. 대체 얼마나 당신이 절약한 거야. 짠순이처럼 살아서 이런 집을 마련했다니 당신 정말 대단해."

나의 따봉에 아내는 미소만 지을 뿐이었다. 그때 당시에는 아내의 미소가 어떤 의미인 줄 몰랐다. 어느 날 퇴근하고 아파트 1층에 우편함에 꽂혀 있는 우편물을 보았다. 보낸 곳이 대한 은행이었다. 은행에서 우편물이 왜 왔나 싶었다. 호기심에 찬 얼굴로 당장 뜯어보았다. 우편물의 내용을 보고 목덜미를 잡고 쓰러질 것만 같았다. 집 대출금 1억 5000만 원의 만기일이 다 되어가니 갚거나 연장을 하라는 내용이었다. 손이 부들부들 떨렸다. 아내를 믿은 내가 화근이었나 싶었다. 당장 아내에게 따져야겠다.

"여보 이거 뭐야? 당신 대체 이 집에 무슨 짓을 한 거야? 왜 이렇게 빚이 많아?"

"내가 말했잖아. 분명히 나는 이 집 살면서 대출금 갚아야 한다고 했는데 흘려들었네."

그랬었다. 사람은 자기가 소망하고 꿈꾸는 것만 보고 듣는다고 한다. 관심이 없거나 알고 싶지 않은 내용이나 정보는 대충 듣거나 무관심하게 보고 듣는 경향이 있다. 나 또한 그랬다. 돈에 별 관심이 없기에 아내의 말을 무관심하게 들은 것이었다. 재테크에 관심이 없다 보니 온전히 아내의 손에 통장을 맡겼고 아내는 나름대로 살림을 꾸려 집을 마련하게 된 것이었다. 먹고 사는 것에 급급하다 보니 아이의 교육과 집안일에 일절 관여하지 않고 일개미처럼 일만 했던 것이 죄라면 죄였다. 나의 무식이 죄었다. 딸아이가 태어나면서 끊었던 담배를 다시 피우고 싶었다. 단지 내 마트에 가서 담배와 라이터를 샀다. 담배를 입에 물고 불을 댕겼다. 담배 한 모금을 빨고 하얀 연기를 내뱉으면서 한숨이 저절로 나왔다.

'아휴! 내 인생이 은행에 저당 잡힌 인생이구나. 저 빚 언제 다 갚는단 말인가?'

'이렇게 살다가 하우스 푸어 되겠네. 서글픈 내 인생. 인생 참 힘들다.'

이 집으로 이사 온 지도 7년이 다 되어간다. 아이는 초등학교 6학년이다. 앞으로 갚아야 할 돈이 상당히 많다. 단순히 계산을 해봐도 맞벌이를 한다고 해도 10년은 훨씬 넘게 갚아야 한다. 현재 마이너스 인생이다. 아끼고 또 아끼다 보면 언젠가는 다 갚겠지. 그렇지만 딸아이 대학도 보내야 하고 시집도 보내야 하고, 우리 노후도 준비해야 하는데. 언제 다 갚나? 속에서 갑갑함이 쓰나미처럼 밀려온다. 대출에 발목 잡힌 내 인생 보상받고 싶다.

** 매슬로우의 욕구 5단계 설을 알고 있는가? 인간의 욕구를 생리적 욕구 · 안전 욕구 · 소속 및 애정 욕구 · 존경의 욕구 · 자아실현의 욕구 이렇게 5단계로 구분하였으며, 가장 고차원적인 상위 욕구를 자아실현 욕구로 보았다. 사람은 태초부터 원초적인 존재이다. 짐승처럼 잘 먹고 잘 자면 그것만큼 만족스러운 것도 없다. 그렇지만 배부르고 등 따뜻한 존재

가 되기보다는 종국에는 자아실현의 만족에 이르기까지의 욕구가 있다. 1, 2단계를 지나치면 자아실현의 욕구는 저절로 생겨나게 마련이다.

한편 바쁘게 사는 세상 자아실현의 욕구 단계까지 이르려고 한다면 우리는 수많은 노력을 해야 한다. 그래서일까? 이 복잡한 세상 편안하게 살기 위해 2단계까지 가는 일들이 비일비재하다. 배를 깔고 누워 있을 수 있고 비루한 이 한 몸 편안하게 누울 수 있는 곳 안락한 집에서 사는 것, 바로 2단계 안전 욕구다. 문제는 하늘 높은 줄 모르고 올라가는 집값이다. 언제까지 전세방을 전전하면서 살 수는 없는 노릇이다. 이삿짐을 싸고 푸는 것도 지친다. 그러기에 번듯한 집을 사고 싶은데 문제는 늘 돈이다. 대한민국에서 집을 사는 데 있어 온전히 자기의 돈을 이용해서 사는 사람은 거의 없다. 금수저 출생이거나 조상을 잘 만나 개발이 되는 땅, 토지 등을 물려받았거나 연예인들처럼 돈을 엄청 잘 버는 사람이 아니고서야 거의 없다 해도 무방하다. 어쩔 수 없이 은행의 대출을 이용할 수밖에 없다. 대출을 이용하면서 빚이 늘 마음속에 걸린다. 언제 다 갚나?

하지만 인생은 늘 선택의 연속이다. 하나를 가지게 되면 하나를 포기해야 하는 기회비용의 연속인 삶이다. 집을 가지게 되면 일정 부분의 수입은 포기하는 것이 당연하다. 그러기에 빚을 무서워하진 말아야 한다.

여러 곳의 은행을 돌아다니면서 대출 상담을 받고, 그중에서 괜찮은 이율의 상품을 골라 대출을 받는 노력이 필요하다. 발품을 통해 합리적인 대출상품을 골라보는 것이다.

대출을 받아서 집을 샀다면 꼼꼼하고 촘촘한 계획을 세워 인생 전반적인 플랜을 세워보아야 할 것이다. 몇 년간 어떻게 얼마를 상환할 것인가? 보통 은행의 금리에 따라 다르긴 하다. 또한, 목돈이 생겼을 시 상환에 더욱 박차를 가하도록 하자. 상환금액이 늘어날수록 월 원금과 이자 상환액이 조금씩 줄어든다. 대출을 갚으면서 살다 보면 인생이 퍽퍽할 것 같다. 어쩔 수 없다. 가진 것에 만족해하고 감사하면서 살아가는 수밖에. 아프지 않고 건강하고 가족이 행복하다면 제일 좋다. 가장이니까 아버지니까 희생을 해야 할 것이다.

하지만 곧 죽어도 빚이 싫고 빚에 쪼들리는 삶이 싫다면 전세 혹은 월세를 전전하는 것도 하나의 방법이 될 수 있다. 다만 조금 불편할 뿐이다.

남들처럼 굳이 똑같이 살아야 할 이유가 있을까? 나의 상황과 형편에 맞게끔 페이스대로 살아가야 할 것이다. 남들과 비교하면서 살아가는 삶은 비참하기 그지없다. 나의 상황과 형편에 맞게 페이스대로 인생의 마라톤을 펼쳐보자. 여유를 가지고 평온함 속에서 나를 삶 속에 맡겨보는 것이다. 정해진 처한 환경을 억지로 바꾸기보단 내가 할 수 있는 것에 최선을 다해서 살아가다 보면 언젠가는 평안하고 좋은 날이 오지 않을까?

2

적자의 늪에서 허우적대다

"어서 오이소, 손님. 무엇을 드릴까예?"

"돼지국밥 두 개 주세요."

"네 감사합니더."

아들과 딸뻘로 보이는 손님에게 꾸벅 인사를 하고 주문을 받았다.

지금 내 나이 55세. 나는 부산에서 아내와 함께 돼지국밥집을 하고 있다. 3년 전에 삶의 현장에서 퇴직을 하고 난 이후 창업을 하였다. 많고 많은 아이템 중에 하필 왜 돼지국밥이냐고? 평소 돼지국밥이라면 사족을 못 쓰는 나였다. 입맛이 없거나 아프면, 혀가 델 만큼 뜨거운 국밥을 후

후 불면서 먹은 적이 많았다. 단순한 플라시보 효과였을까? 땀을 흘리면서 먹고 나면 입맛이 돌아왔고 아픈 것이 덜해졌다. 나에게 적어도 돼지국밥은 보약 이상의 음식이었다. 나에겐 돼지국밥은 힐링푸드였다. 그래서 보약 같은 건강하고 맛있는 돼지국밥집을 차려야지 마음을 먹고 퇴직 이후 국밥집을 차리게 되었다.

부산 중구 남포동. 남포동은 부산의 번화가다. 주말에는 수많은 인파가 오고 간다. 자갈치 시장과 국제시장이 인근에 있다. 황정민 주연의 〈국제시장〉 영화의 흥행으로 말미암아 국제시장이 붐볐던 적도 있었다. 아시아 최고의 영화제로 자리 잡았고, 국내 최대의 영화제인 부산국제영화제(BIFF)제가 남포동에서 열리고 있다. 손때가 잔뜩 묻은 오래된 책들, 구하기 힘들었던 고서들도 발견하는 기쁨을 누릴 수 있는 보수동 책방골목 또한 인근에 있다. 그래서일까 평일보다 주말이 훨씬 바쁘다. 눈코 뜰 새가 없다.

퇴직하길 정말 잘했다고 자위하면서 오고 가는 식당 손님들을 맞이하고 영업 마감 이후 돈을 세는 기쁨이란? 말로 표현할 수가 없다. 개업 초기 3개월 동안은 조금 힘들었다. 입소문도 타지 않았고 손님도 많이 없었기 때문에 파리가 날리기 일쑤였다. 똥줄 타는 이 기분. 간담이 서늘해졌다. 괜한 퇴직금을 꼬라박아서 저리된 것이 아니냐 싶었다. 개업하기 전 아내가 무던히도 말렸다. 아내는 있는 돈 간수를 잘하자고 그냥 욕심 없이 살자고 눈물로 호소하였다. 아내의 훈수와 지적질에 열이 뻗칠 뿐이었다. 홧김에 자신감 있게 밀어붙였다.

"나 김희견이야. 이때까지 열심히 했다고. 잘할 수 있으니 두고 봐라."

아내의 말을 들을걸! 괜히 호기를 부렸나? 하루에도 수십 번 롤러코스터를 탔다. 가만히 앉아 있을 수 없었다. 전단지를 들고 다니면서 길거리의 행인들에게 나눠주고, 벼룩시장 광고도 하였다. 만나는 지인들에게 침 튀겨가며 홍보하였고, 홍보를 부탁하였다. 종교가 없었지만, 절에 가서 부처님께 기도하였다. 제발 잘되게 해달라고 손과 발이 닳도록 빌었다. 나의 간절한 노력을 부처님이 알아준 것일까? 두어 달이 지나고 나니 손님이 조금씩 늘어났고 입소문이 나면서 점점 가게는 흥행을 하였다. 한 달 매출에서 월세와 임대료, 각종 공과금과 세금을 제하고도 500 정도 남으니 괜찮은 장사 아닌가? 그제야 나는 아내에게 인정을 받게 되고, 아내와 웃는 날이 점점 더 늘어나게 되었다. 아들 하나, 딸 하나 아내와 나 이렇게 네 식구 먹여 살리는 것에 전혀 지장이 없을 것만 같았고, 앞으로 장밋빛 미래만 펼쳐질 것 같았다. 그러나 이 장밋빛 미래가 핏빛이 될 줄이야 누가 알았겠는가?

2020년 1월 코로나19 환자가 처음으로 발생을 하였다. 그냥 가볍게 지나가려니 싶었다. 수많은 질병이 창궐했지 않았는가? 사스, 메르스, 조류

인플루엔자 등 각종 질병이 창궐했지만, 국가의 노력과 백신과 개개인의 노력으로 결국 극복하였다. 그랬기에 코로나19 또한 무던히 넘어갈 것만 같았다. 하지만 상황이 쉽게 극복되지 않았다. 종식이 언제 되려나?

마스크 5부제부터 시작하여, 손 씻기와 백신 접종 그리고 거리 두기, 비대면 등 코로나19 사태로 인해 우리의 삶을 송두리째 바꿔놓아버렸다. 전무후무한 일이었다. 남녀노소 불문하고 힘들지 않았던 사람들은 없었다. 정치권의 공방 또한 가열되면서 백신 무용론까지 나와버렸다.

특히 코로나19 사태로 피해를 보았던 자영업자들이 많았다. 영업시간 제한 및 강력한 거리 두기로 인한 피해를 고스란히 떠안을 수밖에 없었다. 영업에 피해를 본 자영업자들에게 지원금을 줬지만 언 발에 오줌 누기 꼴이었다. 세월의 흐름 속에 그냥 속절없이 속을 끓이면서 멍하니 당할 수밖에 없었다.

코로나19 이전에는 나의 예측대로 잘되고 있고 먹고살 만했다. 서서히 날개를 펴려고 했는데 이런 시련이 닥치다니 눈물이 앞을 가린다. 손님이 급격히 줄었다. 돼지국밥집 운영이 어려운 상황에 닥쳤다. 내가 어떻게 창업을 한 곳인데? 가족들의 반대를 무릅쓰고 영혼을 갈아 넣어 창업한 곳이다. 3억 가까운 퇴직금을 탈탈 털어 보증금 3000/월세 200의 1층 상가에서 장사를 시작하였다. 부산 중심지인 번화가에 이 정도 금액이면 저렴한 임대료다.

임대료만 나갈까? 식자재비는 기본이고 전기세, 물세, 가스비, 상가 관리비까지! 숨이 턱턱 막힐 지경이다. 음식점 월세와 생활비는 저축한 은행예금에서 조금씩 빼다 쓰고 있다. 우리 부부의 노후를 위해서라도 조금씩 저축을 해도 모자를 마당에 고등학교 2학년 아들, 고3인 딸 대학도 보내야 하는데. 다행인 것은 집은 자가인지라 25평 남짓한 아파트 한 채는 보유하고 있다. 하지만 걱정이 이만저만 아니다. 앞으로 좋아지겠지만 시련과 고통 속에 더욱 단단해지겠지만 염려와 걱정 때문에 잠을 못 이루는 날이 부지기수이다. 앞으로 어떻게 해야 할까?

** 주변의 지인 형님이 위 상황의 주인공이다. 지금은 가게를 접었다. 몸과 마음이 축난 것만 생각하면 몸서리가 쳐진다고 한다. 3년 전 코로나19 사태로 인해 말도 못하게 고생을 겪으셨고 가게 폐업 후 지금은 공장에 재취업을 하여 월 200 정도를 받는다고 하신다. 하지만 가게를 운영할 때보다 행복감을 느끼고 있다. 3억 가까운 퇴직금을 가게에 투자하고도 조금이라도 남아 있어 다행이라고 안도한다. 주말에 쉴 수 있으니 가까운 공원에 아내의 손을 잡고 산책을 할 수 있는 것 또한 소소한 삶의 행복이었다. 한날은 궁금하였다. 환갑이 다 되어가는 나이에 다시 일하려면 힘들지 않을까?

"형님 어떻게 다시 일하게 될 생각을 했나요? 가게 운영이 매우 힘들었나요?"

형님이 웃으며 이야기를 해주셨다.

"형이 3년 정도 돼지국밥집을 운영했는데 말이제. 초반에 손님이 별로 없어 조금 힘들었지만, 점점 괜찮아졌고 상황이 좋아졌거든. 월세와 각종 공과금과 세금을 제하면 한 달 평균 월매출이 500 정도면 괜찮잖아.

물론 몸은 힘들었지만 돈 앞에 장사 없다고 기분은 좋더라고. 하지만 코로나19로 매출 부진이 이어지는 상황에서 월세 200만 원과 각종 공과금과 세금비용이 감당하기 어려워지더라고. 앞으로 딱히 장사가 나아질 기미가 보이지 않아 음식점을 접어야겠더라고. 아내의 말을 듣지 않아 천벌을 받았나 싶기도 하고 괜한 똥고집 부렸나 싶어 후회도 많이 했다 아이가."

곰 같이 큰 덩치의 형님이 눈물을 훔치는 것을 보고 무던히도 마음고생이 심했구나 싶었다. 손수건을 드리니 형님은 눈물을 닦으면서 말을 이어나갔다.

"보험회사의 재무 설계사랑 상담했지. 그분이 하는 말이 아파트를 팔라고 하데? 아파트를 팔아서 작은 아파트로 갈아타라고 조언해주더라고. 그래도 다행인 것이 보유하고 있던 아파트가 시세가 올랐거든. 아파트를 팔았어. 이 아파트 단지는 뛰어난 입지와 쾌적한 주거 환경으로 처분하기는 그리 어렵지 않더라고. 미련 없이 아파트를 팔았지. 목돈이 주어지니 현금 흐름이 훨씬 개선되더라. 장사가 안 되지만, 월세는 내야 했기에 보증금에서 제하도록 하였고 계약 기간이 지났고 현재 남는 금액은 없거든. 하지만 목돈이 있다 보니 월 현금 흐름이 크게 개선되고 우리 부부의 노후준비와 두 자녀의 등록금 및 결혼자금 마련에도 도움이 되겠더라. 그리고 앞으로 자녀들은 시집 장가갈 거니 우리 부부가 살 18평 소형 아파트로 갈아탔고 지금 다시 재취업했지. 그랬더니 숨통이 확 트였고 지금 생각해보니 신의 한 수였어. 그리고 앞으로 국가에서도 나이가 더 들면 국민연금이 나올 테니 삶이 더욱 좋아질 것 같애."

울다가 잇몸이 활짝 드러내면서 웃는 모습을 보니 형님이 현재 행복하구나 하고 어렴풋이 짐작할 수 있었다. 많이 힘들었던 시기를 잘 극복하고 형수님과 행복을 만끽하면서 살아가는 형님에게 응원을 해드렸다.

대한민국의 가장 아버지라는 자리는 절대 쉽지 않은 자리이다. 치열하게 열심히 살고 있고 각자의 상황에서 노력하고 있다. 노력하고는 있지만 삶은 결코 녹록치 않다. 그나마 직장인들은 고목의 매미처럼 축축한 낙엽처럼 붙어 있다면 목숨이라도 부지할 수 있다. 크나큰 바람이나 강렬한 햇볕이 쫴지지만 않는다면 붙어 있을 수는 있다. 그렇지만 자영업을 하는 분들이라면 상황이 달라진다. 이유야 다양하겠지만 결국은 목숨이라도 부지할 수 있는 곳에서 떨어져 나온 셈이 된다. 회사라는 조직에서는 일만 열심히 한다면 신경 딱히 쓸 것 없이 꼬박꼬박 나오는 월급에 맞춰 계획성 있게 살아갈 수 있다. 반면에 업무적 스트레스, 인간관계 등 본인을 이기지 못하고 타인과 회사와 조직을 탓하면서 결국 1인 기업 혹은 자영업자를 꿈꾸며 퇴직을 한다. 이젠 훨훨 날아가면 될 것 같고 무리한 대출을 일으켜 퇴직금을 탈탈 털어 창업을 해보지만 생각 외로 쉽지 않다.

회사에 다니면 그냥 일만 잘하면 끝이다. 인간관계, 업무로 골머리를 앓지만, 월급이라도 나왔으니 할 만했다. 하지만, 자영업은 모든 것을 다 감내하고 책임을 져야 한다. 가게 운영부터 각종 공과금, 인건비 및 세금 등. 활황이면 더할 나위 없이 좋지만, 불황의 늪에서는 고민이 깊어진다. 할 수 없이 금융권의 힘을 빌려 대출을 내고 그 빚을 갚기 위해 또 대출을 내면서 스노우볼 이론처럼 돈이 아닌 빚더미가 쌓여가게 된다. 결국, 극단적인 선택을 한다는 기사를 종종 접할 수 있다. 상황이 예전보다 좋아졌거나 현 상황이 좋다면, 감사할 일이다. 이대로 쭉 이어나가시면 된다. 하지만 상황이 예전과 다르게 힘이 들거나 정신적 육체적으로 한계에 도달한다면, 한 번쯤은 폐업을 고려해볼 만도 하다. 물론 창업을 해서 잘되는 사례도 당연히 있으니 오해는 마셨으면 한다.

돈과 관련된 어려움이 생긴다면 앞의 형님 사례처럼 주변의 재정 관련, 재무 관련 전문가와 진지하게 상의를 해봄직 하다. 그분들은 그런 것이 주업이다. 돈과 관련된 재테크나 경영 등에 대해 상당히 해박한 지식을 가지고 있으므로 크나큰 도움이 된다. 속으로 끙끙 앓고 있어봤자 나만 힘들다. 가족들의 지지 속에서 창업하고, 사업을 했다면 다행이다. 하지만 본인의 소신과 확신으로 사업을 했는데 결과가 좋지 않다면 마음속 갈등과 괴로움 속에 결국 삶의 종말을 고하게 된다. 뜻이 있는 곳에 길이 있으니, 고민하지 말았으면 한다. 나 자신의 욕심과 안위보다는 가족을 위해서 열심히 한 것밖에 없다. 가족이 삶의 힘이기 때문이다. 그러므로 자책하지 말았으면 한다. 그럴수록 본인만 더욱 괴롭다. 자영업 하시는 이 땅의 아버지들 늘 힘내시길 바란다.

3

돈으로 행복을 살 수 있을까

"어디 있더라. 전세자금 대출서류가 여기 서랍장에 있을 터인데."

지금 사는 곳에서 아이들이 커나가다 보니 이사를 해야 한다. 맞벌이 하고 있지만, 대한민국에서 내 몸 편히 뉠 집을 산다는 것 참으로 어렵다. 번듯한 내 이름으로 된 집을 사고는 싶지만 그게 맘대로 되는 일이 아니다. 전세살이가 지긋지긋하지만 어쩌랴? 무리한 대출을 받아서라도 좀 더 아늑하고 넓은 집으로 이사를 해야겠다. 그러려면 은행에서 융자를 받아야 한다. 오늘 은행에 융자를 받으러 가는 날이다. 그런데 서류가 안 보인다. 아내에게 물어보고 싶은데 아내는 벌써 출근을 하고 부재중이다.

"왜 이렇게 서랍 안에 너저분한 것이 많아. 정리해야겠네."

할 일도 많은데 괜히 서류와 씨름을 하는 나 자신이 한심스러웠다. 평소 정리를 잘해둘 걸 싶었다. 그래도 회사에서는 나름 깔끔하고 반듯한 이미지였는데. 하지만 그것은 사회생활의 일환으로서 이미지 관리 차원이었다. 집에서만큼은 그냥 남에게 보이는 모습이 아닌 나의 본연의 모습으로 그냥 편히 살고 싶었기에 정리 따윈 하지 않았었다.

"어 이게 뭐지? 웬 통장이 하나 있는데?"

마치 판도라의 상자가 열린 것처럼 통장을 열어보았다. 통장 앞면에 김미숙이라는 이름이 떡 하니 새겨져 있었다.

'아내가 통장을 개설했네? 근데 얼마가 들어가 있는 거지?'

나는 아내의 통장을 보고 깜짝 놀라고 말았다. 내 눈을 믿을 수 없었다.

'헉 1000만 원? 언제 이 돈을 모았대?'

통장 한 장 한 장을 넘기면서 조금씩 돈 입금 내역을 살펴볼 수 있었다. 간밤에 좋은 꿈을 꾸고 로또를 구매해 대박을 꿈꿔보는 소시민이지만 늘 삶은 거기서 거기였다. 로또에 탐닉하기 보단 성실히 맞벌이를 하고 있다. 하지만 무언가 돈에 쫓기는 것 같고 경제적으로 자유롭지 못한 삶을 살고 있다. 지금 월급에서 더도 말고 덜도 말고 매달 200만 원 정도만 더 생긴다면 삶이 더욱 풍요롭고 여유로워질 것 같은데. 경제적 풍요로움이 가족들의 삶을 행복하게 해줄 것이다. 돈으로 충분히 행복을 살 수 있을 것 같다. 돈이 인생의 전부는 아니라고 하고 돈으로 행복을 살 수 없다고 하지만 적어도 자본주의 사회에서 그건 없는 사람들이 자기 위안 삼아 하는 말이다. 하지만 돈은 나를 기피하는 것인지 이러한 호사는 나에게 과분하고 오지 않는다. 그냥 직장생활에 최선을 다하고 있다.

쥐꼬리만 한 월급이지만 나는 아내에게 통장을 다 맡긴다. 아내에게 경제의 주도권을 넘긴 것이다. 쉬는 시간 동료들과 마시는 자판기 커피 비용, 동료들과 상사 뒷담화하면서 같이 피우는 담배를 사는 비용, 가끔 친구들 만날 때 쓰는 돈 등 대략 한 달 용돈 50만 원을 받아쓰고 있다. 그 외 모든 돈은 아내에게 넘겼고 나는 아내를 철저히 믿고 있다. 부부는 신뢰가 최우선이라고 믿고 있는 나였다. 철저히 아내를 믿었기에 돈이나 아이들의 교육에 관해서는 일체 관여를 하거나 간섭을 하지 않고 있다. 똑순이인 아내가 어련히 알아서 잘하겠거니 생각을 하였다. 회사 일도 복잡하고 머리가 깨질 지경인데 오히려 그것이 편했다.

순간 배신감이 몰려왔다. 손발이 부르르 떨렸다. 나는 이때까지 20년 넘게 한 이불 덮고 살면서 결단코 아내를 속인 적이 없다. 선의의 거짓말을 한 적이 있어도 속인 적은 없다. 속인다면 마음이 불편하고 나 자신을 스스로 용서할 수 없을 것 같았다. 어렸을 때부터 부모님께 세상에서 거짓말이 가장 나쁜 행동이라고 철저한 교육을 받았다. 거짓말을 하고 호되게 혼이 난 이후 각인된 탓이 크리라. 그래서일까? 성인이 된 지금도 나는 인간관계 1순위가 바로 신뢰였다. 그런데 이런 나의 믿음을 깨버리다니.

'도대체 이게 무슨 통장일까? 왜 나에게 일체 상의도 없이 통장을 만든 거지?'

'어떤 용도로 쓰려고 그런 걸까? 빚이 있나? 아니면 처가댁 문제? 설마 남자가 생긴 건 아니겠지?'

별별 생각이 다 든다. 모골이 송연해진다. 이 정도 돈이면 아들, 딸의 사교육비에 보태 쓸 수 있을 텐데. 둘이 합쳐 한 달에 150은 너끈히 들어간다. 안 그래도 허리가 휠 지경이고 허리가 부러질 것 같다. 맞벌이하니 그나마 다행이지 맞벌이를 안 했으면 큰일 날 뻔했다.

"이놈의 여편네 퇴근하고 집에 오기만 해봐."

주먹을 꽉 쥐고 어금니를 꽉 다문다. 진정하고 은행에 다녀와야지.

은행에 갔다 오고 고민을 하였다. 어떻게 아내에게 물어볼까? 딩동 현관문 벨 소리가 들린다. 인터폰으로 보니 아내다. 괜히 내가 왜 떨리는 걸까? 어떻게 말을 풀어야 할까?

진실을 알고 싶다. 하지만 그 진실은 불편한 진실이다.

"어 당신 왔어? 힘들었지?"

당장 물어보고 싶지만, 일단은 참자. 분명히 이유가 있으리라. 내가 알고 있는 아내는 절대로 돈을 허투루 쓰지 않는 여자였다. 꼼꼼한 가계부를 가끔 보면서 혀를 내두른 적도 있었다. 아내와 결혼을 한 것도 이런 꼼꼼함과 알뜰함에 반한 것이었다. 이 여자랑 살게 되면 적어도 밥은 굶지 않겠구나 싶었다. 결혼 20년이 넘었지만 지금도 여전히 알뜰하다.

"여보 밥 먹자. 내가 오늘 당신 배고플까 봐 요리 못하지만, 김치찌개 끓여놨어."

"어 그랬구나. 고마워. 씻고 와서 먹을게."

밥상 앞에 앉아서 이렇게 얼굴을 맞대며 같이 밥을 먹는 게 오랜만이었다. 늘 바쁜 회사 업무 속에서 퇴근 시간이 달라서 함께 밥을 먹는다는 것이 쉽지 않은 일이었다. 아이들 또한 학원수업을 마치고 집에 오는 시간이 각각 다르기에 한 가족이 모여 밥을 먹기 위해선 큰맘을 먹어야 하는 일이었다.

"어 당신 찌개 잘 끓였네. 요리사 해도 되겠어? ㅎㅎㅎ."

빈말이래도 아내의 칭찬에 기분이 좋아진다. 이제 본론으로 들어가봐야겠다.

"근데 당신 뭐 하나 물어봐도 돼? 궁금하게 있어서 말이야."

"어 그래 물어봐. 뭔데?"

갈등이 생긴다. 괜히 물어보나 싶기도 하다. 말을 할까 말까. 그래도 궁금한 것은 못 참는 나의 성격 탓에 어쩔 수 없다. 이미 엎질러진 물이다.

"다름이 아니고 오늘 전세자금대출 받으려고 서랍에서 서류를 찾는데 당신 이름으로 된 통장이 보이더라고. 그거 웬 통장이야?"

"어 그거 별거 아니야. 그냥 통장이지 뭐야. 호호호."

대수롭지 않게 넘어가려는 아내의 모습에 은근히 부아가 치밀어 오른다. 안 되겠다. 확실히 짚고 넘어가야겠다.

"나 이때까지 살면서 한 번도 당신 속인 적 없고 속이기도 싫었어. 당신을 믿었기에 월급통장도 다 맡겼어. 그리고 용돈 받아 썼는데, 근데 당신은 왜 나에게 일절 상의도 없이 저렇게 통장을 만들었냐 말이야? 당신 남자 생겼어? 설마 바람피우는 건 아니지?"

나의 흥분한 모습에 아내는 눈이 똥그래졌다. 이때까지 살면서 아내에게 이렇게 흥분하며 화낸 적이 없었다. 아내도 적잖이 놀랐으리라.

"내가 무슨 바람을 피워? 미쳤어? 알지도 못하면서 흥분하고 그래."

아내의 대거리에 순간 할 말을 잃었다. 그래 바람피울 여자는 아닌데…. 그럼 대체 왜?

답답해서 미칠 지경이다. "그럼 저 돈은 뭔데? 설명 좀 해달라고."

펄펄 뛰는 나의 모습에 아내는 나의 눈을 바라보고 조용히 말하였다.

"사실은 저 돈 말이지. 아버님께서 지금 많이 편찮으시잖아. 연세가 있으시니 아픈 곳도 많아지고 앞으로 수술을 하거나 입원하게 되면 큰 목돈이 들어갈 텐데. 그럼 어디서 그 돈을 마련하냐고? 물론 카드를 긁으면 되지만 그 돈은 뭐 빚 아닌가? 그래서 내가 일부러 조금씩 훗날을 대비해서 모아놓은 거야. 일부러 당신에게 상의 안 해서 미안한데 진심이야."

아버지는 현재 70세시다. 노년층의 어르신들은 젊었을 때 일만 하다 보니 골병이 들어 안 아픈 곳이 없다. 아버지 또한 마찬가지다. 할 줄 아는 것은 일뿐이었다. 어머니를 일찍 저세상으로 보내시고 홀로 3남매를 키우신다고 갖은 고생을 한 아버지셨다. 돈이 되는 일이라고 한다면 몸을 아끼지 않고 일을 하셨다. 그러니 몸이 축날 수밖에. 이제는 쉴 법도 하지만 소일거리로써 놀기 삼아 굽은 허리로 박스를 줍고 다니신다.

아버지 건강을 위해 강하게 만류해보지만, 아버지의 고집을 꺾기에는 역부족이다. 계속 지금도 허리가 아프고 더 악화가 되면 수술을 해야 하기에 목돈이 들어갈 수밖에 없다. 아내는 이런 상황을 알고 있기에 돈을 모아둔 것이었다. 아내의 말에 눈시울이 붉어졌다. 이 여자를 너무 잘 만났고 내겐 너무 복덩이였다. 아내의 말은 결코 거짓부렁이 아닐 것이다. 거짓부렁이할 위인도 못되었고 그렇게 믿고 싶지도 않았다. 눈물을 흘리면서 아내를 꼭 안아주었다.

"여보 고마워, 정말 고마워. 난 그런 줄도 모르고 당신 잠시나마 의심했었어. 미안해."

"아니야. 상의하지 않고 내 마음대로 한 거 미안해 여보."

아내의 솔직하고 조용한 고백에 나는 평생 가족을 위해 헌신하리라 다짐을 해본다. 창가의 별빛이 반짝거리는 그날 밤은 유달리 아름다웠다.

　** 누구나 한 번쯤은 생각해 본 적이 있는 질문이 있을 것이다. "과연 돈으로 행복을 살 수 있을까? 혹은 얼마나 벌어야 행복할까?" 여러분들의 생각은 어떠한가?

　돈이 행복에 큰 영향을 미치는 것은 당연하다. 우리 솔직해져보자. 돈이 없어도 나는 충분히 행복합니다. 하고 단언할 수 있는가? 적어도 대한민국이라는 자본주의 사회에서 돈이 없다면 불편한 일들이 많이 생긴다. 돈이 곧 힘이요, 권력이다. 그래서 사람들이 돈을 벌려고 안간힘을 쓰는 것이 아닌가? 온갖 범죄의 온상이 되고 범죄의 실마리를 제공하는 것이 결국 돈 때문이라고 부인하지 못할 것이다. 자본주의 논리는 배제하더라도 일단 먹고 살 수 있어야 행복할 수 있다. 돈이 너무 없으면 생존 자체가 어려워진다. 이런 점에서 돈은 행복을 우리가 바라는 만큼 제공해준다. 아니 반대로 행복을 주지 않을 수도 있다. 하지만 적어도 불행을 막아주는 역할은 톡톡히 한다.

　돈이라는 존재는 희한하다. 어느 정도 먹고살 만한 선을 넘어서면 돈이 행복에 미치는 영향은 점점 줄어들기 시작한다. 어느 정도 넉넉하게 먹고살 만한 수준이 되면 그 이상의 돈은 사람들의 행복에 크나큰 영향을 주진 않는다. 가난할 때처럼 행복도를 팍팍 높이는 역할은 하지 않게 된다. 배부른 상태에서 먹으면 맛이 나긴 하지만 배고픈 상태에서 먹는 것만큼 맛있지는 않은 것과 같다. 언론이나 잡지, 신문 등 대중에게 종종 노출이 되는 수백억 수천억 자산가들은 아무런 일도 하지 않고 은행에 입금 후 이자만 받아 써도 먹고 살아가는 데 전혀 지장이 없다. 그런데 왜 굳이 책을 쓰고 강연을 다니고 하는 것일까? 한 번쯤 생각해볼 법 하다. 그렇다고 한다면 어떻게 하면 돈을 잘 쓰는 걸까? 어떻게 하면 돈으로 행복을 살 수 있을까 한 번쯤은 고민해볼 법하다.

첫 번째로 물질적인 것보다 체험 위주의 돈을 써보는 것을 권유해본다. 사람들은 흔히들 명품에 열광한다. 좋은 옷, 좋은 차, 좋은 집에 투자하고 소비를 하지만 일정 시간이 지나면 결국 시들해진다. 남들과 비교하면서 타인들이 오래도록 알아주길 바라지만 타인들은 순간 부러워하고 찬사를 보낸다. 순간 뿌듯함이 생기지만 결국 더 큰 만족을 찾으려고 한다. 하지만 공연이나, 연극, 영화관람 등의 체험을 했을 때 사람들의 만족도와 행복감이 월등히 높아진다는 연구조사도 있다. 타인들과 비교할 수 없는 나만의 행복과 기쁨, 즐거움이 물질적인 것과 비견이 안 된다.

두 번째로 나보다 남을 위해 소비를 해보는 것이다. 힘들게 번 돈이라 남에게 주는 것이 아까울 수도 있다. 하지만 사회적 약자를 위해 일정 부분 기부를 하거나 도움을 줌으로써 느낄 수 있는 내적 만족감이 있다. 실제로 봉사를 많이 하는 분들의 행복감은 그렇지 않은 분들에 비해 높은 것으로 조사됐다. 내적만족감이 월등히 높다. 앞에서 언급한 수백억 수천억 자산가들의 성향 또한 이것과 비슷하다고 봐도 무방하다.

돈을 벌어도 행복하지 않고 오히려 더 스트레스만 많아지고 일중독에 바빠지기만 한다면, 한 번쯤 고민해보자. 어차피 생길 지출이라면 타인의 시선, 생각에 좌지우지되는 소비가 아닌 나의 행복, 만족감을 위한 소비 계획을 세워보는 것도 좋을 것이다. 잔인한 사실은 우리는 결코 돈으로 행복을 살 수 없다. 왜냐하면, 우리들은 그만한 돈이 없기 때문이다.

돈으로 행복을 살 순 없지만, 우리는 기쁨 정도는 살 수 있을 것이다. 생각의 차이를 통해 진정한 행복을 누릴 수 있는 우리들은 진정한 소시민들임을 기억하자.

4

고혹적인 창업의 유혹

"더러워서 못 해 먹겠네. 협력사가 왜 이렇게 깐깐한 거야? 너무 마음
에 안 들어."

"아 빡쳐. 한두 번도 아니고 말이야. 이곳에 있다가 도저히 내가 내 명
에 못살 것 같아. 또라이같은 것들. 또라이들이 가득한 악마 같은 소굴에
서 빠져나와야지."

대한민국에서 내로라하는 굴지의 식료품 대기업 K 상사에서 과장으로
근무하고 있는 김세호. 대학 졸업 후 첫 직장으로 선택한 이곳. 내 생애
처음이자 마지막으로 이곳에서 나의 청춘을 불태우리라, 뼈를 묻으리라

각오를 하고 20년 넘게 근무를 했건만 남은 건 악과 처세술뿐이었다.

경제적으로 부유해진 것도 없었다. 밑 빠진 독에 물 붓기라는 말이 딱 맞는 말이었다. 사람 구실을 하기 위해 경조사 참여하고, 가족을 위해 소비하고, 각종 공과금에 세금에 아파트 관리비에 기타 등등. 연봉이 오른 만큼 그에 비례하여 소비는 늘어났다. 적자가 나지 않은 것이 신기한 일이었다. 외벌이인 김세호 과장 입장에서는 죽을 맛이다. 남들은 대기업 다닌다고 부럽다고 칭송하지만 세호의 고충을 알아주는 이는 아무도 없다.

악마 같은 소굴에서 빠져나간다는 다짐을 하고 과감하게 사직서를 내던지는 꿈을 꾼다.

"야 인마 너 똑바로 안 해? 죽고 싶어?"

"사장님 저 사직서 내겠습니다. 이 거지 같은 회사 때려 치겠습니다."

잠자면서 허공 속에 사직서를 던지듯 손을 휘젓는 모습을 아내는 보았나 보다. 현실 속에서 겪고 있는 트라우마와 고통들이 그대로 재현이 되면서 잠꼬대를 하니 옆에 있는 아내가 걱정을 한다. 꿈에서 깨보니 온몸이 땀으로 범벅이 되어 있다. 퇴사가 너무 간절하다. 반드시 삶의 현장에서 퇴사 이후 타인의 말과 행동에 휘둘리는 삶이 아닌 내가 휘두르는 삶을 살리라 다짐하고 또 다짐한다.

'계획한 대로 프랜차이즈 치킨 집을 오픈 후에 대박 내서 보란 듯이 성

공할 거다. 주변에서 부러운 놈으로 인식되고, 돈의 노예가 되는 것이 아니라 돈의 주인이 되고 말리라.'

본인으로서는 화려한 퇴장이지만, 동료라는 최소한의 정으로서 주변에서는 뜯어말린다.

"과장님 지금 나가시면 어찌하시려고요? 조금 더 참아보시죠. 너무 무모한 도전 같아요."

"뭐? 야, 인마. 내가 퇴사한다는데 보태준 거 있어? 짜슥이 따뜻한 위로와 격려는 못 해줄망정 초를 치고 있어. 그런 이야기를 하려면 입 닥쳐."

그나마 친하고 아꼈던 이민수 대리의 충언에도 열이 뻗치는 것은 왜일까? 과감한 결심에 금이 갈까 싶어 그런 것일까? 아내도 한몫 거든다. 디딤돌은 돼주지 못할망정 걸림돌이 되다니 미치겠다.

"여보 제발 퇴사 안 하면 안 돼? 지금 회사 밖은 전쟁터야. 당신이 더욱 잘 알잖아. 장사가 뭐 쉬운 줄 알아? 잘못되면 어쩌려고 그래?"

"당신도 나 무시해? 아 미치겠구먼. 회사서도 난리, 당신도 난리. 어쩌라는 거야? 나 김세호 아직 안 죽었어. 두고 봐. 보란 듯이 성공해서 당신에게 멋진 남편, 지은이에게도 멋진 아빠가 될 테니까 말리지 마."

아내의 진심이 담긴 조언이 가시처럼 느껴진다. 앞으로 헤쳐 나가야 할 길이 구만리 같다.

호언장담하고 하루에도 치킨집이 대박 나는 상상을 수십 번 한다. 그리고 2002년 한일 월드컵 캐치프레이즈 '꿈은 이루어진다.' 이것을 수십 번 외치고 또 외쳤다.

** 아버지들은 어느 시기가 되면 삶의 위기가 한 번쯤 찾아온다. 말이 좋아 한 번이지 숱한 위기에 처하게 된다. 건강문제, 경제적 어려움, 부모님 봉양, 자녀교육 등 여러 가지 어려운 위기 속에서 그 고비를 넘기고자 무던히도 애를 쓴다. 그러기에 더욱 회사에 충성할 수밖에 없다. 회사에서 나오는 그 월급으로 생활을 하고 필요한 곳에 쓸 수 있어 더럽고 치사할 때도 있고 피눈물 날 때도 많지만 가장이란 이런 것이 아닌가?

하지만 참는 것도 한계가 있다. 버티고 버티다가 극도의 스트레스로 제명에 못 죽을 것 같아 세호 씨처럼 창업으로 회사에서의 EXIT를 꿈꾸는 사람들을 주변에서 쉬이 볼 수 있다.

퇴직을 꿈꾸는 아버지들이 있다면 격하게 격려하고 응원을 해주고 싶다. 하지만 명심을 해야 할 것이 있다. 한때의 분노와 화를 참지 못해서 무모하게 행동을 하지 말 것을 당부드린다. 너무나 당연한 소리지만 신중에 신중을 기하기를 당부드린다.

앞의 사례처럼 견디지 못하고 본인의 마인드로 인해 퇴사한다고 하지만 정작 중년 회사원들이 느끼는 불안감이 있다. 그 불안감이 생기는 원인을 유추해보면 경제적 어려움으로 느끼는 불안감이지만, 더욱 깊이 파고

들어가보면 은퇴 이후에도 자녀 걱정 및 가족 봉양을 해야 한다는 것이다. 모아 놓은 재산도 별로 없다. 그래서 더욱 돈을 탕진해서는 안 된다.

아이들은 점점 성장해나가고, 노후도 조금씩 준비해야 한다. 부모님께서 노환으로 인해 입원이라도 할라치면 경제적 여력이 없는 부모님은 병원비를 감당할 수 없다. 당연히 자식 된 도리로서 부모님의 병원비를 책임져야 한다. 경제적으로 엄청난 타격이 올 수밖에 없다.

"저축이요? 아뇨, 딱히 하지 않고 있어요. 할 돈이 없어요."

"퇴직금이요? 얼마 안 돼요. 이미 중간 정산하기도 했고요."

우리 윗세대의 일반적 노후 준비는 은퇴까지 열심히 일하면서 자식을 잘 키우는 것이었다. 그래서 남부럽지 않게 좋은 대학에 보낼 수만 있다면, 좋은 대학에 간다면 자식 농사를 잘 지었다고 칭송받던 시절이 있었다. 모아 놓은 재산과 시집장가 간 자식들의 부양으로 노후를 사는 것이 미덕으로 여겨지던 시절이 있었다. 하지만, 이젠 사회구조와 환경이 바뀌었다. 중년의 시기는 돈을 모아야 하고, 돈을 벌어야 하는 시기이다.

'정년을 다 채우고 나오면 60살인데 그 나이에 뭔가 새로 시작하기에는 늦는 건 아닐까?'

'차라리 더 늦기 전에 뭐라도 시작해야 할 것 같아.'

그들의 불안은 고민을 낳았고, 고민은 계획을 낳았다.

그래서 개인만의 사업을 구상한다. 적어도 사업이나 자영업은 은퇴는 없을 테니 말이다. 나의 건강과 체력이 허락하는 날까지 할 수 있다. 무엇보다 퇴사의 동기를 앞당겨준 다양한 인간 군상, 인간 말종들을 안 볼 수 있어 속이 시원할 것 같다. 하지만 세상은 호락호락하지 않다. 문제는 잘된다는 보장이 없다는 점이다. 인생은 수학 방정식처럼 딱딱 맞아떨어지는 것이 아니다. 나는 거친 들판과 광야에서 자란 잡초들과 다르게 온실 속에 화초로만 성장하였다. 그리하여 세상 모든 풍파를 맞지 못하였다.

잘되고 성공하면 더할 나위 없이 좋지만 야망이 있는 원대한 계획대로, 꿈대로 이루어지지 못하고 차질이 생긴다면 끔찍하지 않겠는가? 퇴직금을 탈탈 털어 창업했건만 되레 몸도 상하고 정신적 충격에 병을 얻을 수 있다. 자업자득이다. 그래도 정 하고 싶다고 한다면 섣부른 도전과 판단보다는 기존 창업자의 조언들을 한 번쯤은 참고해보길 바란다. 꼭 만나서 그들의 현실감각이 있는 이야기들을 들어보아야 한다. 적어도 창업하고픈 업종 가게의 사장이 아닌 직원으로서 일 년 정도 봄, 여름, 가을, 겨울 4계절을 겪어보는 것도 나쁘지 않다. 어느 정도의 현실적인 감은 올 것이다.

한편 본사만 믿지 말고 개인이 철저히 상권분석 및 유동인구 분석, 창업의 장단점을 파악해야 할 것이다. 대출 여부 또한 중요하다. 금융권에서 얼마나 대출할 수 있는지도 알아봐야 할 것이다. 프랜차이즈 본사는 개업을 한 곳이라도 더해야 이득이기 때문에 온갖 감언이설로 유혹한다. 달콤한 본사의 혀 놀림에 속지 말아야 한다.

본인이 갖추어진 실력이나 기술이 있다고 한다면 굳이 프랜차이즈를 선택하지 않아도 된다. 하지만 점포선정, 기술, 대출 등 초기에 신경 쓸 것들이 많으므로 본사에서 도움을 많이 주는 프랜차이즈를 선택하게 된다. 프랜차이즈 창업의 장점은 창업을 하기 위한 자본금만 준비되어 있으면, 쉽고 좀 더 빠르게 가게를 오픈할 수 있다. 시대적인 흐름에 맞춰서 상품개발이나 신 메뉴 개발 또한 본사에서 다 제공을 해주고 있으니 창업자의 입장에서는 신경 쓰일 것이 덜하다. 마케팅이나 홍보에 열을 올리지 않아도 브랜드가 있기 때문에 개인 창업보다는 아무래도 수익의 측면에서도 나을 수도 있다.

반면 프랜차이즈 창업의 단점으로는 자신의 주관과 생각이 영업에 있어 반영이 잘 되지 않는다. 점주의 생각대로 매장을 조금 바꾸거나 판매용품을 바꾸고 싶어 할 수도 있지만 본사는 본사 브랜드의 이미지를 걸고 하는 것이기 때문에 본사의 방침을 지켜주고 지시에 따르는 규칙을 지켜야 한다. 가끔 뉴스에 보면 편의점 등의 본사 갑질이 나오는데 바로 이런 것이다.

한 단계 더 나아가 개인 창업의 장점에 대해 알아보자. 개인 창업은 창업자가 자기가 원하는 대로 마음먹은 대로 직접 설계 및 설정할 수 있으며, 로열티를 아낄 수 있다. 또한 창업자의 개인 노하우나 경험과 역량 등에 의해서 매출이 일어날 수 있고, 개인이 원하는 대로 사업을 이끌어

나갈 수 있다. 개인 창업을 성공적으로 이끌어나가게 되면, 프랜차이즈 사업으로 얼마든지 전환시킬 수 있어 더 큰 매출을 기대할 수 있게 되는 것이 장점이다. 어느 정도의 물리적 시간이 흘러 모든 것이 메뉴얼화 되고 체계가 잡히면 할 만하다고 느낄 것이다.

한편 개인 창업의 단점으로는 프랜차이즈와 비교했을 때 브랜딩되지 않아서 소비자들에게 인지도가 낮기 때문에 마케팅의 방법과 홍보를 혼자서 해야 된다. 로열티를 안 내는 대신 마케팅 비용이나 홍보비를 따로 부담을 해야 한다. 그리고 경영방식이나 규칙, 룰 등이 정해져 있지 않기 때문에 하나하나 다 스스로 계획해야 하다 보니 체계적이지 못하고 구체적이지 못하여 한동안 망망대해를 떠도는 느낌을 받을 것이다. 또한 원가와 판매가격 측정, 마진율, 순수익 계산 및 직원 임금에 대한 부분 등의 체계적인 것도 혼자서 만들어가야 한다.

그래서 계속 강조하고 또 강조하지만, 창업을 생각할 시에 진심으로 신중에 신중을 기하길 바란다. 마지막으로 한 가지 명심해야 할 것이 있다.

또라이 같은 협력사 직원들과 직장동료들을 피해 창업을 했지만, 고객들 또한 또라이로 찾아올 수 있다. 그리고 보면 세상 쉬운 일 하나도 없다.

5

MZ세대 VS 기성세대

"자네 옷이 왜 이런가? 조금 그러네."

"부장님? 저 말씀인가요? 옷이 왜요?"

"은행에서 근무하는 여성 같지 않게 미니스커트는 좀 아니지 않는가?"

"호호 부장님. 요즘 같은 개성을 강조하는 시대에 그런 게 어디 있어요."

신입직원 이영은 씨의 생글생글 눈웃음과 대꾸에 순간 할 말을 잃고 말았다. 나의 생각이 잘못된 것인가? 내가 순간 꼰대인가 싶다. 불과 5년 전만 하더라도 신입직원 여성이 미니스커트를 입고 출근을 한다는 것은 상상조차 할 수 없는 일이었다. 왠지 천박해 보였다. 다른 곳도 아니고 은행 직원인데……. 은행원은 아기부터 고령의 어르신까지 다양한 세대의 사람들을 상대하는 직업이거늘. 그래서 늘 언행도 조심해야겠지만 그에 못지않게 옷매무새도 중요하다고 생각한다. 아무리 시대가 바뀌었다고 하지만 이건 아닌 것 같다.

"김 대리 일이 왜 이렇게 느려? 결재 서류는 왜 안 가져와?"

"부장님 너무 재촉하시는 거 아닌가요? 아직 마감일이 5일 정도 남았어요."

"여유롭게 일하는 것이 마음 편하지 않은가? 나 때는 말이야……."

"그건 부장님 시절 호랑이 담배피던 시절 이야기고요."

김환신 대리의 대꾸에 환장할 것 같다. 요즘 것들 왜 이렇게 나의 뒷목을 잡게 만드냐? 혈압 오르기 직전이다. 아씨, 담배가 당긴다. 담배나 피우러 가야겠다. 그리고 친구들과의 술자리에서 내가 무식하고 꼰대 같은 것인지 아니면 요즘 것들이 잘못된 것인지 판단해봐야 할 것 같다.

석 달에 한 번씩 모이는 모임이 있다. 나포함 두 명이 있다. 중학교 때부터 알고 지내던 사이였으니 40년이 훨씬 넘는 우정들인지라 전혀 격의 없는 사이다. 집안의 숟가락 개수조차 파악할 정도로 서로 모르는 것이 없을 정도다. 숨기는 것도 전혀 없이 속속들이 서로의 사정을 잘 알고 기쁨과 슬픔을 나누는 사이다. 중년의 아저씨답게 푸근한 뱃살과 푸근한 인상의 친구들이 나는 너무 좋다. 지글지글 고기를 구우면서 이런저런 이야기들이 나왔다.

사람 사는 것은 별것 없다 싶다. 한 놈은 자식 놈 때문에 고민을 안고 살아가고 있다. 자식이 공부에 관심이 없다 보니 대학교 졸업을 하더라도 취업문제 때문에 고민이라고 한다. 그러고 보면 나는 복덩어리다. 아들이 공부 욕심이 많아서 대학원까지 가고 싶다고 하는데 이게 조금 맘에 걸리긴 한다. 적당히 공부하고 취업을 했으면 하는 바람인데……. 학비는 언제까지 대줘야 하나? 친구 놈의 고민에 비하면 행복한 고민인 걸까?

또 한 놈은 아내와의 갈등 속에서 살고 있다고 이야기한다. 자녀들이 시집장가를 가버리고 마음은 엄청 편해졌지만, 아내가 요즘 도통 자기에게 소홀해진다고 하였다. 친구들과 어울리면서 밤늦게 들어오거나 안 들어오는 경우도 부지기수이고, 뭐가 그렇게 좋은지 늘 집에서 깔깔대며 전화통화를 하면서 본인은 안중에도 없다고 한다. 예전에는 아침, 저녁을 함께 먹으면서 얼굴 맞대고 이야기하고 나에 대한 관심이 있었건만……. 아내는 이제 살림하는 것이 지긋지긋하다고 한다. 나와 자녀를 위해 30년간 헌신했으니 본인 마음대로 하면서 쉬고 싶다고 한다. 상당히 고민이 될 것 같다.

두 놈의 이야기를 경청하고 공감하면서 서로 잔을 부딪치면서 자식 놈과 아내를 씹어주었다. 그나마 이렇게라도 술자리에서 씹을 수 있으니 참으로 다행이다. 이렇게라도 하지 않으면 마음속 응어리를 어떻게 풀어낼 수 있을까 싶다. 이제는 내 이야기를 할 차례다.

"야 너희 회사, 젊은 직원들 요즘 어떠냐? 회사에 적응 잘하냐?"

"요것들 요즘 우리 때와 완전 다른 것 같아. 말대답 꼬박꼬박 하지 않나? 무언가 지시를 하면 부당하다고 느끼면 절대 하지 않으려고 하고. 아오! 생각만 하면 열 받네."

"사실은 말이지……."

내가 오늘 낮에 겪었던 일들을 이야기하니 친구 두 놈이 박장대소를 한다.

"아 웃겨!! 그냥 그러려니 해. 어쩌겠냐. 시대가 바뀌었는데 우리가 바뀌어야지. 안 그럼 꼰대 소리 들어."

"아무리 그래도 아닌 건 아니잖아. 말대꾸를 따박따박 하는데 뒷목 잡고 쓰러지겠더라."

친구들이 고루한 나의 생각을 바꾸라고 한다. 내가 진심으로 고루한 걸까? 내가 생각을 바꿔야 하는 걸까? 아무리 시대가 바뀌었다고 한들 아닌 건 아니지 않는가. 적어도 나의 관점에서는 이해가 되지 않는다. 곧 대학 졸업반인 딸도 취업을 하고 난 이후 이런 언행과 모습을 하고 다닐 수도 있다고 생각하니 치가 떨린다. 고민이 파도처럼 밀려온다.

** 언젠가부터 화두가 된 용어가 있다. 신문이나 각종 언론에서 보도가 된 단어로서 바로 MZ세대라는 용어이다. MZ세대는 1981~1996년생인 밀레니얼 세대(M세대)와 1997~2012년생인 Z세대를 MZ로 묶어 부르는, 대한민국의 신조어이다. 이전부터 기업이나 미디어에서 연령, 세대를 구분하기 위해 X세대, Y세대, Z세대 등을 사용하였는데, Y세대를 밀레니얼 세대로 부르기 시작했고, 나중에는 젊은 층을 묶는 용도로 밀레니엄 세대와 Z세대를 자주 언급했다. 그러다가 2018년 11월 주간지 대학내일의 그룹사인 〈대학 내일 20대 연구소〉에서 발간한 책 트렌드 MZ 2019에서 마케팅을 위한 목적으로 MZ세대라는 명칭을 사용하기 시작하였다. 이후 언론에서 성장기에 디지털 문화를 향유하여 해당 문화에 익숙한 세대를 일컫는 말로 주로 쓰이고 있다.

MZ세대는 흔히들 이야기하길 단체 활동과 집단 활동을 좋아하지 않고 홀로 하는 것에 익숙하며 그로 인해 이기적이라고 폄하 당한다. 하지만 MZ세대는 어린 시절부터 디지털 기술을 접하여 인터넷과 모바일 문화에 익숙했다. 사람을 대면하기보단 온라인으로 소통이 이루어져 취미와 관심사가 비슷한 사람과 일시적인 만남을 추구하는 경향이 있다. 특정 성향을 대표하는 인터넷 커뮤니티라는 공간에 익숙하다 보니 다른 가치관이나 생각을 가진 사람들과 크게 얘기할 일도 없어진다. 즉 자신, 그리고 자신과 같은 생각을 가진 소수끼리만 문화를 공유한다. 그러다 보니 자연스레 단체 활동, 집단 활동을 지양하게 되는 것이다.

나이가 어느 정도 있는 분들은 곧 죽어도 이해를 못한다. 특히나 군대를 갔다 온 남성분들의 경우에 서열, 위계질서 이런 것에 민감할 수밖에 없다. 서열, 위계질서가 있음으로 조직이 굴러가며 발전할 수 있다고 굳게 믿는다. "우리가 남이가!"라는 구호를 술자리에서 남발하며 함께 하는 것을 늘 당연하게 여겨왔다. 일정한 희생이 어느 정도 필요하다고 생각한다. 그래서일까? 요즘 것들은 이기적이며 자기밖에 모르며 자기주장이 너무 뚜렷하다고 한탄한다. 하지만 MZ세대 또한 항변할 거리가 없는 것은 아니다. 본인들은 자기의 일에 충실하면서 자기의 권리를 찾겠다는 것이 무엇이 잘못되었냐고 주장한다. 불합리하고 부당한 것을 거부하는 것이 도대체 왜 잘못된 것이냐고 항변한다. 기성세대들과 MZ세대들의 간극이 참으로 크다.

세대 갈등은 과거부터 존재해왔던 갈등 유형 중 하나이며 오늘날까지도 우리 사회에 계속 남아 있다. 최근의 세대 갈등은 디지털 기술에 친숙한 MZ세대와 586세대로 불리는 기성세대와의 대립 구도이다. 각 세대에서 기인한 특성들을 중심으로 갈등 양상이 이어지고 있다. 앞에서도 잠깐 언급했지만 좀 더 구체적으로 알아보자. 주로 발생하는 세대 갈등 사례는 직장 내에서 나이가 있는 상사와 젊은 직원들의 생각의 차이에서 발생한다. MZ세대는 회식 같은 친목활동을 거부하고 과거와는 달리 정시 퇴근에 크게 눈치 보지 않는다. 또한 구체적인 업무 지시와 그 이유를 명확히 요구하고 있으며 수평적인 소통과 워라밸을 추구하려는 경향이 있다.

개인의 부와 발전을 좀 더 중요시하는 MZ세대와 달리 기성세대는 조직과 회사의 발전을 더 중요시하는 모습을 보인다. 회식이나 체육대회와 같은 단체 활동으로 친목을 도모해야 한다는 생각을 갖고 있으며 복장 예절, 상명하복과 같은 규범적 문화를 중요하게 여기는 경향이 크다. MZ세대는 보수나 복지, 적성 등에 불만족을 느끼고 이직하는 경우가 기성세대보다 잦으며 이는 안정적인 삶을 추구하는 기성세대와 자신의 발전을 추구하는 MZ세대의 차이라고 볼 수 있다.

이러한 갈등을 해소할 수 있는 방안은 과연 있을까? 결국은 서로에 대한 배려와 이해, 소통이다. 현재의 세대 갈등은 서로의 배경과 처지를 이해하지 못한 상태에서 발생하는 의견 대립이다. 경제적, 정치적으로 발생하는 요인은 제쳐두고서라도 이에 대해 사회 전체의 차원에서 고민되어야 할 것이다. 근본적인 해결 방향은 상대 세대에 대한 이해와 지속적인 소통이며 이를 활성화할 수 있는 세대 갈등 해결 프로그램의 도입을 해보면 좋을 것 같다.

기성세대는 MZ세대와 문화적, 경제적 배경에 차이가 있음을 인정하고 현재 갖고 있는 가치관에서 탈피하여 객관적으로 바라볼 필요가 있다. 과거 자신이 성공했던 방식과 철학을 강요해서는 조직 내에서 통합을 이끌어낼 수 없음을 인식하고 MZ세대의 특성과 의견을 포용적으로 수렴해야 한다. "라때는 말이야." 참으로 위험한 말이 아닐 수 없다. 특히 직장 내에서 모호하게 업무지시를 할 것이 아니라 명확하게 목표와 업무 범위를 설정해줘야 할 것이다. 업무시간 외 사적으로 연락하여 소통하는 방식보다는 업무시간 내 소통하고, 전통적인 회식 문화에서 벗어나 수평적인 위치에서 친목을 쌓기 위한 동호회 조직 등을 고려해볼 필요가 있다.

MZ세대 역시 기성세대의 성과를 존중하고 세대 간의 차이가 있음을 인정해야 한다. 최소한의 공동체 의식을 함양하기 위해 노력해야 할 것이다. 이는 개인의 시간과 비용 측면에서 손해가 아니라 회사 내 생활과 직무 역량에 도움이 된다는 것을 숙지해야 한다.

하지만 기성세대와 MZ세대 간의 생각전환만 꾀하기보단 기업 내에서도 세대갈등을 해결하기 위한 자체적인 노력 역시 필요하다. 세대 간 소통할 수 있는 전담 조직을 운영하여 각 세대의 역할과 관계에 대해 조명하고 조직 문화에 대한 이해 차이를 확인하도록 해야 한다. 구찌에서는 30세 이하로 구성된 직원들로 새로운 아이디어를 제시하여 매출을 올리는 효과를 보기도 하였다. 바로 조직 내에서 리버스 멘토링을 운영하였는데 후배가 멘토로서 선배에게 교육을 진행하며 다수의 멘토와 멘티 시스템으로 지속적이고 단계적인 멘토링을 실시한 것이다. 전담조직 내에서 이와 같은 리버스 멘토링 제도를 운용하는 것도 해결방안 중 하나가 될 수 있을 것이다. 이러한 세대 간의 차이와 갈등은 본질적으로 완전히 해결되기 어렵지만 갈등이 완화되어 사회적 안정을 달성한다면 이는 경제적 안정과 발전으로 이어질 수 있다. 그래서 우리 사회와 조직의 꾸준한 관심과 노력이 요구된다. 잘 먹고 잘살아보기 위해 발전하기 위해 이러한 갈등은 있을 수밖에 없다. 하지만 비가 온 뒤 땅이 굳는다고 하지 않는가? 하나의 과정으로 인식하고 건전한 발전을 위해 조금씩 노력해 보아야 할 것이다.

6

퇴직은 있지만 은퇴는 없다

감사패. 성명 김정식.

"꽃잎이 떨어져도 향기가 남듯 이별의 아쉬움은 가슴에 남습니다. 30년이라는 긴 세월을 태산그룹의 발전을 위해 노력해주신 김정식 이사님. 즐겁게 일하며 함께 웃던 지난날의 추억들은 언제나 잊지 않겠습니다. 평소 저희의 존경과 감사를 모아 이 패에 담아 드립니다. 2023년 6 월 30 일 ㈜태산그룹 임직원 일동, 큰 박수 부탁드립니다."

우레와 같은 박수와 함께 감사패를 받으면서 수많은 일이 파노라마처럼 뇌리를 스친다.

나는 우리나라 패션계에서 알아주는 굴지의 대기업 태산그룹에서 이사로 퇴임을 하게 되었다. 30년 동안 근무를 하면서 숱한 일들이 많았다.

자금관리가 원활하지 못하여 부도의 위기까지 간 적도 있었지만, 모든 직원이 협력하여 보란 듯이 이겨내었다. 한창 회사가 부흥할 때 외국으로 수출도 많이 하여 수출탑을 수상한 적도 있었다. 롤러코스터 같은 인생이었지만 태산그룹이 있었기에 나의 인생은 굳건할 수 있었다. 태산그룹이 나의 인생의 전부라고 해도 과언이 아니었다. 태산그룹이 있었기에 나 또한 있었다. 태산그룹이 없었다면 나의 아내, 자녀들을 어떻게 먹여 살리고 교육했겠는가? 충성할 수밖에 없었다.

퇴직하는 이 시점에 되돌아보니 모든 것이 감사할 따름이다. 다만 아쉬운 것은 직장생활에서 충성을 다하다 보니 제대로 된 여가를 즐기지 못하였다. 삶의 즐거움, 쾌락 따위는 나와 거리가 멀었다. 더군다나 아내와 자녀들에게 최선을 다하지 못했다. 일벌레로 살았다. 그것이 으레 당연한 것으로 여겼다. 아내와 아이들은 주말에 쉬면서 야외로 놀러 가길 희망하였다. 하지만 야멸치게 거절하였다. 직장이 우선이었고 가장이기 때문에 일을 하는 것이 당연시되었다. 아이들은 나랑 이야기하고 싶어 했고 같이 놀고 싶어 했다. 하지만 나는 아이들이 몇 학년 몇 반인지도 모를 조차 무관심하였다. 집에 오면 쓰러져 자기 바빴다. 늘 집 회사 이것이 나의 루틴이었다. 지금에 와서야 후회가 된다. 내가 대체 왜 그랬을까! 그래서인지 대학생인 아들과 딸과 나 사이는 아직도 데면데면하다.

하지만 엎지른 물은 다시 담을 수 없는 법이다. 후회한들 어쩌랴? 아내 한테라도 잘해야지. 30년간 일만 하고 옆에서 뒷바라지한 아내와 여행을 다니기로 작정하였다. 아내는 여행을 참 좋아하였다. 나 또한 여행을 가고 싶었지만, 그 시절에는 여행이 사치였고 시간 낭비로만 여겨졌다.

지금부터라도 함께 다녀야지. 그래서 캠핑카를 중고로 구매하였다. 1500만 원 정도 되는 거금이었다. 꽤 큰 금액이었지만 아내에게 나름의 보상을 해주고 싶었다. 캠핑카로 전국팔도를 돌아다녔다. 우리나라 땅덩어리가 좁아서 갈 곳이 많이 없을 것 같았다. 하지만 나는 우물 안 개구리였다. 막상 이곳저곳 다녀보니 갈 곳이 너무나도 많았다. 아내의 입이 다물어지지 않고 입꼬리가 저절로 올라갔다. 이렇게 좋아하는 모습을 보니 왜 진작 함께하지 못했나 하는 미안한 마음이 들면서 앞으로 아내를 위해 살아야겠구나 싶었다. 힘닿는 그 날까지 손에 땀띠가 나도록 꼭 붙잡고 함께 걸어가리라 다짐해본다.

퇴직하고 나니 시간이 남아돌아 나만을 위한 취미활동을 하고 싶었다. 시간을 보낼 수 있는 건전한 활동을 하고팠다. 현직에 있을 때는 취미라고 할 것이 없었다. 그나마 노래를 듣고 부르는 것에 관심은 있었다. 그래서인지 회식 때 술을 마시고 노래방에 가서 꽥꽥 소리를 지르며 노래를 부르는 것이 좋았다. 못 부르던 노래였지만 사람들의 가식적인 칭찬과 박수가 싫진 않았다. 일만 하다 보니 내가 무엇을 좋아하며, 어떠한 것에 관심이 있는지조차 몰랐다. 일벌레였다 보니 여가에 익숙지 못했던 탓이랴. 우연히 구청에서 노래 교실 수강생을 모집한다는 현수막을 본 적이 있었다. 옳거니! 저기 등록해볼까? 현직에 있을 때도 음악을 즐겨 듣고 불렀으니 괜찮을 것만 같다. 지독한 음치, 박치였지만 노래를 불러 보고 싶었다. 나처럼 나이가 꽤 있는 수많은 사람이 모여 있었다. 노래에는 자신의 마음을 대변하고 인생의 희로애락이 담겨 있다고 강사님이 이야기하신다. 맞는 말이었다. 노래가 하나같이 주옥같은 가사 속에서 소스라치게 놀랄 만치 나의 맘을 대변하고 인생의 희로애락이 담긴 것 같았다. 노래를 못하지만 가수를 할 것이 아니었기에 노래를 부르면서 나의 인생이 좀 더 즐거워지고 행복해지고 싶었다.

또한, 퇴직하고 인간관계를 회복하고 싶었다. 현직에 있으면서 일만 하고 앞만 바라보니 사람이 눈에 들어올 리 만무했다. 오로지 결과만 가지고 냉혹하게 평가를 하였다. 집, 회사만 다람쥐 쳇바퀴 돌던 생활만 하다 보니 인간관계를 맺을 수 없었다. 회사가 삶의 최우선 순위였다. 동창회, 동문회에서 주구장창 연락이 와도 무시해버렸다. 자질구레한 인간관계는 삶을 좀먹는 벌레 같았다. 의미 없는 돈 낭비, 시간 낭비였다고 생각했다. 인간은 사회적 동물이라고 하는데 퇴직 이후 시간적 여유가 생기니 나 또한 사회의 일원이 되고 싶었다. 하지만 인간관계만큼은 쉽게 회복이 되지 않았다. 사람들과 관계를 맺는다는 것이 어색하기 그지없었다. 눈을 마주치고 이야기한다는 것이 그렇게 어색할 수 없다. 과거에는 그렇게 눈을 쳐다보고 꼴쳐보고 인상을 쓰면서 이야기하던 나였는데 아 옛날이여!

　아내와 손을 잡고 여행을 다니면서 신선놀음을 했다. 노래 교실을 다니며 몸과 마음이 한결 가벼워졌다. 신선놀음한다고 도낏자루가 썩는 줄도 모르고 여행과 여가활동을 하면서 3년이라는 세월이 흘렀다. 흐르는 물처럼 천천히 갈 줄 알았는데 세상의 물리적인 시간은 벌써 3년이라는 시간이 지나버렸다. 세월이 쏜살같다는 말이 새삼 공감된다. 이렇게 살아도 되나 싶을 정도로 과분하게 행복하고 즐거웠지만 딱 한 가지 걱정이 있다. 점점 통장의 잔액이 줄어들고 있다는 것이다. 정년 퇴직금으로 받은 금액은 5억 원이었다. 이 돈으로 남은 삶을 살아야 할 텐데 걱정이다. 데면데면한 아이들이지만 시집, 장가갈 때 조금이나마 보태주는 것이 아버지의 최소한의 도리가 아니겠는가? 노년의 부부 월 적정생활비가 평균 277만 원이라는 기사를 본 적이 있다. 국민연금이 나오고 있지만, 현실적으로 입에 풀칠하기에는 부족하다. 눈앞이 캄캄해지면서 막막해졌다. 앞으로 어떻게 살아야 하나? 점점 불안감이 엄습해온다. 무엇보다 3년 정도 신선놀음을 하다 보니 몸이 쑤셔온다. 나는 놀 팔자는 못 되나 보다. 자연스레 재취업에 눈이 돌아갔다. 길거리 가판대에 있는 벼룩시장을 늘 집으로 들고 오기 일쑤였다. 구인란을 살펴보았다. 단순노무직 혹은 기능직을 구하는 구인광고가 많았다. 근무 조건이 썩 좋지 못하다. 일주일 중 일요일을 제외한 나머지 주 6일을 근무하고 월 300이 안 된다고 하니 '이런 도둑놈들, 칼만 안 들었지 날강도네.' 혀를 차기 바빴다.

시청의 노인 일자리를 알아보았다. 하루 근무시간 4시간~5시간 정도에 주말은 쉬는 형식이었고 무엇보다 어려운 일들이 아니었다. 쉽고 단순한 일들이 태반이었다. 전문적인 지식이 있어야 하는 일들은 없었고 체력적으로도 힘에 부치는 일들은 없었다. 문제는 급여가 너무 짜다는 것이었다. 입에 맞는 떡이 없었다. 현직에 있을 때 다양한 요직을 두루 거치며 일을 하던 나였는데 갑자기 뒷방 늙은이로 전락할 신세였다. 서글퍼졌다. 아직도 몸과 마음은 청춘인데 재취업 현실은 시궁창이다.

** 정년퇴임을 하는 직장인 5명 중 4명이 재취업을 하길 원하지만, 희망직무와 현실 간에는 극명한 간극이 있는 것으로 밝혀졌다. 재취업을 하려고 하는 사유에는 생계와 관련된 재무적인 요인이 전체 49.5%로 제일 큰 비중을 차지하였다. 그 외 사회적 관계 지속(21.0%), 일하는 즐거움(20.0%), 기술 노하우 전수(7.5%) 등이었다. 2022년 기준 한국인의 기

대수명은 남자 80.6세, 여자 86.5세, 평균 83.6세로 OECD 회원국 중에서 5번째로 높은 것으로 나타났다. 그래서 우리나라는 현재 장수 국가에 속한다. 기대수명이란 출생자가 앞으로 생존할 것으로 기대되는 평균 생존연수를 말하는데 흔히 알기 쉽게 평균수명으로 표현한다.

이러한 기대수명(평균수명)은 첨단 의료기술 등의 발달로 앞으로 계속 늘어날 것으로 예상한다. 이른바 100세 시대가 열리고 있다. 보통 직장에서 60세에 정년퇴직을 하므로 90세까지 산다면 앞으로 30년, 100세까지 산다면 앞으로 40년의 세월이 새롭게 주어지는 것이다. 30~40년 세월을 살려고 하다 보니 경제적인 부분이 걸림돌이 돼선 안 될 일이다. 그래서 정년퇴직자들이 재취업을 강력히 희망하게 된다. 무엇보다 돈을 떠나 나이가 들면서 자존감 하락, 자신감이 점점 줄어드는 자신을 보면서 사회의 일원으로서 소속되어 활동함으로써 자신감 및 자존감을 회복하려고 한다. 일함으로써 자기만족과 자아실현을 하려고 무던히도 노력한다.

은퇴 후 재취업하고 싶은 사람은 많은데 이들 퇴직자를 고용하려는 기업과 기관의 수는 적기 때문에 퇴직 후 일자리를 구하기가 쉽지 않다. 그리고 퇴직자는 자신의 지식과 경험을 살릴 수 있는 정규직의 전문 직종이나 사무직종을 선호하는데 기업이나 기관에서 채용하는 일자리는 저임금, 비정규직, 단순노무직이 대부분이어서 구인·구직이 잘 매칭되지 못하고 있는 게 현실이다. 그래서 퇴직자의 재취업은 낙타가 바늘귀 통과하기만큼 어렵다는 말이 나오고 있다. 그렇다고 마냥 손을 놓고 있을 수는 없다. 방법을 찾아봐야 할 것이다.

제일 중요한 것은 우선 자신을 낮춰야 한다. 퇴직 전에 직장에서 가졌던 높은 지위와 연봉을 생각하고 좋은 일자리만을 찾다 보면 재취업하기가 힘들다. 퇴직 후 재취업하려면 자신을 낮추는 부단한 노력이 필요하다. 종전의 권위의식이나 남들의 시선을 의식하는 체면을 버리고 자신을 낮춰야 할 것이다.

두 번째로 자신의 역량을 파악해야 한다. 사실 이건 구직을 희망하는 모든 사람에게 해당하는 내용이긴 하다. 좋은 근로여건과 급여 수준을 찾기보다는 현재 자신이 잘 알고 있거나 자신이 좋아하고 적성에 잘 맞는 직업을 선택하는 것이 좋은 결과를 가져다줄 것이다.

세 번째로 이력서와 자기소개서를 작성해야 한다. 퇴직 후 재취업할 때 쓰는 이력서는 과거의 다양한 경험과 성과 등을 강조하고 경력을 부각해서 작성해야 한다. 그리고 왜 그 일을 하려고 하는지, 취업이 되면 어떤 성과를 낼 수 있다는 등의 내용이 들어가는 것이 좋다. 막상 마음에 드는 직장을 발견해 부리나케 이력서, 자기소개서를 쓰려고 하면 마음만 급해지니 평소에 천천히 꼼꼼하게 작성해놓으면 좋을 것이다.

마지막으로 재취업 정보 제공 기관을 이용해보는 것이 좋다. 최근 중·장년을 위한 취업 정보 제공 기관이 늘었다. 이곳에 다양한 취업 정보는 물론, 교육지원과 직업상담 등 다양한 서비스를 함께 제공하고 있으니 최대한 활용하는 것이 좋을 것이다.

퇴직은 있지만 은퇴는 없다. 영원한 현역으로 살지 못해도, 한 번뿐인 인생 최선을 다했으면 그걸로 족하다. 내 뜻대로 내 생각대로 되지 않는다고 하여 기죽지 말고 당당하고 떳떳하게 살아가보자. 퇴직 전에는 회사나 조직에서 남을 위해서 살았다면 이제는 나에게 방향을 돌려야 할 것이다. 열심히 근면하게 살아가시는 모든 아버지들께 경외심도 들고 한편으로 숙연해진다. 정말로 감사드리고 건강하기를 간절히 바란다.

제5장

건강

건강 없는 삶은 앙꼬 없는 찐빵

건강

'돈을 잃으면 조금 잃은 것이요, 명예를 잃으면 많이 잃은 것이요, 건강을 잃으면 다 잃은 것이다.'라는 격언이 있다. 그만큼 건강의 중요성을 강조한 격언이다. 건강의 중요성은 익히 알고 있지만 젊을 때에는 몸뚱이 하나만 믿고 앞만 보고 달렸다. 야근을 연달아 해도 끄떡없었던 강철 같은 체력과 폭음과 폭식을 하면서 몸을 혹사시키면서도 건강한 몸을 유지할 수 있었다. 세상의 모든 것들에 생존기한, 유통기한이라는 것이 존재한다. 처음에는 쌩쌩하고 작동이 잘되지만 세월이 흘러갈수록 고장의 흔적들이 보이고 이로 인해 수리 및 점검이 필요하다. 사람도 마찬가지로 쌩쌩한 몸을 유지하다가 건강관리를 못하여 골병이 들어 힘들어하고 성인병으로 신음하면서 그제야 내가 왜 그랬을까? 한탄해봤자 버스는 이미 떠나갔다.

오는 건 순서가 있는데 가는 건 순서가 없다고 한다. 하지만 희망이 없는 것은 아니다. 늦었지만 건강의 소중함을 깨닫고 지금부터라도 관리하고 건강에 신경을 쓰다 보면 조금씩 나아짐을 느낄 수 있을 것이다. 아무리 가진 것이 많다고 한들 건강이 없다면 무의미하다. 건강을 위해 더욱 노력하고 애쓰는 아버지들이 많아졌으면 한다.

이번 5장 건강 편에서 건강의 중요성과 소중함을 느껴보았으면 한다. 우리 주변에 흔히 볼수 있는 사례를 제시하였고 더불어 정신건강과 관련된 스트레스와 우울증에 대해 생각을 해보면서 중년의 건강을 챙겼으면 한다.

1

짙은 다크서클과 어깨 곰 두 마리

"따르르릉!! 주인님 일어나세요. 기상~~따르르릉!! 주인님 일어나세요. 기상!"

요란한 알람 소리에 맞춰서 기상한다. 젠장…. 더 자고 싶은데 딸린 식구들이 있어 돈은 벌러 가야겠고. 내가 아랍에미리트의 만수르 같은 갑부였으면 죽어도 일을 안 할 텐데. 집 근처에서 석유나 터졌으면 좋겠다.

입이 찢어져라 하품을 하고 팔을 높이 들어 기지개 멋지게 펴주고 화장실로 직행한다. 양치를 하면서도 비몽사몽이다. 이놈의 잠은 자도 자도 피곤한 것 같다. 죽으면 영원히 잘 건데 왜 이렇게 잠이 오는 걸까? 거울을 보니 다크서클이 눈 밑을 점령한 지가 오래되었다. 양 어깨에도 곰 두 마리가 나란히 앉아 있다. 나랑 놀고 싶은가 보다. 나는 판다가 아닌 사람인데 왜 이렇게 다크서클이 깔렸을까? 언제쯤 피로가 풀리려나. 피로야 나랑 친하게 안 지내면 안 되냐? 나 너 너무 싫거든. 피로야 제발 좀 사라져줄래?

비몽사몽으로 일어나서 겨우겨우 양치하고 세수하고 옷 갈아입고 직장이라는 전쟁 통으로 나간다. "여보 아침밥 먹고 가."라는 아내의 잔소리를 한 귀로 듣고 한 귀로 흘려버린다. 그리고 홀연히 현관문을 나선다.

아침밥을 먹을 수 있으면 참 좋겠지만 나는 아침밥을 먹느니 차라리 잠을 선택하고 싶다. 그만큼 잠은 나에게 보약이다. 직장 동료들에게 물어봐도 밥보다는 30분의 꿀잠을 선택하였다. 역시 사람의 생각은 비슷하다.

지옥철을 타고서 출근을 한다. 때론 만원 버스를 타고 출근한다. 피곤함에 쩔어 앉아서 가고 싶은데 이놈의 자리는 도통 나지를 않는다. 우연히 자리가 나게 되면 앗싸를 외치면서 자리로 뛰어가서 앉아 가는 이 기쁨. 그 기쁨을 누려보지 않은 사람은 절대로 모르리라. 그러다가 자리에 앉으면 저절로 수그러지는 고개. 세상에서 가장 무거운 것이 눈꺼풀이라고 하건만 무거워도 너무 무겁다. 간혹 자차를 이용해서 운전해서 가더라도 출근길 교통체증 속에서 쉴 새 없이 끼어드는 차량들. 절대로 나에겐 양보란 없다. 억지로 자동차 앞부분을 들이대는 차량들에게 클랙슨의

빵빵거림을 선사한다. 창문으로 욕지거리를 해도 분풀이가 쉽게 되지 않는다. 대중교통을 이용하나 자차를 이용하나 출근길은 이래저래 힘들다. 출근은 왜 이렇게 힘드나? 벌써 지친다.

회사에 출근했으니 오늘도 보람찬 하루를 만들어볼까? 으하하!! 과연 이렇게 초긍정적으로 생각하고 싶지만, 회사에 출근해도 과중한 업무 때문에 미치고 펄쩍 뛸 노릇이다. 초긍정은 무슨 개뿔. 결재할 서류들은 왜 이렇게 많고 할 일이 많을까? 윗분들의 눈치를 봐야 하고 후임들 관리·감독도 해야 하고, 서류는 산더미처럼 쌓여 있다. 몸은 하나인데 할 일은 태산이다. 하루하루가 너무 짧다. 몸이 두 개이거나 하루가 36시간으로 늘어났으면 좋겠다. 언제까지 이 짓을 하고 살아야 하나? 화장실에서 소변을 보고 난 이후 세면대에서 손을 씻으며 우연히 바라본 거울 속의 내 모습, 매일 보는 얼굴이지만 아직도 적응이 안 된다.

** 일반적으로 사람들은 아침에 일어나 직장생활을 하고, 밤에는 잠을 자야 한다. 이러한 리듬이 잘 유지되어서 생활에 별다른 문제가 없다면 피로감을 느끼지 못할 것이다. 피로감이 발생하더라도 주말에 휴식을 취하면 회복이 돼야 한다. 그것이 아주 당연하다.

조물주가 우리 인간의 몸을 그렇게 만들어놓은 것이다. 그렇지만 낮에 수많은 일을 바쁘게 일하다 보면 에너지를 소모하게 된다. 식사 후 피로를 쫓기 위해 밥과 커피는 바늘과 실처럼 세트가 되어버렸다. 밥은 먹지 않아도 각성 효과를 기대하며 커피를 물처럼 마신다. 퇴근 이후 축 늘어진 너덜너덜한 방전된 몸을 이끌고 쉬어줘야 한다. 하지만 제대로 쉬지 못하면 어떻게 될까? 밤에 잠을 제대로 못 자게 된다면 어떻게 될까?

하루 이틀만 위와 같은 생활을 지속해도 대부분 사람들은 심한 피로감을 호소하게 된다. 제대로 쉰다는 것은 몸과 마음이 편안한 상태로 내일을 위한 충전의 시간을 보내는 것을 말한다. 그래서 제대로 된 휴식과 숙면이 필요한 것이다.

한편 스트레스가 만병의 근원이라는 이야기가 있다. 스트레스로 직접적인 질환이 발생하지는 않지만, 스트레스에 의해 변화하는 생활패턴이 질환의 원인이 된다. 스트레스를 안 받으려야 안 받을 수 없다. 작든 크든 업무 속에서나 일상생활에서 누구나 스트레스를 받는다. 이 스트레스로 인해 휴식과 숙면을 취할 수 없게 된다.

협력업체 업무만 생각하면 이가 갈리는데, 전무나 상무 그 인간들만 생각하면 화가 치밀어 오르고 몸이 부들부들 떨리는데 어찌 잠이 오겠는가? 억지로 잠을 청하기 위해 양 백 마리를 소환해서 조용히 읊조려보지만 잠이 쉬이 오지 않는다. 내일 일은 내일 걱정하고 일단 푹 쉬자. 잠이 보약이라는데. 젠장, 말이 쉽다. 스트레스와 걱정거리가 있는 사람에게 휴식과 숙면은 큰 의미가 없다. 걱정이 있는 사람은 쉬고 싶어도 제대로 된 휴식을 취할 수 없다. 스트레스와 염려, 걱정거리 때문에 이래저래 피로가 쌓인다. 피로한 사람에게 사람들이 걱정스러운 표정으로 이야기를 한다.

"피곤해 보이는데 가볍게 나랑 운동하는 게 어때?"

"부장님 많이 피곤해 보이세요. 좋은 것 좀 드시고 운동 좀 하시죠?"

안 그래도 피곤함에 쩔어 다크서클이 눈 밑을 점령한 사람에게 무슨 말도 아닌 소리를 하느냐고 반문하고 싶다. 이것이 말인가 막걸리인가?

운동이 좋다는 것은 익히 알고 있다. 다만 실천을 안 할 뿐이지. 나의 몸 상태가 너무 저조한데 어떻게 하느냐 말이다. 피곤하니까 쉬고 싶고 앉고 싶고 눕고 싶은데. 점점 생활이 엉망이 돼간다. 피곤이 삶을 지배하게 되면 결국은 우울해지고 6개월 이상 피로가 지속이 되면서 만성피로 증후군으로 이어지게 되었다.

만성피로 증후군은 쉽게 피곤하고 지치며 몸이 나른해지는 등의 피로 증세가 6개월 이상 지속되는 증상을 말한다. 만성피로 증후군이 있으면 잠깐의 휴식으로 회복되는 일과성 피로와 다른 증상이 나타난다. 휴식을 취해도 잘 호전되지 않으며 사람을 쇠약하게 만드는 피로가 지속된다.

각종 영양제와 피로회복제를 한 트럭씩 구매하여 먹어본들 별 효과가 없다. 몸에 이상 반응을 느끼고 병원에 가보면 의사들이 으레 하는 말이 있다.

"환자분 검사 결과 별 이상소견은 없습니다. 피곤한 것은 정서적인 부분이 큽니다. 스트레스 관리 잘 하시고 푹 쉬시고요. 하루 세 끼 식사 잘 하시고요."

그럼 도대체 어떻게 하라고? 나보고 어쩌라고? 먹고 사는 것도 힘든데. 전쟁 같은 출근 시간에 회의와 업무시간, 직장상사 잔소리와 개념 없는 후임들 때문에 힘들어 죽을 판이다. 피로 때문에 너무 힘든 나날이다.

직장인 중 만성피로를 호소하는 사람들이 늘고 있다. 업무와 인간관계에서 오는 스트레스 때문에 피로감을 흔한 증상으로 여기는 경우가 많다. 그래서 앞서 언급한 것처럼 자연스레 커피를 물 마시듯 마시면서 업무에 매진한다.

제일 좋은 것이 너무 뻔한 소리지만 즐기는 수밖에 없다. '피할 수 없으면 즐겨라.'

가장 단순한 것이 진리이고 그 단순한 진리를 실천하는 것이 변화를 가져올 수 있다. 긍정을 이길 수 있는 것은 없다. 긍정만이 답이다. 부정을 택한다고 해도 바뀌는 것은 아무것도 없다. 전쟁 같은 출근 시간 화내고 스트레스를 받아도 바뀌는 것은 없다.

'아 원래 출근 시간은 이렇게 밀려줘야 제맛이지.' 이렇게 생각해보면 어떨까?

'원래 직장업무는 많아야지. 직장 때문에 우리 가족들이 먹고살잖아. 눈물 나게 고맙네.'

긍정적으로 생각하기 어렵지만, 시도는 해봄직하다. 돈 드는 거 아니니까 자기의 건강을 위해서라도. 그리고 철저하게 일과 분리하여 나만의 여가를 즐겨보아야 한다. 한국 남자들이 제일 잘하는 것이 일이라고 한다. 놀 줄 모르고 놀아도 무엇을 하고 놀아야 할지 망설인다. 여가라고 해봤자 음주가무, 아니면 텔레비전을 보거나 잠자는 것. 안타깝기 그지없다. OECD 국가 중 한국의 노동 평균시간이 연간 1915시간이라고 한다. OECD 가입국 중 5번째로 오래 일하는 나라로 밝혀졌다. 2010년 이후 일과 삶의 균형을 뜻하는 워라밸이라는 신조어가 등장하였다. 고용노동부에서는 2017년 7월 워라밸의 제고를 위해 일·가정 양립과 업무 생산성 향상을 위한 근무 혁신 10대 제안을 발간하기까지 했다. 결국은 잘 쉬는 사람이 일도 잘할 수 있으니 본연의 업무에서는 최선을 다하고 쉴 때는 화끈하게 잘 놀았으면 한다.

한편 지나치게 타인의 시선과 평가에 민감하고 예민한 사람들이라면 병이 날 수밖에 없다. 내려놓아야 한다. 이렇게 마인드 컨트롤을 통해서도 마음의 평화가 찾아오지 않고 피로가 나에게 계속 접근을 한다면 어쩔 수 없다. 가까운 의료기관을 방문해서 의료상의 도움을 받아야 하는 수밖에. 피로는 예금 적금이 아니다. 쌓아놔도 전혀 도움이 안 되는 쓸데

없는 것이다. 쓰레기보다 못하다. 쓰레기는 재활용이라도 되는 것이라도 있지만 피로는 재활용조차도 안 된다. 오늘부터 어깨에 곰이 떡하니 앉아서 친구 하자고 하여도 적절한 운동과 식이조절, 수면 등의 자기관리를 통해 곰과 이별하기 바란다. 50대 중년, 아직 창창한 나이이다. 이마에 주름이 생기고 흰머리가 조금씩 나더라도 세월의 훈장으로 생각하면서 더욱 더 일과 가정, 자신에게 매진을 해보는 것이다. 잊지 말자. 건강해야지 내가 있는 것이다. 건강해야지 일과 가정 자신에게 매진할 수 있다. 내가 없으면 세상도 가정도 가족도 없다. 내가 있으므로 이 모든 것이 존재 이유가 있음을 잊지 말았으면 한다.

2

스트레스를 돈으로 환산할 수 있다면 이미 큰 부자

"아빠 얼굴 왜 그래? 웃는 게 평소와는 다른 것 같아. 영 어색해."

"그러게 여보. 당신 웃는 모습이 평소와는 달라 보이네."

"부장님 얼굴이 조금 삐뚤어진 것 같아요. 이상해 보이는데 병원 가보는 것이 좋을 듯해요."

"그래 고마워. 병원 가볼게."

평소 둔감한 성격 탓에 가족들의 말과 팀원의 말에 별것 아니거니 하고 웃어넘겼다. 그냥 일시적으로 그러다 말겠지 싶었다. 하지만 계속된 가족들의 코멘트와 팀원들의 채근에 거울을 보았다. 세월의 흐름 속에 마치 계급장처럼 남겨져 있는 팍 패인 이마 주름과 더불어 가족들과 팀원의 말처럼 얼굴 한쪽이 일그러져 있었다. 살며시 미소를 지어보았는데, 그전과는 영판 다르게 어색한 나를 발견할 수 있었다.

기억을 더듬어보니 요즘 들어 일그러진 얼굴과 함께 귀 뒤쪽 통증이 있었다. 눈이 침침해지고 감각이 어둔해지는 것 같았다. 입이 늘어지고, 물을 마시거나 음식을 먹을 때 마비된 것 같이 새어 나오곤 했다. 워낙 병원을 좋아하지 않고 그냥 잘 자고 푹 쉬고 나면 괜찮아지겠거니 무심하게 넘겼다. 이놈의 무심함 둔감함이 죄라면 죄였다.

'어라 왜 이러지? 좀 이상하긴 하네. 병원 가봐야겠다.'

불알친구가 원장으로 있는 한의원에 들렀다. 병원을 좋아하지 않는 나지만 가끔 어깨가 뻐근하거나 소량의 통증, 피곤함의 증상이 보일 때 한 번씩 들르는 곳이다. 친구니까 가벼운 담소부터 시작하여 마음속 깊은 이야기까지 털어놓을 수 있는 것은 덤이다. 2년에 한 번씩 꼭 나와 아내, 아이 심지어 부모님 보약까지 여기서 지어 먹이고 있다.

친구는 오랜만에 보는 나를 반겨주었다.

"무슨 일로 왔어?"

"지금 내 얼굴 봐. 많이 이상해? 웃는 것도 이상한 것 같고, 얼굴이 일그러진 것 같네. 그리고 음식이나 물을 마실 때 자꾸만 흘러나와."

친구가 나의 얼굴을 빤히 쳐다보더니 심각한 얼굴로 말을 한다.

"혹시 평소에 스트레스 많이 받는 편이냐? 잠은 잘 자고? 피곤한 건 없고?"

"스트레스 안 받고 사는 사람이 어디 있어? 넌 스트레스 안 받냐? 그리고 잠은 뭐 많이 자는 건 아닌데. 그래서 그런가! 피곤하긴 하다."

"내가 봤을 때 이건 구안와사야. 즉 안면신경마비야. 최근 들어 심하게 스트레스 받은 것 없었는지 곰곰이 생각해봐. 그리고 과로한 것도 있었을 거야."

안면신경마비라는 말을 듣고 까무러칠 뻔하였다. 안면신경마비라니. 내가 왜 이딴 병에 걸려야 해!! 친구 앞에서 소리치고 싶었다. 그렇지만 대기 환자들의 눈을 의식하여 차마 그러진 못하였다. 스트레스가 원인이라? 곰곰이 생각을 해봤다. 기억을 소환해보았다.

아니나 다를까 스트레스가 발생된 요소들이 있었다. 먼저 나는 늘 내가 옳다고 주장했었고 생각했다. 늘 타인을 배려하고 생각하기보단 나 중심적이었다. 나에게는 관대하였지만 타인들에게는 결코 그러지 못했다. 나의 잘못을 인정하는 것이 쉽지 않았다. 타인의 잘못에는 예민하게 굴고 화를 냈지만, 내가 잘못한 것은 뭐 그럴 수도 있지 스스로 합리화하고 덮어주었다. 내 스스로 나의 상처를 핥아주었다. 잘못한 것이 있지만 내가 틀렸다는 걸 인정하기가 쉽지 않았다. 내가 옳다는 마음 때문에 인간관계에서 많은 스트레스를 받았다. 상대방이 틀렸다고만 생각했지 내가 틀렸다고 절대 생각하지 않았기 때문에 항상 똑같은 일이나 상황에서 말다툼으로 이어지고 사이가 나빠지기도 하였다. 가족이나 형제를 제외한 직장동료들은 나의 적인 것만 같았다.

두 번째로 나는 척척척을 잘했다. 일종의 가면을 쓰고 살았다. 괜찮은 척, 행복한 척, 강한 척……. 힘들었지만 사람들에게 나약한 모습을 보이는 것이 정말 싫었다. 꼴에 자존심만 세다. 불쌍하고 나약한 모습을 보이면 사람들이 나를 무시할 것 같았다. 겉으로 보이기에 화려하고 힘센 모습으로 사람들에게 비춰 팀원들이나 사람들이 칭찬해주고 아부를 떠는 것이 마냥 싫지만은 않았다. 그래서 더욱 힘들다고 말하기 싫었다. 이럼으로써 내 맘의 상처는 계속 곪고만 있었다. 이것이 은근히 스트레스였다. 나 스스로 괜찮은 척, 행복한 척하는 게 힘들지만 주변에서 대단하세요라고 하며 엄지를 추켜올려주거나 능력자세요라고 하면 다시 또 척하며 연기를 하고 있다. 나는 연기대상을 받아도 될 것 같다.

그래서일까? 요즘 사는 게 사는 게 아니고 웃는 게 웃는 게 아니다. 외유내강 스타일의 남자가 되고 싶다. 나에게는 관대하고 남에게 관대하지 못한 인생, 연기자 같은 인생을 벗어나고 싶은데 쉽지 않다. 삶이 너무 팍팍하고 힘들다. 괴로워 미칠 지경이다. 50이 넘은 인생 좀 편안하게 살아도 될 법한데 내 인생 왜 이렇게 퍽퍽하냐? 이 두 가지 요인 때문에 내가 스트레스를 받았던 것이구나. 아 어떡하면 좋으려나? 하지만 안면 신경마비를 계기로 다시금 나의 건강에 경각심을 가지게 되었다. 건강의 적신호였던 안면신경마비가 오히려 고마울 지경이었다.

** 우리 한국인들의 스트레스에 관한 기사를 본 적이 있다. 우리나라 국민은 직장생활에서 받는 스트레스가 가장 높은 것으로 나타났다. 통계 청이 발표한 2022년 사회조사 결과, 직장생활에서 스트레스를 받는다는 응답은 62.1%다. 2020년보다 5.9% 포인트 낮은 결과지만 가정생활, 학 교생활 등에 비해 직장생활에서 받는 스트레스가 월등하게 높았다.

가정생활에서 받는 스트레스는 34.9%로 2년 전보다 6.1% 포인트 감소 했다. 학교생활에서 스트레스를 받는다는 응답은 35.6%로, 스트레스 평 가 항목 중 2년 전(35.2%)보다 유일하게 증가했다. 전반적인 일상생활에 서 스트레스를 받는다는 응답은 44.9%로 2년 전보다 5.6% 포인트 감소 했다. 성별로는 여성(47.6%)이 남성(42.3%)보다 많았다.

기사에서 나온 것처럼 다양한 스트레스 중 직장 내 스트레스가 월등하 게 높다. 가정사로 인한 스트레스는 오히려 적은 편이다. 스트레스의 요 인이 편차의 차이겠지만 일단 스트레스를 받는다는 것은 결코 좋은 것은 아니다. 풀지 못하고 적금처럼 쌓이고 쌓이다 보면 결국은 터지게 된다.

적금은 만기가 되어 해지하고 나면 만족감과 기쁨을 주지만 스트레스는 쌓이다 보면 불평불만과 병을 준다. 만약 스트레스를 돈으로 환산할 수만 있다면 이미 큰 부자가 되는 분들이 곧잘 있을 것이다. 스트레스를 안 받는 사람은 없다. 기정사실이 되었다면 그 스트레스의 원인을 곰곰이 들여다보고 그 스트레스를 어르고 달랠 수 있도록 하여 나의 몸속에서 내보도록 해야 할 것이다. 스트레스를 그냥 품고 가는 것은 마냥 좋은 것만은 아니다.

결국, 여러 원인으로 인해 스트레스를 버려두게 되면 우울증, 불안장애 그리고 대인기피증으로까지 발전할 수 있으므로 적절하게 스트레스를 풀어줘야 한다. 하지만 대부분 스트레스의 원인을 찾고 해결하려고만 한다. 스트레스의 원인이 직장이라면 퇴사를 하면 될 것이고, 학업이라면 학업을 포기하면 된다. 머리로는 정확하게 알고 있다. 하지만 현실적으로 해결할 수 있는 방법이 아니기에 대부분 사람이 스트레스를 받으며 그냥저냥 살아간다. 술로 담배로 스트레스를 이겨보려고 하지만 그때의 일시적인 기쁨과 자위뿐이지 더욱더 스트레스가 가중된다.

나의 경우에는 직장에서 과도한 업무는 최대한 집중해서 업무를 빨리 해결해버리고, 대인관계 같은 경우에는 내가 먼저 다가가지 않는 편이라 스트레스라고 생각을 하지 않고 살아간다. 하지만 나도 모르게 스트레스가 쌓여 잘 때 잠꼬대로 표출되고 있다. 아내가 다음날 왜 그렇게 잠꼬대를 하느냐고 걱정스레 물어본 적이 있다. 그래서 최근에 나 자신에게 좀 더 집중하며 돌보고 스트레스를 해소하려고 방법을 나름대로 찾아보았다.

첫 번째로 운동을 하고 있다. 심장이 터질 듯이 심한 운동은 아니지만, 운동하다 보면 호흡부터 시작해서 발끝부터 머리끝까지 나의 몸 상태가 어떤지 느낀다. 자연스레 잡생각이 사라짐을 느꼈다. 여러 가지 잡생각을 통해서 사람들은 스트레스를 받게 된다. 하지만 운동 가운데 땀을 흘리고 샤워를 하면 개운함을 느끼고 순간의 스트레스는 날아간다. 스트레스가 다시 생길지언정 운동하는 만큼은 나에게 집중을 할 수 있게 된다.

두 번째로 독서를 한다. 책을 쓰는 작가라서 책을 보는 것도 있다. 하지만 작가 이전에 책을 통해서 다양한 사람들의 생각과 인사이트를 엿볼 수 있다. 다양한 사람들의 생각을 엿보면서 생각의 깊이가 넓고 풍성해진다. 나보다 더 뛰어난 사람들을 보면서 좀 더 겸손해져야 함을 느끼고 배운다. 물론 삶의 지혜가 넓어진다. 삶이 바뀌는 체험도 해보았다. 책을 읽었다고 해서 얼마나 삶이 바뀌느냐 반문을 하겠지만 이것은 책을 읽고 난 이후 실천을 했던 경우를 전제로 한다. 그리고 한 번 읽었다고 머리에 남지는 않지만 같은 책을 두 번 세 번 읽기도 하고 읽고 싶은 책들을 집 거실, 자동차, 회사 등에 두고 여러 권 동시에 읽기도 한다.

마지막으로 다양한 일에 도전해본다. 독서 및 글쓰기, 운동을 통해 스트레스를 해소해보지만 나는 고인 물이 되기 싫었다. 다양한 일에 도전한 적이 많았고 지금도 노력 중이다. 과거 직장을 다니면서 무인점포 운영 및 꽃 배달 사업을 한 적이 있었다. 지금은 폐업했다. 그리고 강연 활동 및 MC 활동을 통해서 본업 외로 쏠쏠한 용돈벌이를 한 적도 있었다.

하루하루가 즐겁고 행복했었다. 회사에서의 업무 외에 나만의 목표를 설정하고 업무 외의 시간에는 목표를 달성하기 위해 노력하다 보면 하루가 너무 짧은 것 같았다. 스트레스 받을 시간이 없었다. 설정했던 목표를 달성하고 나면 다양한 일에 도전하는 동안 받은 스트레스는 여행이나 나만의 작은 보상을 통해 풀어주고 있다.

위 3가지를 통해서 스트레스를 푸는 편인데 간혹 이러한 것들조차 스트레스로 느껴질 때는 아무것도 하지 않는다. 아무것도 하지 않고 있다 보면 스스로가 나태해진 것 같다고 느껴질 때가 있다. 이런 느낌 덕에 다시 한 번 일어설 힘이 되었다. 나름의 스트레스 해소법이다. 아버지들도 나만의 방법처럼 스트레스 해소법을 찾아보고 실행해보자. 살아가는 것 자체가 고행이라는 말처럼 스트레스 없는 삶은 없다. 피할 수는 없다. 그러기에 그냥 기꺼이 받아들이고 이겨낼 수 있는 나만의 방법을 강구해보자. 스트레스는 결코 득이 될 수 없다. 하지만 과도한 스트레스보다는 적당한 스트레스 또한 나쁘지 않으니 기꺼이 받아들여보는 것도 나쁘지 않으리라.

3

마음의 감기 우울증

"거기 김정수 씨 집이죠? 김정수 씨 부인되시나요? 여기 XX 지구대입니다. 김정수 씨 지금 지구대에서 보호하고 있는데 정수 씨 지금 만취가 되었으니 데리고 가세요."

아내는 가슴이 덜컹했다. 만취가 될 정도로 술을 마실 남편이 아닌데. 무슨 일이 있는 것이 아닌가 싶어 한걸음에 지구대로 달려갔다. 한쪽 구석에 술을 거나하게 마신 남편이 힘없이 벽에 기대에 앉아 있었다.

"여보 왜 거기에 있어?"

아내는 대성통곡을 하면서 경찰에게 계속 고개를 조아리면서 죄송합니다를 연발하였다.

"정수 씨가 마포대교 다리 위에서 투신하려고 하다가 주변 시민들에게 신고가 들어와서 우리가 이렇게 모시고 왔습니다."

"네 죄송합니다. 두 번 다시 이런 일 발생하지 않도록 제가 남편에게 말 잘 할게요."

아내는 만취한 남편을 토닥거려 택시를 타고 집으로 돌아왔다. 집으로 돌아와서도 여전히 술을 찾았지만, 아내는 남편의 양복 넥타이와 양말을 정성스럽게 벗기고 난 이후 잘 수 있도록 해주었다. 옷과 양말을 벗기면서 아내는 눈물이 났다. 남편이 술 취한 모습으로 난동 부린 것 때문에 슬퍼서 나는 눈물이 아니었다. 아내는 남편이 술로 인해 자살 시도를 할 사람이 결코 아니라는 것을 누구보다 잘 알고 있다. 순둥이같이 법 없이도 살 수 있는 착한 남편이었다. 술을 마시고 저렇게 한 것은 이유가 있으리라? 벌겋게 달아오른 얼굴을 보며 남편이 가장으로서의 책임감이 얼마나 힘이 들었으면 그랬을까 하는 측은함에서 나오는 눈물이었다.

"정수 씨 일 똑바로 안 해요? 보고서가 이게 뭐야? 지금 나랑 장난하자는 겁니까? 대체 과장이라는 작자가 일을 이딴 식으로 하면 어떡합니까? 경고합니다. 똑바로 일하세요."

한 부장이 던진 서류뭉치에 김정수 씨의 가슴이 먹먹해지고 주변 팀원들 보기가 부끄러웠다. 한 부장의 말투에 많은 상처를 받았다. 나이가 들면서 체력 저하와 더불어 가시적인 성과가 나타나지 않으니 암담할 따름이다. 마음 같아선 당당히 사직서를 제출하고 싶은 적이 한두 번이 아니었다. 더 이상 상처 주고 상처받는 조직 생활이 아닌 자영업을 하고 싶었지만, 그것 또한 쉬운 일이 아니기에 가족을 위해서 가장으로서 참고 또 참았다. 딱히 선택할 수 있는 일이라곤 없었다.

'열심히 노력했는데, 한다고 했는데 나는 왜 안 될까? 부족한 것이 무엇일까?'

한없는 자괴감과 슬픔, 자신에 대한 분노가 한꺼번에 밀려왔다. 일이 손에 잡히지 않았다. 퇴근을 한 이후 집으로 돌아가는 길이 너무 멀어 보였다. 포장마차에 들렀다. 소주랑 골뱅이 안주를 아작아작 씹어 먹으면서 세상에 관한 분노를 쏟아놓았다.

"이놈의 빌어먹을 세상. 그리고 한 부장 이 인간. 열심히 했는데 나는 왜 인정 안 하냐고?"

머리카락을 뜯으며 소리를 치니 주변 사람들이 놀라면서 정수 씨의 곁을 한두 명씩 떠나갔다. 독한 술을 서너 병 더 거나하게 마시고 집으로 비틀비틀 돌아가기 시작했다. 갈지자 걸음으로 걸어가다 보니 지나가는 차량에 치일 뻔하였다. 운이 좋게 사고는 나지 않았다. 길을 터벅터벅 걸어가고 있는데 앞의 다리가 보이면서 정수 씨는 하지 말아야 할 생각을 하고야 말았다. 평소의 억울함과 자괴감 슬픔이 한꺼번에 밀려오면서 세상을 등지고픈 마음이 생겨 다리 위에 올라가려는 찰나 주변 주민들의 신고로 지구대로 오게 되었다.

아내는 술이 깬 남편의 이야기를 들으면서 왈칵 눈물이 났다.
'얼마나 힘이 들었으면 그랬을까? 오죽하면….'
세상의 짐이 얼마나 무거웠으면……. 정수 씨는 다정한 남편이었다. 한없이 자상한 남편이자 아빠였다.

다음날 술이 깬 정수는 극단적인 선택을 한 것에 대한 부끄러움과 민망함이 오갔다. 두 번 다시 이러한 선택을 하지 않으리라. 하지만 요즘 왜 이렇게 우울한 것일까?

계속 체력이 바닥으로 떨어지고 있다. 젊을 때는 야근을 연달아 3일 넘게 해도 끄떡없었는데. 젠장, 나이를 먹은 태를 내고 있다니. 비루한 나의 몸뚱어리가 원망스럽다. 나는 왜 이렇게 약하고 무능한 걸까? 앞으로 어떻게 살아가야 할까? 과묵한 성격 탓에 가장 가까운 아내에게조차 속내를 표현 못하고 있다. 아버지는 벌써 하늘의 별이 되었지만, 아직 어머니는 살아계신다. 나이에 걸맞게 아픈 곳이 많다. 입원하게 되면 간병비에 수술비에 벌써 머리가 지끈거린다. 장남으로서 형제들과 상의를 해봐야겠다. 고등학생인 두 아들의 진로문제 그리고 우리 부부의 노후문제 생각만 해도 가슴 한쪽에 답답함이 밀려온다.

그 답답함이 우울증으로 발전한 것 같다. 최근 들어 잠을 제대로 못 자는 것이 부지기수가 되었다. 숙면을 취하고 싶다. 그래서일까? 머리도 무겁고 두통에 어깨결림 증상을 보이며, 그냥 괜스레 눈물이 난다. 그냥 실컷 울어보고 싶지만 우는 것 또한 사치다. 남들 보기에 부끄럽다. 경제적으로 부족함이 없다면 이렇게 답답하지도 않을 텐데. 현실적인 대안이 떠오르지 않는다. 시궁창 같은 현실에서 빠져나가고 싶다.

** 우울증에 시달리는 환자들이 크게 늘고 있다. 우울증 환자들의 합계가 건강보험심사평가원 자료 조사에 따르면 2021년 기준 환자 수가 무려 93만 3,481명이라고 하고 이는 2017년 대비 35.1% 증가한 추세라고 한다.

이로 인한 1인당 진료비가 56만 4,712원, 2017년 대비 28.5% 증가한 수치라고 표기되어 있다. 이 중에 우울증을 호소하는 중년 남성들이 꽤 있다는 충격적인 사실을 알고 있는가? 우울증은 마치 사춘기처럼 일생에서 가장 큰 생리적 · 심리적 변화를 겪게 한다. 왜 그런 것인가? 우울증으로 경제적 불안이 닥치고 사회 및 가정에서의 위상이 흔들리기 때문이다.

정신과에서 우울증은 감기에 비유한다. 그만큼 흔한 질환이라는 것이다. 보건사회연구원 조사에 따르면 성인의 8.6%가 우울증을 앓고 있는 것으로 나타났다.

초로기 우울증이라는 말이 있다. 퇴행기 우울증, 갱년기 우울증(여성)이라고도 한다. 초로기(45~60세 전후)에 첫 발생하는 우울증이다. 사춘기에 접어든 청소년들의 우울증은 등교 거부나 공격적 행동, 비행으로 나타난다. 청년기의 우울증은 무기력, 무감각, 약물 남용 등의 형태로 나타난다. 그러나 초로기 우울증은 행동이나 증상부터 다르다.

우선 일의 능률이 저하되고 이로 인해 창조적인 일을 잘하지 못하거나 도전하려는 마음도 엷어지고 자주 화를 내려고 한다. 또한 사람을 멀리하고 동굴 속에 칩거하여 혼자 지내려고 하는 성향을 보인다.

불안함, 초조함, 고민이 많아지면서 가만히 있지 못하고 방 안을 서성거리거나 머리를 쥐어뜯고, 앓는 소리를 내며 괴로움을 표현한다. 피해망상에도 곧잘 빠져든다. 모든 잘못을 자신의 무능 탓으로 돌린다. 억울함과 비애감이 깊어지고 이로 인한 자살 충동에도 쉽게 빠진다. 신체적으론 불면, 머리 무거움, 두통, 어깨 결림, 현기증, 빈뇨 등의 증상이 나타난다.

중년 남성의 우울증 내면을 자세히 들여다보면 우선 체력 저하를 꼽을 수 있다. 과거의 잘나가고 쌩쌩하던 그 시절을 그리워한다. 더불어 남성들의 사회적 역할을 상실할 위기가 겹치면서 생기는, 정신적으로 괴로워하고 힘들어하는 현대적인 병이라고 할 수 있다.

서울대 의대 정신과 조맹제 교수는 "과거 농경시대 땐 농토를 지배하는 중년 남성이 힘을 가지고 있었기에 체력 저하가 오더라도 사회적 지위를 상실하지는 않아 현대사회 중년 남성보다는 마음 편한 상황이었다."라고 설명한다. 하루가 멀다 하고 급변하는 현시대에 중년 남성에게 발 빠른 신지식과 정보 흡수를 요구하지만, 힘에 부치는 게 사실이다.

세상에서 가장 편안해야 할 가정도 안식처가 되지 못한다. 중년 남성들의 우울증을 예방하기 위해서는 긍정적이고 적극적인 사고를 해야 할 것이다. 주어진 현실을 바꾸려고 노력하기보단 그대로 수용하는 것이 중요하다. 그리고 무조건 자기만의 시간을 갖는 것이 중요하다. 어떤 종류건 본인이 하고 싶은 취미활동을 찾아야 한다. 같은 생각을 하는 사람끼리 동호회 모임에 적극적으로 참여하는 것을 권장한다. 정기적인 운동을 통해 저하되는 체력도 향상하고 기분 전환도 해야 할 것이다.

자기만의 공간에서 자기가 좋아하는 무언가에 몰두할 수 있는 휴식처, 안식처를 만들거나 찾아보는 것도 좋은 방법이다. 지인의 아버지께서 우울증으로 인해 현재 시골 조용한 곳에서 농막을 짓고 주말농장처럼 채소를 재배한다고 한다. 현직에서 가족을 위해 열심히 일했건만 퇴직 후 생각 외로 데면데면한 가족들과의 관계에서 크게 실망했다고 한다. 제2의 직업을 찾고 있지만, 과거의 영광에서 벗어나지 못하고 자존심만 내세우다 보니 우울증이 생겼다고 하셨다. 우울증의 늪에서 벗어나기 위해 평소 하고 싶었던 주말에 농장에서의 재배 활동을 통해서 심리적인 치유가 많이 되었고 웃는 날들이 많아졌다고 하신다.

이러한 노력을 하는데도 일상생활이 나날이 위축되면서 우울증이 심해지면 전문의 상담과 치료를 받는 게 좋다. 무엇보다도 본인의 답답함과 우울증을 술로 해결할 것이 아니라 누군가에게 털어놓는 것만으로도 상당한 도움이 된다. 믿을 수 있는 그 누군가에게 털어놓든지 혹은 상담을 하는 방법을 통해 마음속 고민을 털어놓게 되면 마음이 한결 가벼워질 것이다.

마음속 고민을 털어놓지만 아이러니하게도 명쾌한 해답은 본인이 제일 잘 알고 있는 예가 허다하다. 해답을 알고 있지만 현실과 이상의 괴리 속에 답답할 따름일 뿐이다.

중년 알코올 중독자가 많다고 한다. 술이 있으면 여러 가지 유혹(여자, 도박 등등)에 빠져드는 시작점이 되기도 한다. 그러나 술은 문제로부터 벗어날 수 있는 방법이 아니라 더 심각하게 만드는 요인이 된다. 마음속에 분노나 불안 등의 감정을 쌓아둔 채 술에 의지하다 보니 안 좋은 모습들(폭언, 폭행, 싸움 등)로 여과 없이 드러내는 현상이 생긴다. 그러다 보면 사람들 관계에 치명적인 영향을 미치거나 신체적, 정신적 기능을 망치는 결과를 초래한다. 그러니 여러 가지 처해진 현실과 상황, 문제들 속에서 스스로 해결할 수 있는 것에 역량을 집중해보자. 스스로 할 수 없는 것은 전문가의 도움이나 타인들의 도움을 받아 하나하나 게임을 하듯이 해결해나가면 되는 것이니 너무 위축되거나 우울증을 앓지 말았으면 한다.

아버지들은 여지없이 열심히 살았고 지금도 열심히 살고 있다. 감기는 잘 먹고 잘 쉬면 나을 수 있는 병이다. 마음의 감기 우울증 그까짓 것! 극복할 수 있다. 극복해보자.

4

때때로 휴식도 필요하다

나는 2012년 식 현대 투싼 차량을 소유하고 있었다. 물론 지금은 다른 차량을 소유하고 있다. 2022년 2월 러시아가 우크라이나 침공을 하여 전쟁이 발발하면서 기름값이 폭등하였다. 그때 당시 경유의 경우 리터당 1900원 정도까지 올랐으니 운전하기가 겁이 날 정도였다. 그리하여 투싼을 팔고 LPG 차량으로 변경하여 잘 타고 다니고 있다.

과거 투싼 차량을 잘 타고 다녔다. 전국 방방곡곡 가지 않았던 곳이 없었다. 저 멀리 강원도까지 놀러 갈 정도였다. 직장 출퇴근할 때, 개인적인 볼일을 보러 갈 때, 기타 여러 가지의 일을 하려고 할 때 나의 발이 되어준 고마운 녀석이었다. 하지만 사람이든 동물이든 어떤 물건이든, 세월의 흔적을 거스를 수는 없는 법이다. 나의 차량도 예외일 순 없었다.

어느 정도의 시간이 흐르자 차량에서도 조금씩 고장의 흔적들이 보이기 시작하였다. 돈 나가는 소리가 들리기 시작하지만, 차와 나와의 인연은 쉽게 끊어질 수 없는 인연이다. 무엇보다 편하니까 적응이 되어 바꾸기 싫었다. 나는 쉽게 무언가를 잘 바꾸지 않고 고장 날 때까지 이용하는 성향이다. 고장이 나면 수리를 하여 이용하고 만약 수리비가 구매비보다 더 많이 소비되는, 즉 배보다 배꼽이 더 큰 상황이 도래하면 그때야 바꾼다. 남들이야 뭐라 하든 비교하지 않고 나 하나만 편하면 되기 때문에 유행에 민감한 편도 아니었다.

골골대는 차량에 활기를 불어넣어 주기 위해 쉬는 날을 잡아 평소 잘 알고 지내던 카센터 사장님께 수리를 맡기려고 아침 일찍 집에서 출발하였다. 카센터로 가고 있는데 갑자기 장에서 요동을 치듯 꼬르륵꼬르륵 소리가 나면서 배가 살살 아파오는 것이었다.

'아이고 큰일이네. 이 근처에 화장실이 없을 텐데.'

함부로 속옷에 실례할 수가 없기에 걱정이 되면서 차를 아무 곳이나 주차를 해놓고 열심을 다해서 화장실을 찾아보기 시작하였다. 하지만 도심지 길거리에서 화장실을 찾기란 하늘의 별 따기였다. 초조함이 찾아오면서 등이 흥건한 땀에 젖는 것을 느낄 수 있었다. 뛰어다니면 항문에서 폭발할 것 같아서 극도의 인내심을 발휘하여 계속 걸어다니던 찰나에 문을 열어놓은 가게를 보았다. 사장님께 불쌍한 표정을 지으면서 말씀을 드렸다.

"사장님 제가 급하게 큰 것 좀 보고 싶은데, 화장실 이용 좀 할 수 있을까요?"

두 번 다시 보기 힘든 불쌍한 표정을 보면서도 사장님은 표정 한번 바뀌지 않고 말씀을 하신다.

"그쪽 사정은 이해는 되지만 우리도 땅 파서 장사하는 것도 아니고 우리 가게 손님도 아니잖아요. 그리고 요즘 물값도 많이 올라서 곤란하겠는데요. 다른 데 가서 알아보시죠."

얼마나 사장님이 원망스러웠는지 모른다. 조금 나이가 드신 사장님이었는데 그냥 아들 같은 셈 치고 봐주면 안 되려나 싶었다. 약간의 돈을 주고 화장실을 이용할까 생각도 해봤다. 그렇지만 현금이 없고 카드밖에 없는 나에게 해당이 안 되었다. 한편으론 사장님의 입장도 이해가 되었기에 그냥 털레털레 가게를 나왔다. 무언가 조금씩 삐져나오는 듯한 기분이 들었다. 식은땀이 흘렀다. 이러다 길에서 실수라도 하면 창피할 것이고 냄새가 스멀스멀 나면 사람들이 막 쳐다볼 것만 같았다. 사람들의 따가운 시선을 느끼기 싫었다. 다급히 화장실을 이리저리 찾아다니기 시작했다.

고대 과학자인 아르키메데스가 왕관에 섞인 금과 은의 비율을 어떻게 알아낼지 고심하던 중, 목욕할 때 욕조에 들어가자 물이 넘치는 것을 보고 비중의 개념을 깨달아 알몸으로 뛰어가며 외친 말이 있다. 바로 유레카!라는 말이다. 유레카라는 말은 그리스어로 '찾았다, 알았다.'라는 뜻이다. 이리저리 다닌 끝에 나도 유레카를 외칠 수 있었다.

근처 공용주차장의 화장실을 발견한 것이다. 살면서 이렇게 기뻤던 적이 얼마나 있었던가? 육상선수였던 우사인 볼트로 빙의를 하여 빛과 같은 속도로 달렸고 그곳에서 쾌변과 쉼을 맛볼 수 있었다. 미소를 지으면서 쾌변을 하는 그 순간이 너무나도 행복했고 소탈한 기쁨을 맛볼 수 있었다.

** 우리는 학창시절 국어 시간에 쉼표라는 문장부호를 배웠다. 쉼표뿐만 아니라 마침표, 느낌표, 물음표 등의 문장부호도 있다. 이런 문장부호는 문장의 가장 끝에 온다. 하지만 쉼표는 문장의 낱말과 낱말 사이에 위치한다. 즉 한 템포 쉬기 위해 쉼표가 존재한다.

우리네 삶, 직장인들도 이와 마찬가지가 아닐까? 특히 우리의 아버지들, 나의 아버지만 봐도 그렇다. 제 몸 상하는 줄 모르고 일에만 몰두하여 어떠한 목표에만 매진하였다. 가정을 건사하기 위해 가장으로서 뒤를 돌아볼 여유가 잘 없었다. 뒤를 돌아볼 여유조차도 없이 힘겹게 살아가고 있었다. 무엇을 위해서 앞만 보고 달려가고 있는지 모를 지경이다.

앞만 보고 열심히 달리고 있었고, 고군분투하면서 열심히 살아가고 있었다. 현 상황도 마찬가지이다. 10년 전, 20년 전이나 변함없이 아버지라는 이유로 끊임없이 달리고 있다. 우리나라의 성장 동력은 끈기, 부지런함이었다. 풍요롭지도 아니하거니와 뚜렷한 자원이 없었던 우리나라가 내세울 것이라곤 인적자원뿐이었다. 그렇지만 반드시 알아두자. 바쁘게 살아가면서 우리는 반드시 쉼을 얻어야 한다. 우리 할아버지, 할머니들이 70년대 새마을 운동으로 인해 우리나라 부흥의 기초를 닦아놓았다. 이러한 열심이 성공신화를 이루었다. 단기간에 선진국의 대열에 들어섰고 1996년에 OECD 가입국이 될 수 있었다.

하나의 목표에 도달하여 성공하고 나면 기분이 너무 좋고 마치 쾌변한 것처럼 느낀다. 하지만 화장실을 찾기 위해 땀을 흘리고 긴장을 하였던 그 순간 얼마나 힘들었을까 하는 생각을 해본다. 쾌변을 하였음에도 우리나라는 여전히 물질 만능주의, 배금주의 사상에 찌들어 돈이면 최고, '돈이면 대한민국에 안 되는 게 어디 있니? 다 되지.'라는 생각을 가진다.

이루고 나면, 해결되고 나면 기쁘고 행복할 것 같지만 결국 허무함이 찾아온다. 젊음과 체력 하나만 믿고 쉼 없이 달리다 보니 남는 것은 앙상한 몸뚱이뿐이다. 젊은 날 열심히 최선을 다해 살아오신 분들은 고개를 끄덕일 것이다.

아버지들은 승진을 위해서 성과급, 월급을 더 받기 위해서 매일매일 치열하게 살아간다. 승진에 목을 매고 있다. 어떤 수단과 방법을 가리지 않고 이기려고 하고 경쟁하고 째려보면서 정 없이 살아가고 있다. 돈을 버는 것은 좋다. 경제적인 풍요로움을 추구하는 것은 삶에 대한 충분한 동기부여가 된다. 그렇지만 무자비한 경쟁 속에서 앞만 보고 목표만 추구하다가 설사를 만나게 된다. 마치 아프리카 초원의 스프링 벅처럼 사는 것 같다. 스프링 벅이라는 동물들은 아프리카 초원에서 좀 더 많은 먹이를 먹기 위해 앞서가는 스프링 벅을 추격하면서까지 달리다가 절벽으로 떨어져서 죽게 된다.

돈을 벌지 말자, 욕망의 화신이 되지 말자는 그런 이야기가 아니다. 자본주의 사회에서 반드시 돈은 필요하다. 지지리 궁상으로 가난하게 살면 처한 당사자들만 힘든 법이다. 그래서 돈을 벌어야 하고 열심히 살아야 한다. 욕망의 화신처럼 살았고 욕망의 화신들이 있었기 때문에 그리고 인간의 이기심이 있었기 때문에 사회는 발전할 수 있었다. 그렇지만 너무 스프링 벅처럼 살지는 말자. 조금 느리면 어떠한가? 약간의 여유를 가지면서 살아가자. 반드시 쉼표가 필요하다. 그리고 이렇게 한다고 해서 남는 것이 무엇일까? 왜 이렇게 치열하게만 살아야 할까 자문해 보자. 인생 반백을 살았던 50이 넘은 이 나이에 이젠 조금 여유를 가질 법도 하다.

많이 힘들다 싶으면 과감히 휴가를 다녀오자. 한자 중 쉴 휴(休)라는 글자가 있다. 나무 옆에 사람이 기대어 앉아 있는 모습이다. 무엇을 하다가도 잠시 멈추어서 시원한 나무 그늘에서 쉬는 것을 표현하였다. 우리들은 반드시 이렇게 쉼을 얻어야 할 필요성을 느끼지만 그렇지 못하는 어리석음을 범한다. 쉬는 것은 곧 노는 것으로 생각하고 이는 곧 여유가 있는 자들, 가진 자들, 팔자 좋은 사람들의 몫이라고 치부해버리고 만다. 큰 착각을 하고 있다. 잘 쉬고 잘 놀아야지만 다음날에 에너지를 얻고 열심과 최선을 다할 수 있는 에너지가 생긴다. 하지만 휴가가 주어지지 않거나 휴가가 내키지 않는다면 본인이 좋아하는 것을 찾아보자. 아무도 모르는 나만의 조용한 휴식 장소에서 리추얼하길 권해본다.

리추얼(ritual)라는 말은 일상의 방해로부터 나를 지키는 유용한 도구, 삶의 에너지를 불어넣는 반복적 행위를 뜻한다. 맛난 음식을 먹든 조용한 음악을 듣든 나를 지킬 수 있는 행위를 해보자. 가끔은 휴식을 취해보자. 가정과 나를 챙기기보단 워커홀릭으로 살아가면 성과가 좋아서 직장에서는 인정을 받는다. 그러다가 몸과 마음은 점점 병들어간다. 피폐해져가고 골병이 든다.

'당신은 사랑받기 위해 태어난 사람'이라는 CCM처럼 아버지들은 사랑받기 위해 태어났고 사랑받을 자격이 있다. 업무에 목을 매고 승진하고 돈을 벌어야 하는 것은 마땅하지만 이제는 조금 이기적이어도 이의를 제기할 사람은 없다. 쉼을 가지면서 한 발자국 나가는 아버지들이 되었으면 한다.

5

"여보! 오늘도 늦어요? 당신 건강도 생각해야지. 좀 작작 마셔."

"그래 걱정하지 마. 오늘 거래처 팀원들과 술 약속이 있어서 말이지. 적당히 마실게."

오늘도 남편은 또 술이다. 자주 마시던 술이고 술 냄새를 풍기면서 집에 들어온다. 익숙할 법도 됐지만, 난 술 냄새가 싫다. 고주망태는 아니었지만 술 한 잔 걸치고 눈이 풀려 노래를 흥얼거리면서 들어오는 모습을 신혼 초부터 보았기에 이젠 술이라면 치가 떨린다. 아이들에게 볼 면목도 없다. 아이들에게는 아빠에 대한 인식이 늘 술꾼으로 각인될 것이 아닌가?

내가 20살경에 아버지가 술로 인한 간암으로 돌아가셨기에 술을 마시는 남자하곤 절대로 연애도 하지 않고 결혼도 하지 않으리라 생각했다. 하지만 인생은 자기의 의지와 뜻대로 살아지지 않는다고 한다. 인생이 흘러가는 물처럼 편안해지면 좋으련만……. 나는 곰같이 푸근한 인상의 남편을 만나서 거꾸로 거슬러가는 강물 같은 인생이 된 것 같다.

나이로 인한 탓일까? 51세. 적지 않은 나이다. 요즘 들어 적잖이 피곤해한다. 불과 십 년 전만 해도 쌩쌩했었는데. 그때는 술을 한 짝이나 마셔대고도 멀쩡하다고 스스로 체력이 좋다고 해맑은 아이처럼 좋아했던 남편이었다. 술을 마셨지만, 집에서도 나와 아이들에게도 자상한 남편이자 아빠였다. 직장에 출근하지 않는 주말에는 가족들과 함께 놀러 가서 추억을 쌓으면서 남편과 아빠의 역할을 톡톡히 하였다. 하지만 요즘은 술을 마시지 않더라도 집에 와서 씻고 저녁 먹고 그냥 뻗어버린다. 그래 나이가 있으니 피곤하겠지. 가끔 잠에 빠져 코를 고는 남편이 측은해지기도 한다. 외벌이가 불쌍하여 같이 벌어볼 요량으로 맞벌이를 해볼까 했지만, 남편은 결단코 반대하였다. 아이의 교육, 양육에 더욱 전념하라고 부탁을 하기에 전업주부로만 남아 있다.

코를 골면서 남산만한 배가 불렀다 꺼졌다 하는 모습이 위태로워 보인다. 결혼하기 전 연애 적부터 곰돌이 푸우 같은 배를 가졌는데 지금은 더

커졌다. 임신 7개월에 접어든 임산부 배와 비등하다. 배를 보면서 바늘로 콕 찌르면 삐익~ 하고 바람이 빠질 것 같다. 술을 좋아해서일까? 아니면 너무 많이 먹고 운동을 안 한 탓일까? 배가 나와 있는 것은 중년의 나잇살, 중년 남성의 상징이지만 건강의 적신호라고 하는데 건강관리가 필요한 시점인 것 같다. 건강검진을 해보니 당뇨증상과 고혈압이 있다고 한다. 기저질환을 관리해야 할 텐데 운동을 하라고 해도 귓등으로만 듣는다. 답답하기 그지없다.

남편과 아이들을 직장과 학교에 보내놓고 집 안 청소를 하고 있었다. 늘 집안일은 해도 해도 끝이 없다. 전혀 표가 나지 않는다. 매일 쓸고 닦고 하지만, 왜 이렇게 먼지가 많으며 할 일이 많은지 원. 직장 다니는 남편의 삶도 고달프지만, 가정주부의 삶도 고달프고 퍽퍽하다.

진공청소기를 돌리고 있는데 선반에 있는 꽃 화분이 떨어져버렸다. 갑자기 왜 떨어지지! 전화가 따르릉 울린다. 평소 이 시간에 전화 올 사람이 없는데. 당최 무슨 전화일까?

"여보세요. 여보, 나야!"

"어 왜 전화했어?" 남편의 다급한 목소리가 수화기 너머 들린다.

"여보 나 갑자기 숨이 안 쉬어져. 가슴이 너무 답답해."

"여, 여 여보 무슨 일이야? 왜 그래? 병원 가봐."

심히 당황스러웠다. 마른하늘에 날벼락이라는 말이 이럴 때 쓰는 표현일까? 남편은 119를 불렀다고 한다. 지하철을 타고 출근길에 올라 회사 근처에 도달해서 걸어가고 있는데 갑자기 가슴이 너무 아프고 숨이 안 쉬어졌다고 한다. 지금 119차를 타고 가면서 병원으로 이송 중이라고 한다. 별일 없어야 할 텐데 간절한 염원을 담아서 아무 일 없기를 기원했다. 제발 아무 일 없기를…. 제발!

하늘도 무심하다. 오는 것은 순서가 있지만 가는 것은 순서가 없다고 했거늘. 동갑인 우리 부부 50 조금 넘은 나이에 내가 상주가 될 줄이야. 검은 상복을 입고 조문객을 맞이한다.

하늘에서도 나의 슬픔을 감지했는지 비가 주르륵 내리고 있다. 하루아침에 아빠를 잃은 아이들의 표정을 보니 가슴이 메어온다. 앞으로 어떻게 살아야 하나?

남편의 사인은 다름 아닌 급성 심근경색이었다. 의사가 말하길 급성 심근경색은 심장혈관이 혈전 등의 원인에 의해 갑자기 완전히 막혀서 혈액이 통하지 않아 발생하는 질환을 뜻한다고 하였다. 심장에 혈액이 공급되지 않아 심장근육이 손상되면 심한 가슴 통증, 호흡곤란 등의 증상이 생기게 되고 급성 심근경색증은 돌연사의 흔한 원인으로 초기 사망률이 약 30%에 달하며, 병원에 도착하여 적극적인 치료를 해도 병원 내 사망률이 5~10%에 이를 정도로 위험한 질환이라고 한다. 남편이 전화를 해서 가슴 통증이 있고 호흡곤란을 호소하였을 때 이미 심근경색이 왔던 것이었다. 죽은 자식 고추 만지기라는 말처럼 이미 죽은 사람 원망해봤자 다 부질없는 짓이다. 하지만 남편이 원망스럽다. 영정사진을 보니 한없이 눈물이 난다.

"그러게 여보! 평소 운동 좀 하고 적당히 마시지. 왜 그리 일찍 갔냐고? 나랑 아이들은 어떻게 살라고? 당뇨와 고혈압 있었으면 관리를 잘해야지. 왜 내 말을 안 듣고 흑흑흑."

한 잡지사에서 젊은 대학생들을 상대로 아버지 혹은 중년 남성에 관한 설문 조사를 한 적이 있었다. 중년 남성에 관한 이미지 혹은 생각나는 키워드가 무엇이 있느냐는 설문 조사였다.

그 설문 조사의 긍정적 요소로는 부지런함, 인자함, 푸근함, 여유로움 등이 있었다. 하지만 긍정적 요소들은 많지 않았다. 부정적 요소들이 더욱 많았다. 항상 지쳐있는 모습, 잦은 술자리로 인한 뱃살, 일의 노예, 외로워 보이는 모습들, 피곤하고 지쳐 있는 모습 등 다양한 조사결과가 발표되었다. 대학생 본인들의 아버지 모습들이 조사결과에 투영되었으리라 생각이 든다.

50세가 넘어가는 중년 나이가 되면 건강관리에 유념해야 한다. 건강은 건강할 때 지키라고 하는 말에 누구나 공감하고 주장하지만, 막상 현실에 부닥치면서 살아가다 보면 공염불에 그치는 경우가 많다. 당장은 아무렇지도 않고 건강한 것 같기에 나중에 해야지라는 생각으로 건강관리를 미루다 갑자기 안 좋은 일들이 생긴다. 매년 건강검진에서 이상 징후가 발견되었을 시 관리를 해야 될 텐데 현재 것만 보고 관리에 소홀히 하게 된다.

40대 이후부터 돌연사가 급격하게 일어나는 시기라고 한다. 50대는 말할 것도 없다. 세월이 흘렀기 때문에 더욱더 장담할 수 없다. 누적된 업무와 스트레스, 잦은 회식, 그와 관련된 부족한 수면과 운동 부족까지 이 모든 것들이 건강에 적신호가 될 수 있음을 기억하자.

건강을 위해 생활습관의 개선이 필요하다. 특히나 평소 기저질환이 있을 시 더욱 신경을 써야 할 것이다. 짜고 자극적인 음식을 피하고 과격한 음주를 피하고 흡연을 삼가는 것이 좋다. 그리고 식단으로써 건강을 챙기기 어려울 때는 종합영양제와 건강기능식품 등을 통해 영양소를 균형 있게 채워줘야 할 것이다. 건강은 절대로 자만하는 것이 아니라고 한다.

건강을 자만하는 것처럼 어리석은 것도 없다. 내가 지킬 수 있을 때 철저하게 관리를 하여 100세 시대 남은 인생도 건강하고 멋지게 살아야 할 것이다.

무엇보다 매년 건강검진을 통해서 미리 질환을 발견하고 예방하고 치

료하자. 건강을 잃으면 아무리 돈이 많고 가진 것이 많다고 한들 부질없

고 소용이 없다.

'너무 앞만 보며 살아오셨네. 어느새 자식들 머리 커서 말도 안 듣네.'

유튜브에서 〈강남 스타일〉로 일약 전 세계적인 스타덤에 오른 싸이의 노래 〈아버지〉 첫 부분이다. 이 곡을 쓰게 된 비하인드 스토리가 있다고 한다.

어느 날 싸이가 공연 때문에 빗길을 뚫으면서 행사장으로 달려가고 있었다. 갑자기 타이어에 펑크가 나서 차를 갓길에 대고, 빨리 차를 고쳐야 하는 상황이었다. 싸이는 메이크업을 마친 상황인지라 밖을 나갈 수도 없었다. 사면초가의 상황에 봉착한 싸이는 갑자기 이런 생각이 들었다고 한다. 우리 아버지들도 이렇게 어쩌지 못하는 상황이 있지 않았을까? 싸이는 그 순간 아버지를 떠올렸고 이 곡을 작사하게 되었다. 2005년에 나온 이 노래를 처음 듣고 아버지 생각이 절로 났었다. 험한 세상을 살아오시면서 얼마나 힘든 일들이 많으셨을까? 자식들 앞에서 슈퍼맨이 되기 위해 얼마나 참아왔을까?

결혼하고 눈에 넣어도 아프지 않을 나의 아들을 품에 안게 되었다. 모든 부모가 마찬가지지만 나 또한 아이가 얼마나 예쁘고 소중하던지. 바라만 봐도 그저 행복하고 늘 기쁨에 충만한 생활이었다. 외벌이 가장이었기에 힘들고 지쳤지만, 아빠니까 힘을 내야만 했다.

나의 아버지는 54년생 말띠시다. 2023년 기준 한국 나이로 70세. 아버지는 할아버지와 할머니 사이에서 4남 1녀 중 둘째 아들로 태어나셨다. 전라북도 남원에서 태어나 국민학교만 졸업을 하고 먹는 입을 줄이기 위해 중학교는 엄두도 내지 못한 채 열네 살의 어린 나이에 무작정 부산으로 떠나셨다. 배운 것이 없기에 할 수 있는 일이라곤 몸으로 때우는 막노동뿐이었다. 지금은 조금 덜하지만, 그 시절엔 지역감정이 무척 심했다. 좁은 대한민국 땅덩어리에 전라도 경상도로 나누어져 같은 한국 사람임에도 무척 심한 차별이 있었다고 한다. 당시 경상도 지역은 공업 위주의 산업체계를 갖추고 있었다. 한편 전라도 지역은 대부분 농업에 종사하는 상태였다. 따라서 경상도 사람들이 경제적으로 더욱 풍요로웠다. 돈이 많다 보니 경상도 사람들이 전라도 사람들을 무시하며 심지어 전라도 깽깽이라고 비하했다.

서글픈 것은 그 시절 영화나 드라마에서도 전라도 사람은 대부분 식모나 깡패, 막노동하는 사람으로 그려졌다. 게다가 나쁜 짓은 죄다 전라도 사람들이 하는 것으로 나오기도 했다. 이러한 매스컴의 영향도 전라도 사람들이 무시당하는 데 한몫했다.

이와 같은 상황에서 혈혈단신으로 부산에 발을 디뎌 아버지가 당했던 고초는 이루 말할 수 없었다. 더군다나 아버지는 키가 작으시다. 그 작은 키로 막노동하시고 전라도 사람이라고 차별대우를 받고 무시를 받으면서 일을 해야 했으니 얼마나 힘드셨을까? 하지만 잡초는 밟으면 밟을수록 강인해진다고 하였던가? 아버지는 그럴수록 더욱 강인해질 수밖에 없었다. 남들보다 두세 배 더욱 열심히 뛰었고 전문적인 미장 기술을 배웠다. 30년이 훨씬 넘게 미장일을 하시면서 부산 경남에서는 독보적인 존재가 되셨고 그 미장 기술로 우리 가족을 책임지셨다. 현재는 체력적 한계로 인해 손을 놓으셨지만, 아버지의 굴곡진 삶이 나 또한 아버지가 되어보니 종종 생각이 난다.

결혼 전 아버지의 가슴을 아프게 하는 말을 한 적이 있었다. 술을 한잔 거나하게 걸치고 와서 잔소리했던 것이었다. 먹고 살기에 급급한 가장으로서 아버지는 자식이었지만 나에게 별말을 하지 않으셨다. 표현력이 부족하였다. 그렇지만 그것이 아버지의 진짜 사랑이었거늘…. 맘속에 있는 말들을 차마 내뱉지 못하고 술의 힘을 빌려 한 잔소리였는데! 하지만 나는 이렇게 치받고 말았다.

"아버지 나한테 해준 게 뭐가 있다고 이래라저래라 하랍니까? 와 그라는데요?"

지금 생각해보니 아버지의 가슴에 대못을 박는 말이었다. 철부지 소년처럼 행동했던 나의 말에 상처받았던 아버지에게 지금도 죄송스럽다. 아버지께서 이런 말을 들으시고 나지막하게 이야기하셨다.

"욱이 너도 내같이 어른이 돼서 부모가 돼서 네 아 낳아봐라. 그땐 아버지 심정 이해할끼다."

과부의 심정은 홀아비가 안다고 하였던가? 나는 과부도 홀아비도 아니었기에 아버지의 심경을 전혀 헤아리지 못했다. 그냥 아버지니까 당연히 가정을 꾸리고 아버지 역할을 해야 한다고 굳게 믿었다. 세상에 당연한 것은 없다. 하지만 그 당연함을 당연함으로 여긴다면 감사한 마음은 사라져버리게 된다.

나 또한 그랬었다. 아버지니깐 당연했고 아버지에 대한 감사한 마음은 눈곱만치도 없었다. 아버지는 아버지 본연의 역할에 충실히 한다고 했지만, 표현이 서툴렀을 뿐이었다.

대한민국 아버지들의 삶들은 굴곡진 삶 그 자체이다. 아버지라는 그 거룩한 이름으로 늘 가정을 위해서 희생을 예나 지금이나 하고 있다. 롤러코스터 같은 인생에서 기쁨과 행복이 충만한 적도 있지만, 인생은 늘 기쁨과 행복이 있는 것만은 아니다. 인내하고, 희생하고 견디고…. 세상의 세찬 풍파에도 늘 참아야만 했다. 왜? 그것은 다름 아닌 아버지라는 타이틀 때문이었다. 마치 싸이의 〈아버지〉라는 가사처럼….

무거운 짐을 지고 계시는 대한민국의 모든 아버지. 지금도 충분히 수

고하고 계시고, 지금까지도 수고하셨다. 이제는 그 짐들을 어느 정도 내려놓고 평안하게 살아가시길 두 손 모아 간절히 기도해본다. 남은 인생 이젠 행복한 일들만 가득하길 바라면서 이 글을 닫고자 한다.